技校仔

JI XIAO ZAI

袁柯 ——

著

团结出版社

图书在版编目（CIP）数据

技校仔 / 袁柯著. -- 北京：团结出版社，2020.2
ISBN 978-7-5126-7769-2

Ⅰ.①技… Ⅱ.①袁… Ⅲ.①长篇小说—中国—当代
Ⅳ.①I247.5

中国版本图书馆CIP数据核字(2020)第032363号

出　　版：团结出版社
　　　　　（北京市东城区东皇城根南街84号 邮编：100006）
电　　话：（010）65228880 65244790
网　　址：http://www.tjpress.com
E-mail：zb65244790@vip.163.com
经　　销：全国新华书店
印　　刷：河北盛世彩捷印刷有限公司
装　　订：河北盛世彩捷印刷有限公司
开　　本：170mm×240mm　16开
印　　张：15
字　　数：230千字
版　　次：2020年2月　第1版
印　　次：2020年2月　第1次印刷
书　　号：978-7-5126-7769-2
定　　价：48.00元

谨以此书献给那些和我一起度过青春岁月的朋友。那些在我生命中来过，走过，爱过，恨过的朋友。还有那些不可遗忘的时间和记忆。

——袁柯

技校仔
CONTENTS

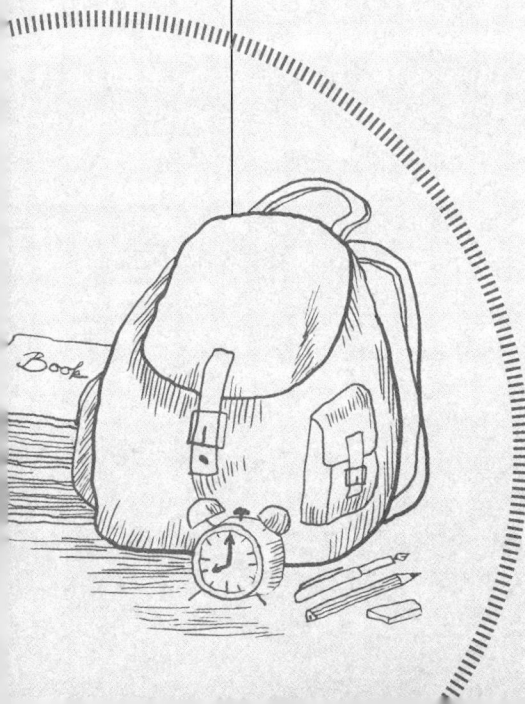

Book

第一卷
人在校园

01　中考那年

"赶紧起来了，再不起来你上班就要迟到了，怎么当了五年兵回来还是这么懒洋洋的。"不用想，这肯定是我母亲大人的声音，也只有她会在上班前来叫醒我。我趴在床上，挥了挥手，眼睛却还闭着，嘴里含含糊糊地说："知道了。"她拍了一下我的屁股，说："你这臭小子，真是。早饭在桌子上，起来以后吃。"

我用枕头示意刚刚的意思。我知道我是不会迟到的，因为我妈总喜欢提前一个小时叫我起床。过了大概十五分钟，我才从床上爬起来，摸摸自己凌乱的头发。窗外的阳光真刺眼，因为我曾经在部队服过役，穿衣洗漱花不了多少时间。

退伍回来，当了民警，一天也没多少事。骑着自行车四处晃悠，巡逻情况。有时候需要处理的民事纠纷很多，也很累。回到家，吃完晚饭洗个澡，在床上打开电脑。看空间里朋友们的孩子都在发毕业照。突然觉得心里的某根心弦被触动了，想起那些曾经在自己生命中走过的一些人和一些故事。

拿起书桌上那已经放了有五六年的相框，里面的照片好像有点发黄。看着里面各种搞怪的脸，那些脸的背后，有一栋破旧的大楼。那个时候，天很蓝，云很白，没人知道那次分别是我最后一次的悲惨经历。

我喝了一口咖啡，感觉心里有点暖。再拿起手机，看着那张壁纸，那是个南京女孩儿。下雨了，我起来关上窗户。我穿着单薄的睡衣，轻叹一声，"夏天又来了。"

放下自己手中的杯子，静静听着雨滴答滴答的声音，我的思绪和记忆忽然回到了很久以前，回到了那些曾经的岁月，回到了中考那年。还是一样的天空，一样的云，一样的雨。

快中考了，我的心忽然有些不舍，舍不得这些同学——有的已经相处了九年。离分别还有三四天，父母都在担心我能不能考上他们所希望的高中，因为他们希望我考大学。但是我的成绩并不能实现他们的愿望。

每当思绪很乱的时候，我会来到那个馄饨摊，要一碗馄饨来填肚子。当然，有个同学陪我。同学说，"K仔，马上要中考了，你打算考什么高中。要不考省中吧。"我苦笑着摇了摇头，"怎么可能呢。"同学坏坏地回答，"万一省中正好空缺一个名额，而你又填了志愿，不是正好。"

我突然哈哈大笑起来，"借你吉言。"明知道是个玩笑，还是很乐意接受这样的话语。很快，中考的三天过去了，这是我最努力的三天。可我还是没有够到高中的分数线。尽管初中的班主任一再夸我，说看到了我的进步，爸妈也把各种技校的电话打爆了。

当时我的心里的确很不是滋味，我以为以我的分数考不上任何所谓的技术学校和职业高中，我躺在床上享受着暑假生活，一切都不肯去想。而他们的速度很快，很快就联系到了一所技校，一切都很合适，只不过就是路程有些远。

去技校每天都需要乘厂车，我提出要住宿，要学会独立，但谈判最终还是失败了。而一切的故事都从这里开始，也从这里结束。我将在这里明白一切，领悟一切。要去那里选专业了，又是下雨天吗？我摇摇头叹口气，爸妈在前面说，"学一门技术将来至少有个饭碗。"

我也只能敷衍地点了点头，精神一直没有集中，直到看到一堆石子地。我以为是停车场，下车后才知道这是这个技校的操场，"这么简陋吗？没有橡胶的跑道吗？"我随着自己的想法，用手指点了点电气自动化这个专业。我爸妈高兴坏了，说，"将来你可以子承父业了。"

嗯，他们说的没错，我爸曾经也是一名电工，现在跟我妈一起做了司机。我点头苦笑了一下，却感觉好累。因为老听说技校不好的地方有很多，甚至有黑帮什么的，所以我一开始并不喜欢这个学校，甚至有些讨厌它。有关入学的一切程序完毕，只等待技校开学的日子了。

时间不喜欢我待在家里，所以很快就把我送到了这个技校。看了看分到的班，第一眼见到它很陌生，甚至觉得应该抹掉一个零。我竟然以为自己是个精神病患者，被送到了精神病院，因为它的名字叫1002。好吧，真是很凑巧。我很庆幸我的班级在新大楼，而不是后面那几栋八九十年代的破旧大楼。

我背着单肩包到了班级的门口，看了看大门，上面有个牌子，写着"1002电气自动化班"。我看了看它，摇摇头，笑笑说，"好吧，既然旧故事已经结束了，那么新故事就从这里开始吧。"就是从那天开始，我成了真正的技校仔。也从那天开始，一切都开始变得不同。

02　初识二胖仔

不知不觉来到这个学校已经一个月了。我不怎么喜欢这个学校，甚至对这个班级的人比较抵触。可能是我融入不了那传说中的氛围，不知道为什么，我感到有些害怕。

可能是因为社会上对技校的许许多多的流言。不过，时间如一剂良药，对我的恐惧还是起到了点药效。我至少认识了班长和我的后桌，还有一些和自己聊得来的人，还有那些见了面也只有三言两语的，应该也算吧。

我对课程真的是一点儿都不感兴趣，竟然还有数理化的课程，我看到这些就头疼，简直无法忍受，但日子就这么有一天没一天地过去了。很快，就到了十一月。说是要去军训，七天夜不归宿的军训。这换作是别人的父母，简直就是洒洒水的小问题，但是对于我的父母，恐怕很难同意我去。让我万万没有想到的是，他们竟然答应了。

军训分完宿舍后，我们穿了前面一个学校的同学穿过的迷彩服。简直是腥臭无比，但是没办法，依旧得换上。班长光荣地当上了我们这个宿舍的宿舍长。我看了一眼宿舍里的人，还好，都聊得来，除了一个喜欢装模作样的人之外，基本没什么不妥。但令我不满的是，他竟然睡在我的上面。我宁可盯着前面也不愿意盯着上面，至少前面是个单纯的人。

军训每天就是站军姿，跨立，休息，表演节目，吃饭唱歌。由于限制吃饭的时间，所以那里的小店发了一笔横财。这天，我实在是饿得不行了，于是买了两个那种袋装的红烧鸡腿，午睡的时候没拿出来。睡在我前面的是一个胖子，班长他们使坏，拿着啃过的鸡骨头在他的鼻子前诱惑他。他忽然开口，淡淡地说了一声，"不要诱惑我。"

我看着他，吃了一惊，闭着眼睛也能闻到吗，高手啊。晚上，一个副校长来关心了一下我们，看看我们有没有着凉。实际上是看看我们有没有私自使用手机的情况。像这种冠冕堂皇的理由，学校不知道用了多少次。我把鸡腿藏在被窝里，以免被发现。一旦被副校长发现，我估计大概连班长也难辞其咎。

在这万分危急的情况下，我放了一颗"原子弹"。那副校长赶紧离去，我这才将鸡腿拿出来。正要开荤的时候，前面的胖子看着我，说，"三哥，两口，就两口。"

他之所以会这么叫我，是因为教官说我的大腿给很多人躺，像个小瘪三一样，所以三哥这个称号由此而来。当然，也有叫"瘪三"的，比如喜欢装的那位。当然，后来有些人这么叫我是因为觉得亲切，大多数人都叫我三哥。比如，这个胖子。

这个胖子，姓高，戴着一副眼镜，比我高，比我壮。但他说话很单纯，当然应该只是在那一年，那个时候。后来，可能，他看清了一些东西，经历了自己的故事。讲话开始比较随意，甚至偶尔还有名人名言出现。

甚至后来，我和他探讨人生，就像跟三四十岁的男人聊天一样。大家都叫他二胖，他是班里胖子堆里最帅的。我时常叫他二胖仔，因为他比我小一岁的缘故。他现在眼巴巴地看着我手中的鸡腿，我有点于心不忍。再说，他只吃两口，一口不多，一口不少。

因为这件事，为我们日后的友谊奠定了坚实的基础。转眼已经第五天了，终于听到教官们说可以洗澡了，但限时三分钟，我们纷纷跑回宿舍，有的说三分钟怎么洗，有的说三分钟也要洗。

当然，我属于前者，去小店买了点东西。回来之后，看见二胖仔只穿了一条内裤，正在洗衣服。我和班长他们都很惊讶，我说，"二胖，你这是什么情况，三分钟也要洗吗？"

他点点头说，"我是穿着内裤去洗的，都是男的，又不要紧。"我觉得他说的言之有理，后悔自己没有去。但我还是把头给洗了一下，奇怪的是，第二天二胖仔安然无恙，我竟然感冒了。

03 原来，这种感觉叫占有

在快离开这个折磨了我们七天的鬼地方的时候，我们也进行了大扫荡和恶作剧。不过大扫荡只扫出了几包榨菜，还有几包过期的板蓝根。男厕所在我们的不断使用下，已经堵了两个坑位。

在我们的极力怂恿和班长的英明指导下，我们成功地弄堵了第三个坑位，我们就是这么的顽皮。回到学校后，突然有些怀念军训的日子，至少那是我人生中第一次夜不归宿。虽说那种夜不归宿让我有种流浪儿的感觉，但至少某些时光还是自由的。

只不过会被教官打，被教官骂，被教官罚，吃饭吃不饱，睡觉睡不着而已。回来以后，我和班长与二胖仔的友谊似乎更深了一层。已经是大冬天，棉袄穿起的时候，由于班里是一个人一个座位，所以挺有施展空间。

上课铃响了，是下午的第一节课。我打了个哈欠伸了个懒腰，看了一下课表。天哪，两节化学课，听到化学老师那嗲嗲的声音，我简直浑身起鸡皮疙瘩。还好被折磨过后就是一场自习和课外活动，也就是所谓的"放羊课"。

好死不死地挨到了梦寐以求的最后一节课，我掏出我的那个迷你小手机——除了发短信和打电话，基本没有什么其他的功能了。我和以前的同学发着短信聊着天，对，那个时候，短信对我来说就是QQ。

回头和后桌言青青聊了会儿天，一看后面多了好几个她的姐妹，我觉得我一个大男生在这个时候还是回过头比较好。刚回过身来，一个温柔的声音在我耳边传送，"能不能把你的手机借我用一下。"我睁大眼睛看着眼前的这个女孩，扎着短马尾，半边刘海遮下来，眼睛很大，嘴巴很小。穿着黄色的棉袄和牛仔裤。

我问她，"这么小的手机你也要玩？"她好像不在意，一下就把我的手机拿过去了。笑着说，"没关系，放学还你哈。""喂喂喂，我还没说完呢，我的话费不够了啊。"

那女孩叫周楠，我们之间的确有很多故事。只不过刚开始我并不觉得我和她会发生些什么，只当她是朋友和同学，不会发生什么特殊和特别的情况，但是很快地，现实告诉我，事情不像我想的那样简单。

刚开始我对她是敬而远之的，然而接触得多了，说的话多了，我感觉有一团火在我心里烧，我不知道为什么我越是靠近她，这团火就会烧得越旺，越强烈。我几次想要确认，却都用冷水激醒自己。

一直在说这种感觉是不可能的，但是那团火却依然没有熄灭，孤独和寂寞似乎在教唆我，或者在那团火上浇了一把油。很多人问我，你对她是不是有那种意思。

我的答案也随着时间在变化，从我们是兄妹变成了我不知道。有人劝我说千万不要动这种念头，你动了就会后悔的。我不知道该听哪一种建议，总之，心里很乱，轰的一下，那团火又烧了起来。

我真的很烦，难道我真的该去跟她表白吗，表白失败后开始报以怨恨吗。哦不不不，等会儿，我为什么不能和她谈恋爱呢。后来，因为一件事的发生，我才领悟到，那团火，那种感觉，叫作占有。

04 情芽已埋却拱手

下课了，教室外面和里面都是喧嚣的声音，讨论着游戏、电影和电视，还有一些在我们这个年纪认为是青春，在大人眼里用叛逆这两个字来形容的早恋。

我现在正为这个事情所烦恼，是的，那团火，依旧没有熄灭。我的耳朵似乎更倾向于那种关于青春的话题，听着哪个班的谁和哪个班的谁在一起了或分手了，哪个男生为了另一个女生扇了女朋友一巴掌，哪个女生因为太花心而被打得很惨，等等。我低声叹了口气，说，"难道技校就没有好的感情故事吗。"

我摇摇头，还是别想了，不管好与坏，总之落不到我的头上。我竟然无聊地拿起语文书来看，翻开第一页，看到自己写的一句诗：春蚕到死丝方尽，蜡炬成灰泪始干。

我赶紧把语文书合上，好让我的心情能够安静一点。我趴在桌子上睡着，也许只有梦境才不会让我胡思乱想。正当我快要睡着的时候，忽然"啪"的一声响，有人拍了一下我的后背，真是剧痛无比。我正想回过头发作，却看到了小楠的脸。

我的语气突然温和了起来，轻声问，"什么事？"小楠指指我手机上某个初中同学的名字，说，"哥，我和他挺聊得来，你介绍他给我做男朋友。"什么？我的心里好像被什么东西狠狠地扎了一下，然后接下来就是刘若英唱的《一辈子孤单》里的一句歌词，"有的爱犹豫不决，还在想它就离开。"

现实印证了这句话的真实含义，也让我的心一下子跌到了谷底。这句话，犹如晴天霹雳，在我心底画了一个大大的叉。不知道为什么，我突然觉得，她属于别人是我内心所抗拒的事情，我一向很赞同同学之间谈恋爱，甚至可以结婚生子，终成眷属。

现在我却不这样想，更觉得这是一个荒谬的念头。正在我魂游天外的时候，小楠再次叫了我一声哥，我才回过神来，而那种思绪还在。小楠看着我，她诚恳的眼神在问我，"哥，好不好？"

我真怀疑自己当时是怎么想的，也许认为这是灭掉那团火的唯一办法。所以点点头答应了她，说了我实在不愿意说的一句话，"好，没问题。"班主任的一声放学，班里的好多人都为着家里的那台电脑狂奔而去。

而我则懒懒地挂上自己橘黄色的Kappa单肩包，失落地走出教室，落寞地下着楼梯，一步一步。见到同学也只是打了一声招呼，然后往校门口走去。我来到了所谓的厂车前——从公交公司挪用过来的一辆辆红色或绿色的公交车。

我突然觉得好累，上了车，在那些工人们还没有下班时——我解释一下，因为学校是厂办校，所以在校学生是没有权利坐厂车的。偶尔也会有，但那是在极少数的情况下，厂车会有空位。——手机忽然响了，是小楠发来的。

她说我那个初中同学好像对她爱答不理的，希望我能够牵线搭桥。是的，我的那位初中同学一向不喜欢整天黏在一起的爱情，这一点，在中学的时候我已经见识过了。但我还是拨通了他的电话，做了一件我本不想做的事情。然而他的脾气还是那么的臭屁，依旧没改掉那个坏习惯。我觉得说不通，就结束了这段通话。

四点四十五了，我已经离开了那个座位，扶着栏杆。和一个老朋友一边发短信一边聊着。老朋友说，"其实你内心很排斥她跟别人在一起，你应该去表白。"我质问老朋友，你是不是疯了。老朋友很坦然地说，"当你爱上一个人的时候，就会像发了疯一样，脑海里都是她。做什么事都会联想到她。"

"而且，我可以明确地告诉你，你心里的那团火，那种感觉叫作占有。"就是这位老朋友在我脑海里种下了那一句话。那一句我不敢承认，却又不得不承认的信念：占有她。

那个时候我觉得占有并没有什么错，到了我们故事的结尾，我才明白我不是想占有她，而是想拥有她。天色慢慢地黑下来，厂车也抵达终点。我还需要走一段路。路灯一个个地亮着，仿佛已经把我心里那层黑暗慢慢地照亮了。

05 爱可以水深火热不怕痛

那一夜，我并没有安然入睡。我双眼望着星星、月亮和白云，竟然丝毫没有困意。但到了厂车上，我的眼皮竟然在打架，但有什么办法呢，还好，在厂车上可以睡四十五分钟。足够让我恢复元气了。

摸摸自己的胸口，感觉少了一样东西。那就是胸卡，其实我很讨厌这玩意儿，这学校生怕别人不知道我是这所学校的，不戴胸卡还不准进门。这一点，显然没有小学和中学做得好，只不过他们做了一种叫作校服的玩意。最终在本子里发现了这个完蛋玩意儿，我把它戴上。以免下车的时候又忘了戴。

我的回笼觉就这么开始了，一路上听到了汽车鸣笛声，还有各种工人叽叽喳喳的声音——他们大多数都在讨论一些快要退休的人。很快就到了学校，我知道学校的早读课已经开始了。不知道从什么时候开始，我一进校门，同学们会很自然地和我打招呼，"三哥，早。"

这种习惯，他们貌似保持到了毕业。我在自己的座位上坐下，听见手机震动的声音。又是一条小楠的信息，我回头奇怪地看看她。她抱歉地笑了一下，那条短信写着："哥，我觉得我可能和你那个同学不合适，所以就分了。你能不能再给我介绍一个？"还用一个笑脸做修饰。

我一头栽进我的语文书里，这是什么情况？一个还好，还要再来一个。我从书包里拿出一瓶冰红茶，上面出其不意地出现了"再来一瓶"四个字。我靠，我心里简直高兴坏了。呆呆地看着瓶盖，再回头看看小楠的微笑。我望着瓶盖儿，摇摇头道，"你以为像拧开瓶盖一样简单吗？"

直到那瓶冰红茶被我消灭，我也不想出去耍。坐在位置上，我呆呆地看着捏在拇指和食指间的瓶盖儿，心想，"为什么你是再来一瓶呢，为什么你不是谢谢惠顾呢？"往日里后者出现的概率比较大，前者几乎不可能出现。

忽然我把瓶盖儿往桌子上狠狠一拍，说，"算了，再来一瓶就再来一瓶吧。"翻开手机电话簿，找了自己最好的一个初中同学，把他介绍给了小楠。他们似乎聊得很投机，很快就确定了关系。那个初中同学为了感谢我，请我看了一场喜剧电影。

还是知名的赵家班演的，将独孤求败的一生用一个半小时的映像表达了出来。电影还不错，即将各回各家的时候，那同学说元旦放假，你帮我把她约出来吧。我犹豫了一下，但还是点了点头，说了声好吧。走出电影院，我笑笑自己的愚蠢，怎么能将自己所爱之人拱手让人呢？很快就到了2011年的元旦假期，小楠和那同学的约会如期而至。

可能是因为那个羞涩的年纪，两个人都不好意思开口，所以都找人来作陪。当然，我也是其中的一个。我被他们推在中间，我纳闷的是你们为什么不牵手呢，既然已经确认是互相爱慕的情侣，就该牵手到处走走，看看电影，逛逛街，到公园里散散步。

我感觉到，她的爱犹如海水那样深，他的爱犹如三昧真火那样热。也就是说，我深处在水深火热之中，看着两个人害羞得已经红了的脸。我的心里始终有一个声音在问我，"这样你不痛吗？"我知道那是另一个自己，我一直相信我的世界里一直有另一个自己，不然，怎么会有句话叫作"你最难打败的敌人就是你自己"呢。

从小到大，我和另一个自己的对阵一向都是我输，因为另一个自己总能看破我的弱点，而我此刻却坚定地回答他，"爱可以水深火热不怕痛。"另一个自己却突然哈哈大笑起来，然后就似乎像幻影一样，破了，灭了，碎了，似乎再也不会存在了。那笑声似乎在告诉我，"你可以自己解决一切了，以后有什么问题你可以不用再问我了。你赢了。"

和他们分别之后，我坐在公交车上，撕心裂肺地痛哭着，我的心好疼。我哽咽地说，"对不起，真的对不起，自己，我痛了。我输了，我真的认输了。自己，你还能不能回来？"

06 诓吾之龙，八拜之交

自从那次痛哭后，我再也没有问过这位同学和小楠的情况。反而是他们两个总向我不停地秀恩爱和秀甜蜜。我有时不想理会他们，就玩玩Q宠，听听老歌，以此度过每天晚上的时光，偶尔也看看视频。

那个时候我还不成熟，所以总拣些男女主角不管出现什么误会，总归会在一起的剧看。我一向喜欢这种结局，还喜欢看《仙剑奇侠传》这类片子。怎么说呢，虽然这类片子的故事情节不怎么现实，但是结局却跟现实一样残酷。

这天我放学回家，手机又震动了。我心里纳闷，点了一个问号。怎么，不会又是个噩耗，又是个"再来一瓶"吧，那我可实在承受不住。饶了我吧，OK？我颤抖地拿出自己的手机，将眼睛慢慢睁开，竟然是一个陌生短信：那是我初中追过的女孩，追了三年都没追到，今天是见鬼了吗？

我问她怎么会有我的号码，她说是以前同学给的。然后我就被这个"女孩"骗得滴溜溜转，还给她充了30元话费。我还以为她答应我了呢。第二天，我追着一个瘦子，满教室打他，因为我知道自己被骗了。

这个瘦子，其实人不坏，也是我的八拜之交之一，只是他看待事物的时候喜欢很直接地把看法说出来。有时候你会觉得他的话犹如雪中送炭一样的温馨，有的时候，却像冬天一般寒冷刺骨。这就是他在我众多八拜之交中与众不同的原因。

他也戴眼镜，穿一身黑，因为实在是太瘦太小，所以人送外号"小瘦"。后来，他有了一个响亮的名号，叫作"龙哥"。当然，那是以后的事。他躲开我的追打，说，"三哥，我错啦，我不是故意的。"我恶狠狠地说，"你是有意的，甚至是蓄谋已久的。"

其实我并不想打他，大家心里都明白，这只不过是在"放羊课"上寻找乐趣的一种方式。小瘦躲在二胖仔的后面，他们俩，如果其中一个人是女的，我觉得他们会很般配。小瘦虽然瘦小一点，但年龄要比二胖仔大得多，有时，小瘦说话办事让人觉得难以理解，或者幼稚。

而二胖仔虽然比小瘦小一岁，但他的行事风格却比小瘦略胜一筹。至少在班里你不会听到有同学说二胖仔办事不成熟之类的话。二胖仔拉着他到我面前，说，"三哥，给你抓住了，你看如何处置吧。"

小瘦瞥了二胖仔一眼，"死胖子，回宿舍你等着。"二胖仔则很不在意地回应，"随时奉陪。"我说，"你要话费就直说嘛，何必绕这么大个圈子呢，大家都是同学。不要这么见外和客气撒。"

我不喜欢以暴力解决问题。但二胖仔见我如此的豪言阔语，嘴巴已经张成了O型。"你是大款。"那个时候还不流行"土豪"这样的字眼，身上有三五十块就是小资了。

有一百是大款，有两三百基本就是贵族了。我恰好属于第二种，我拍拍二胖仔的胸脯，说，"等寒假哥请你吃全家桶。"二胖仔惊喜万分，那个时候他还很单纯，"真的?"

我点点头，不知道开过多少张肯德基的口头支票。小瘦说，"全家桶我是不指望了，请我们去小店吃吃喝喝就够了。"我挺喜欢和他们两个一起在操场上走，一人一根"绿舌头"，一边吃一边擦嘴，一边开玩笑，那个时候，我的心情挺好的。

07　K仔告白，示爱小楠

也不知道时间过去了多久，我觉得它根本就没有流逝，因为还是冬天。那个可能会下雪，会冰封很多人心脏的季节。

当然也有小部分人会被拥抱，会被阳光娇宠地关爱着。我属于哪种呢，其实我也不知道，我坐在座位上，看着一本两本三本堆在一起的书。趴着，就那样开始发呆。

直到上课铃响，我才把身子坐起来。老师讲的什么等于什么和什么相乘，还有各种式子，我完全听不进去。当然，如果我聚精会神地盯着老师的嘴唇一上一下、一张一合，前半段还是有可能听进去的。

但后半段讲到重点的时候，我会觉得那是天书，然后就开始想自己的事情了。想什么呢，当然还是那件事，如果一件事在我的世界里长久以来没有被我以某种方式解决的话，那么，这件事就一定还在我的脑海里。

下课后，我拿起课桌上的一支黑水笔，进行着一种叫作"拟人"的游戏。我对着手上那支笔说，"你是不是傻，自己喜欢的人都不敢去表白，你这么怂吗？真成瘪三了吗，连这个都不敢承认了吗？"

我无奈地嘲笑着自己的举动，简直幼稚到极点。刚要放下黑水笔，只听见一个声音说，"又要放弃吗？你真是懦弱！"我把笔往桌子上狠狠地一拍，大声说，"不，我不懦弱。"路过的同学觉得我很奇怪，大家都用一种奇怪的眼神看着我。

我心里做了决定，一定要去告白，不去试一试怎么知道结果如何。也许会成功呢，失败了又怎样，不过继续做同学和兄妹而已。总之，你不试一试怎么会知道。我一下子从座位上站了起来，后桌正看着东西呢，被我的举动吓了一大跳。

然后他用鄙夷的语气说，"这家伙，又在抽什么疯呢。"我一转过身，看见小楠就站在我的面前。小楠似乎也被惊到了，她看看我，"哥，你有话跟我说吗？"我定了定神，说，"是，我有话要告诉你，但在这儿不方便。"小楠微笑地回应道，"什么事，这么重要吗？"我说，"是的，很重要。"

我带着她来到学校所谓的小花园，在司令台旁边。有小河流，有树，有花，有假山，还有亭子和小桥。这里是一个隐蔽的小篮球场。我猜想，很多人的心事大概就是在这里说出来的，这个环境也是最适合表白的。

我看了看周围，似乎没有什么人。就算有，也是一些打篮球的学长们。我们来到亭子，小楠依旧保持着笑脸，问我是什么事。我却很难开口，从来没有对着自己喜欢的女生当面告白过，从来没有这么冲动。不管怎样，试一试吧。

我终于开口了，却先红了脸，也许是因为第一次吧。我开始了我心里一直想要表达的陈述："小楠，其实我不知道该怎么说，我也不知道自己为什么会有这种感觉。我不知道从什么时候开始，已经喜欢上你了。我看到你和别的男生在一起的时候，我总会感觉到不舒服，一开始我认为我们只是兄妹而已……"

小楠低头说，"哥……"我没有等她说下去，继续表达我自己的，"听我说完，我心里一直有团火，一直不能熄灭。看到你就会烧起来。"我开始牵起她的手，切入我想要表达的主题，"后来，朋友告诉我，这种感觉叫作占有。后来我自己也承认了，小楠，你愿意做我的女朋友吗？"

她脸红了，从我的掌心里抽出了自己的手，说，"哥，我先回教室了。"看着她远去的背影，我一下子坐在了亭子的凳子上。双掌盖住脸，这是失败了还是成功了。但她给我的感觉就是一种挫折，告诉我别再痴心妄想了。我看看自己刚刚牵起她的那只手，狠狠地往自己脸上抽了一巴掌。

你刚刚都干了些什么，我在心底深深地反省和后悔。直到放学，小楠出其不意地对我说，"一起走吧。"她解开自己电动车的锁，推着车。我站在旁边，不知道应该说些什么。她忽然开口，"哥，你是从什么时候开始喜欢我的？"我支支吾吾地回答，"从……你叫我给你介绍男朋友开始。"

小楠疑惑地看着我，"那你为什么不早说呢？"我被问住了，不知道该说些什么。小楠继续问我，"就是因为那样你才开始喜欢我的吗？"我不得不承认这一点，然后就说是的，就是那样。小楠看着天空上的云，叹了口气。刚刚还风平浪静，却突然下起微微细雨来，我默默地在她身旁撑起了伞，一路不再说话。

08 眼泪，领悟

拒绝其实并不可怕。我应该很习惯它会再次来到我的世界，但是我最害怕的是我自己的念头，死性不改。我其实也想忘了这件愚蠢的事、那天愚蠢的行为。

我大概已经几天没和小楠说过话了，不知道为什么心里会痛。趁爸妈已经熟睡，悄悄穿上衣服，轻轻关上房门。小心翼翼地下了楼梯，来到离家附近不远的一个烧烤摊上。

要了一盘素菜和两根鸡翅膀，当然，酒是必备之物，我为什么会喝酒的故事还有很多，这不过其中一个，当然，也算是最特殊的一个。我从来没有为一个女孩喝过酒，而现在，却不同了。

我想用酒精来麻醉自己，一口酒一口烧烤，任凭那液体在五脏六腑内穿梭，我却仍然平静不下来。直到酒喝得上了脸，我糊糊涂涂地说，"忘了吧，忘了就不痛了。"

我拿起手机，找到短信那一栏，编辑了这样一条短信，"小楠，那天是哥不对，请你原谅哥，我们继续做朋友吧……"

直到我醉得已经不省人事，忽然感觉鼻子有点酸，脸上感觉痒痒的，还以为是蚊虫在作怪。但一想，冬天哪来的蚊子呢。是眼泪，这是我第一次为小楠流泪，我站起身来，看着子夜。

我似乎清醒了许多，但走路依旧跌跌撞撞，摇摇晃晃，开家门之前是清醒的。倒在床上后就什么都不知道了，只听爸妈隐隐约约地说了一句，"闹耗子吗，明天买点耗子药。"

第二天从床上爬起来，洗脸刷牙，一切准备就绪，走在去乘厂车的路上。看了看自己的手机，心里说，"我懂了，明白了，还是一切回到原点比较好。"上了车，还是那个样子，除了有个初中的同班同学。

我和他基本没有话题可聊，他喜欢日本动漫和那种修真小说，例如《黑执事》或《斗破苍穹》这种东西，但是不知道为什么，我小时候很爱看，长大后就越来越推辞这种东西。但我清楚，那绝对不是因为我成熟，只是因为我不喜欢而已。到了教室，先看看课表，好吧，语文语文数学数学。怎么样，一种课程九十分钟的时间，像不像一个半小时的大学课程？

可是我每次看电影，大学里都有很大的桌子、很大的椅子，而且可以带电脑。课程也是什么经济学啦中文系啦，再看看我们教室的配置。我心里冒出一句话，"这都是些什么乱七八糟的东西。"其实我们也可以不学这些，但是为了一年后的成考。却不得不学习。

只不过作业有点多而已。但为了那张大专文凭，我一直认为技校只不过是做得比较官方而已。看看手机吧，反正是早读课。一看竟然有好多条短信，都是小楠的。

我一条都没回，才想到自己深夜去做了那件事。头脑此刻才清醒过来，我看着手机屏幕里我的眼睛通红，我知道自己已经哭过了。一个上午过去了，谁也没有和谁说话，就这么僵持着。谁也不想主动开口。

有恋爱史的人，听了辛晓琪的《领悟》基本都会哭。而我却不痛不痒地听着，前面感觉很平淡。当我听到"哦！多么痛的领悟"时，才体会到歌词里刻骨铭心的感觉。

我记得这首歌是李宗盛写的，他是经历了多少次拒绝和恋爱才能写出这么引人入境的歌。我回头看看小楠，原来她已经开始午睡了。我笑了笑，对自己说，"我是不是也该领悟了呢。"翻开空白的本子，写上那句歌词，虽然写得很潦草，但我依然看得很清楚。"哦！多么痛的领悟！"

09　耳听文学社

"哇，好冷好冷，简直就是雪女下凡。这是什么鬼天气，早上还是大太阳，下午就阴风阵阵。"我听着同学的抱怨，说，"你大冬天穿一件短袖和一件外套就完了吗？"他还特意把衣领抖一抖，很自恋地说，"这叫风度。"我一把把书扔过去，"有没有天理了，你也有风度。"

他很自豪地说，"我就是天理，你奈我何。"我真是服了他了，这是我们班里最自恋的一个人吧，成绩中等偏上，还是物理化学合并课代表。这就是我的好同学，同学们喜欢用狗蛋或果老来叫他。

我觉得这不合适，于是我亲切地叫他蛋蛋。好吧，我承认，我也不是特别善良。我不得不承认，蛋蛋的演技可以去拿金马奖影帝了。虽然他喜欢恶搞别人，有点没心没肺，但他也有不开心的时候，他不爽的时候足以震惊全班，他只发过那么一次火。他看看我，对我说，"你和那个谁的事咋样了？"

我现在正烦着呢，这个不知死活的小虫竟然来虎口拔牙，我好想拍死他。但我也只是打了他肚子一拳，说，"关你什么事，你要行你去啊。"

蛋蛋突然坏笑地说，"额，算了吧，我口味没那么重。"我真是怒火中烧，被他气得说不出话来。我正欲拍去，他却猥琐地说，"三哥，息怒，息怒。"

不过，我和小楠的事情的确没多大进展。所以就暂时搁在一边，没去管那件事。好不容易下课了，班主任却说，"耽误大家一点时间，同学们，咱们班有没有写东西比较不错的。学生会文学社正在招人。"

忽然我的名字在众多同学的嘴里脱口而出，有的说，"老师，选K仔吧，他行的。"有的说，"老师，K仔会写小说哦。"在众多同学的"盛情难却"下，我只能点点头咯。

学生会？我脑子里闪现出好多个画面：成天在操场上走的那个护校队？看上去有点像"黑社会"。还是那个午睡的时候看到某个班级用手机充电或吃零食会没收的那个劳动部？在我的印象里，学生会好像已经被这两个部门霸占了，在我的脑海里，学生会就等于"黑社会"，是个反派角色。

不过，这个文学社，名字听起来很文雅，但到底如何我就不知道了。莫非真的像开科考举一样，写篇文章就能高中三元。当时的我很排斥进学生会，可是我自己也没想到，后来我居然阴差阳错地加入了学生会，并且发生了一些稀奇古怪的事。

当然，现在的我想起护校队的嚣张跋扈，劳动部的一手遮天，还是有点害怕。但我又好奇那是个什么样的地方。抛硬币吧，正面就去，反面就不去。我把硬币往上一抛，正面。也许是我的心理作用在作怪，三局两胜，怎么都是正面。

再来，还是正面，这枚硬币预示了我将来在技校的命运，这也是我万万没有想到的。但抛完硬币之后，我把硬币一收，说，"我命由我不由天，不去！"

10　冬日的技校盛会

我很怀疑那天是否应该列入冬天的行列，因为那天实在如酷暑一般。本来期待回到家里好好耍一番电脑，可是三个字却进入了我的脑海和耳朵。说是什么文艺节，这个活动我并不感到陌生，初中也举办过，只不过是室内的表演，而这个冬日的技校盛会却是露天的。

在班主任亲切的语言问候下——实质是一种"威胁"，我们不得不在能早放学的周五，搬着凳子看着一群和我们没有血缘关系的人，唱歌，跳舞，表演。班主任还是挺大方的，买了两箱农夫山泉。而其他班都是冰红茶或百事可乐，我们瞬间觉得自己是最廉价的那个。好像是三届一起看的，我记得并不是那么清楚。

只记得主持人的亮相差点让我浪费了一口水资源，怎么说呢，一个胖子和美女的搭配，我不怎么能接受。虽然这次文艺节的设备简陋，甚至可以用草台班子来形容，但内容还是值得一看的。可那时的我却光顾着喝水来平息不能早回家的怒火。

"三哥，快看快看，美女哎，唱的歌也好听。"我用鄙夷的眼神看着这位同学，压低嗓门，说，"我现在不关心什么美女，我关心的是礼拜五竟然不早放学还被这玩意儿耽误。甚至还被太阳公公这么悉心照料！简直不可理喻！喝水吧！"

那同学听完我这段话后，似乎惊呆了。他觉得基本上已经没有言辞能把我吸引住了，然后他默默地看着那个他所说的美女。"接下来是文学社表演的小品《武林歪传》。"我正在做小动作，突然被这句话所吸引，心想，"这不是孙老板一直说的吗，还说一直在排练。且让我看看这戏班子的演技如何。"

孙老板和我是同一个厂车的，又在一届，算是个好朋友。他外公是厂里曾经的工人，据说很有名。所以他也很有钱，因为这个所以就叫他孙老板咯。我看到演员们的装束，都是古色古香的服饰。心里简直有点崇拜，"这么有钱？能租到这样的演出服。"一曲《沧海一声笑》后，舞台上出现了四个人，好吧，虽然剧情很扯淡，但的确很搞笑。

"三哥，你快看，这员外的女儿，这脸蛋儿，这眼睛。"不知道是谁说的，我的目光往扮演员外的女儿那一瞧。我疑惑地说，"扎羊角辫那个？"那同学拼命地点头，还对我说，"这可比你追的那位清淡。"然后我就用已经喝掉的半瓶矿泉水撞了一下他的肚子，并用一种不友好的语气对他说，"找死啊你。"

继续回到刚才的话题，我仔细瞧了瞧，叹了口气，"脸蛋儿、眼睛都是99分，这身材嘛就要大打折扣了。"那同学用一种比坏笑更邪恶的笑容对我说，"三哥你这么有才，没听过环肥燕瘦？"我对这个话题不怎么感兴趣，于是目光转移到小楠的身上，她也在认真地看着。我笑了下，"这才是我要的环肥燕瘦。"

这个小品表演完，我以为这已经算是压轴大戏了，我马上就可以回到我梦想的"雷音寺"取得真经，完成我的"传教大业"。谁知道九九八十一难还差一难，又来了一群"妖孽"在我面前手舞足蹈，考验我"一心向佛"的虔诚。

咕咚咕咚，两瓶水是瞬间的事，我想再向同学借一瓶。却发现都已空空如也，蛋蛋说，"不至于吧，两瓶水都喝完了？"我回复他，"你不了解罢了。"后面的节目基本都是我不感兴趣的，然后我一只手握着瓶子，另一只手撑着睡觉。

我也不知道自己和周公对弈了多久，只听到"哥，别睡啦，走啦。"我才睁开双眼，含含糊糊地说，"完了吗？小楠。"等等，她开口跟我说话了，没错，这就是她的声音。她回答我，"刚完，快拿起凳子走吧，否则老师看到你在这呼呼大睡，有你受的。"

我赶紧起来，拎着凳子走到小楠的旁边，说，"你终于肯跟我说话啦？"小楠笑着回答我，"是哥一直不和我说话啊，我还以为我做错了什么。"已经夕阳了，我和她就这么聊着，恢复了以前的那种状态。

11 我们绝交吧！朋友！

我也不知道当时为什么会那么做，或者是因为内心里的那种冲动，我不能忍受自己心爱的人和最好的朋友在一起。是我太小气了吗？也许因为那个时候年纪真的还小，做事从来不计后果，只懂得顺着自己的行为处事方法来做。

不过即使我后来成熟了，还是失去了一些原本就不该属于我的东西，只是该珍惜的时候没有珍惜，但我没有追悔莫及。事情大概发生在三四天前，我实在忍受不了我的那位初中同学和小楠的点点滴滴在我的耳边盘旋。

我在QQ上打出一行字：我们绝交吧！朋友！当然，那个初中同学很惊讶我为什么会这么做，毕竟我们曾经在初中的校园里一起吃饭，一起散步，一起盯老师，一起唱歌，一起做作业，还做过同桌。

而现在，我竟然把三年的友情毁于一旦，我以为他会毫不犹豫地答应我这种无理取闹的要求。但他真的是太了解我了，一句话就说到了我的心坎里，问我是不是也喜欢她。

我的手指点了个"嗯"的拼音，他说，"只因为我和她是男女朋友，就不能再继续做兄弟了吗？"这句话问住了我，觉得自己刚刚的行为似乎有点过分。但却不知道该继续说些什么，我没有继续回复他，只是把QQ退了，开始玩飞车。

不知道为什么，总是未完成，让我有一种想砸键盘的冲动。可能一半原因是因为我技术不好，手机电话来了，是小楠的。她问我在干吗。我很诚实地告诉她，我在打游戏，她说少打点游戏，对眼睛不好。我冷冷地回答，"瞎不了。"

她继续问，"哥心情不好吗?"而我以一句没事挂断了电话，然后事情就发展到三四天后的现在。我终于在放羊课上离开了自己的座位，来到窗台边。窗外，有很多打篮球的学长，还有我们班那些酷爱这项体育运动，但我不知道该评价他们是高手还是菜鸟的一群人。

有那个装X的，还有一个一看就不像是好人的人。还有一些我平常不怎么和他们说话的人。再往操场上看去，有闺蜜团，有情侣团，还有光棍团在那里转圈圈。哦对了，还有一些小店的忠实粉丝。我有的时候一直在想他们身上哪里来的零钱，莫非是昨晚去网吧找下来的? 还是晚上化身南大街和莱蒙的丐帮帮主，第二天再恢复正常的身份。

当然，还有一个个以公事为由实则暗中观察的副校长们。这些副校长号称学校的四大"黑执事"，但是校长似乎很少出现。我多次怀疑这里面藏着不可告人的秘密。正在我胡思乱想之际，小楠拍了拍我的后背，我说，"有什么事吗?"小楠拿起自己的手机，说，"哥和他绝交了吗? 真的要这么做吗?"

我看着她的手机，是她那个男朋友发过来的，短信说明了那天发生的一切。我突然不知道该怎么回答她，看着她已经气红了的眼睛,我竟然转过了自己的身子。撑起我那已经哽咽的声音，"这样不好吗?""哥，你这是什么意思，你们俩难道要因为我断了三年的友情吗? 哥这样做，是不是有些过分?"

我不喜欢她这样质问我，我开始有些不可理喻，"过分吗?"我只是这样回答了她。我的火还没有点燃，但她生气地说，"当然过分，你怎么能这样呢。只不过是最好的朋友和最好的妹妹在一起了啊。"

我的怒火燃烧起来，我回过身。声音从低变高，一步一步向她逼近，一句一句向她追问，"如果你觉得我做得不对，你完全可以不认我这个哥。你可以去好好地陪你那个男朋友，去过神仙眷侣般的生活。""哥，我不是这个意思。"小楠无辜地解释道。

我完全没有听进去，只因怒火加深。我继续说下去，"只是我告诉你。如果以后你们俩分手了，请你不要再叫我帮你介绍了。我的心没有那么宽容，不像大海那么宽广。我容不下那么多人，我要说的话已经说完了。您请自便!"

我很快走出了教室，我不知道小楠那时候的情绪是什么样的。我只知道自己需要出去透透气，我实在很闷，也许呼吸一下新鲜空气会让我的心情好一点。从走到跑，跑得浑身是汗，去小店买了瓶水才让我的心情恢复了很多。

　　这才悠闲地回到教室，等到放学，蛋蛋忽然靠到我旁边，说，"你把人家怎么了，刚刚她哭得跟泪人一样。"我不敢相信自己的耳朵，追问，"她哭了吗？"蛋蛋点点头，回到了自己的座位上。我猛喝了一口水，静静地看着那些书和本子，不知道接下来该做些什么。

12　风言风语风吹沙

　　不知道从什么时候开始，我好像成了班里的焦点人物。班里开始讨论我对小楠那天到底做了什么，一不留神就会成为女生们嘴里的坏男孩。我时不时就会听到"不是说喜欢人家吗，怎么还欺负人家，难道说得到了就开始不珍惜了吗"这一类的话。

　　我心底在冷笑，"得到，什么时候得到了，你们知道个屁。"有很多次我想打女生，但我还是忍住了，如果闹到班主任那里去，恐怕没我的好果子吃。但我的内心似乎也在告诉自己一件事，那是我需要用诚恳的态度去接受的一件事。刚上完第一节课，就有人起哄，"三哥，怎么不去那里耍耍，今天不秀甜蜜了吗？"

　　我当然知道他说的那里是哪里，只是我现在不想去，或者说我已经不敢去了。尽管面对着同学们的风言风语，我还是装作若无其事的样子，"不去了，再怎么说人家也是有男朋友的人了，我怎么能占这种便宜呢，以前是我太不懂事了。"

　　只听某角落里传来声音说，"哟哟哟，她男朋友不就是你吗？"我对这种煽阴风点鬼火的行为向来都很反感，但那天却压制住了自己的脾气，没有发火。我只是笑了笑，刚要回答，又听到一个声音说，"怎么？小两口吵架了？来来来，床头吵架床尾和。"

　　我还是强颜欢笑，说了一句谎话，"我有女朋友了啊。人家读高中呢。"小楠也很惊讶地望着我，我转过身对她说，"小楠，你也认识，不是吗？"她这才明白了我说这话的意思，支支吾吾地说，"是……是啊。"我不懂自己为什么要说谎，也许那样会让自己心安一点，舒服一点。

言青青拍了拍我，我笑着说，"什么事？"后座低声说，"哥儿们，你骗得了别人骗不了我。"我承认，后座的确是最能看穿我的一个人，我只能低声说，"这样我心里才不会难过。"后座用笔点了点桌子，说，"你心里是好过了，那她呢？"

不得不承认，言青青说话总会戳到我的内心深处。我突然说，"你先等会儿再教训我，我要想一想。"我开始整理自己的思绪，千丝万缕需要一条一条来捋顺，但是却不知道从哪里开始。就像一团毛线球一样，已经凌乱不堪。明知道理起来会很累，但还是不能停手。

我开始编辑短信，也许那是我最理智的时候。我在上面写道："我不知道该不该继续追你。那天我说的话有点重，也有点冲动。同学们说的那些话，让我真的感到累了，我想休息了。班里人都以为我们是一对情侣，但事实上我们并不是。

我一开始很享受这种感觉，后来发现我错了，这只是我的错觉而已。以后别来往了吧，这样对大家都好。"然后我就把短信发送了出去。

放羊课上，我走在操场上，轻声说，"风言风语风吹沙，呵呵，一场玩笑罢了。"

13　如此简单的"默写"

其实试卷这种东西，只不过是一张白纸上写满了密密麻麻的、用某种输入法打印出来的文字。我记得我小学和中学时候卷子上的字迹并不是那么工整。

小时候我认为试卷上那些图画、字体，都是老师用一种黑墨水的钢笔写出来和画出来的，也许是因为当时的设备太简陋吧。后来从"大屁股"电脑换成了液晶电脑，出来的效果就截然不同了。我原本以为技校不过是混混日子，整天过着吃饱了睡、睡饱了吃的生活，不会出现考核一类的东西，但事实证明我错了。

正因为是所谓的技术学校，所以更要考查学生们的文化底蕴，那么问题来了，对于上课听得进去的学生，例如蛋蛋、班长、二胖仔，这对他们不是什么大问题。而对我这种上课像听天书一样的学生，完全听不懂老师所描述的文字和方程式是什么，用现在的说法叫"该怎么破"。

我以为今天和往常一样，只不过是八节课含中饭午休的一天而已。但是我一进教室门，就听到后座告诉我这个不幸的消息，"说要月考了。"我顿时感觉天都要塌下来了。在我的印象里，如果考试考得不好就会开家长会，一开家长会，好学生的家长们顿时觉得祖上有光，此子将来可以光宗耀祖。

但是，还有一种学生，叫差学生。差学生的家长一般都没有好下场，先是听到孩子不好的成绩，然后老师会添油加醋地来完成他不能打学生但是家长可以的想法，再加上父母的恨铁不成钢，差学生回家也许就是被打，没有什么特殊的。我恰恰属于后者，考试半点儿都不会，这让我怎么考。

再看看班里所有人都在抄着黑板上密密麻麻的字眼，我问后座，"这是啥？"后座拿起自己的本子，得意地说，"题库啊。我都已经抄好了，考得好不好，就看背得多不多了。快闪开、快闪开，我要开始背了。"我悄悄回过头来，心想，"原来考试这么简单，背答案就可以，那不是跟默写一样。

不过，如此简单的"默写"，我还是第一次遇到，怪不得学校每年都可以保持百分之九十八的毕业率。"我拿起本子开始抄，一般来说，我抄东西的时候是我最安静的时候，世间所有的喧嚣基本都会绝迹，听都听不见。

正在我专心致志的时候，一个人搬着自己的凳子坐到我旁边。是小楠，她微笑着对我说，"哥，我坐在后面抄不到，看不清楚。你坐第一张，这里我应该能看得清楚些。"因为我把注意力全部放在了抄答案上，忘记了我和她发生了什么，也没去多管。只是一味地动着笔，轻轻地说了声哦。等我抄完了，才意识到我们之间应该保持距离，但我不好意思当着全班的面把她赶回去。

然后我开始背题库，"哥，那两个字是什么，老师写得很潦草，我看不清楚诶。"我看了看，说，"是垂直，写的是'垂直向下'。"就这样她问了我很多字，我也没有不耐烦，等她抄完，我已经背了一半的答案。不知道为什么，我总觉得她走的时候看了我一眼，也许是我的错觉吧。

我静静等待着"默写"那天的到来。虽然是月考，但还是比较正规的，也有监考老师，甚至还有在窗外神游的"黑执事"。不过那个时候我已经将答案"融会贯通"，虽说偶尔会是会遗漏一两个问题，但也出不了什么大差错，我只想考完试后，好好地放松一下。

14　摊开你的掌心

月考结束了，也并不是什么恐怖的事情，又恢复到了往日的状态，成绩勉勉强强过得去，但是并不能和蛋蛋他们这种优等生相媲美，当然，还有一些我反感的好学生。

其实我一直都很奇怪，为什么为人不好的人也能考高分，老实人却总是名落孙山。后来我终于明白了，因为后者不会动歪脑筋，而前者则是动多了，脑子自然而然就灵活了。

我记得，每次初中考试结束后都不能放松，而是准备迎接下一次的考试。不知道技校会不会这么残酷，不过即使那样又如何呢，至少我懂了这笔头考试的"诀窍"。不知道从什么时候开始，我对考试也开始这么坦然，好像解脱了自己的束缚。

但有种束缚依然没有解开，那就是我和小楠。我不明白既然我已经做了放手的决定，她为什么还会认我这个哥哥呢，难道他认为我在和她开玩笑吗，真是个傻丫头。另一边，我已经许久没有和那个同学联系了。

按照道理来说，我应该和他和好，但是我做不到，某年某月某日他和她带着他们的孩子在我的世界里走来走去，那是我最不想看到的场景。或许我应该放手，不是吗？

其实，本来就是我抱着一厢情愿的态度去对待这件事的，人家并没有做出任何回应啊。好的，我明白了，我的眼睛不知道为什么总会盯着远处一栋旧大楼的某个小房间。可能是因为我一眼就看到那里了吧，现在不是想这些问题的时候。

我应该为我自己犯下的错误做一个总结和交代。至少我得把话说清楚，总不能这样一直不痛不痒下去。我把手插在牛仔裤口袋，刚回过头来，却发现小楠已经站到我的面前。她是过来扔垃圾的，虽然我不知道她吃的是什么垃圾食品。她看看我的表情，"哥，有事吗？"

我微笑着对她说，"请摊开你的手，我要在你的掌心写一段话。"她似懂非懂地伸出自己的右手，我用自己的食指在她的掌心比画着，想着自己心里想说的一段话。她也盯着那根手指的一笔一画，看上去又是惊讶，又是喜悦。我突然觉得自己的心越来越放松，像是终于放下了一颗大石头。我写完了，说，"握紧这只手吧。"

她不明所以地将手慢慢蜷起来，我继续说，"放在心口再慢慢张开。"她照做了，我点了点头，笑笑说，"把这段话记在心里吧，妹妹。"然后我食指弯曲，在她的鼻子上刮了刮，随后我唱着歌，大摇大摆地走出了教室，剩下小楠看着自己的手，静静地发着呆。

外面的阳光正是适合我的温度，我伸了个懒腰，似乎把所有的累都释放了。在路上巧遇孙老板，每次他遇到我，都会狠狠地"敲诈"我一笔，但是这回我没等他开口，便说，"走吧，我请你喝水。"

孙老板有点懵，"你中头彩了？"我摇摇头说，"这比中头彩要高兴得多。"孙老板咧开他的大嘴，笑着说，"莫非你发财了。"我摇摇头，笑着说，"你脑袋里除了钱还有啥，行了行了，别瞎猜了，你还要不要我请你喝水？"

他想了想，说，"正事还真有一件，你愿不愿意加入文学社？"但那时我早已跑远了，根本没有听到孙老板在讲什么，而且，那已经属于另外一个故事了，只是，现在，还为时尚早。

15 迟到的21路（上）

又是一个礼拜五，这是我在校园里最期待的日子了。因为可以早放学，这是我每个礼拜最期待的一天——除非那天是"大暴晒"，基本每个礼拜五我都期待。因为厂车要四点才会到学校报到，所以只能挤公交咯。

其实41路也可以乘，只是太闷太小，像我这种有身份证的人应该乘大气、有空调的21路。但是这辆公交车，不好的地方有很多。比如说有深藏浑厚内力的老大妈，可以把一帮技校学子从车门一掌拍下去，然后用老谋深算的语气说，"谢谢同学们，害得你们得乘下辆车。"

还有我们这所技校里各路挤公交的"英雄豪杰"：有捷足先登的帅哥和美女，有在人群中不知道自己进车门的，还有借机成为"逃币哥、逃币姐"的——到了车站，他们会很庆幸自己节省下一块钱。

还有宁愿往前走一点也不愿让自己的肉体受到摧残的"往前走一站"的兄弟姐妹们，一开始我处于前者，后来吸取了很多次教训，也成了"往前走一站"的成员。

有时候21路会很慢，简直是超级慢，它在路上可能会发生各种你想不到的情况。例如车子被撞了、车子抛锚了，等等。我有多少次都怀疑21路是不是美国电影《的事速递》里丹尼尔驾驶的那辆车，丹尼尔载着这辆车，先把劫匪送到艾米里尔的警察局里，然后再匆匆赶来。

可是今天的车开得真够慢的，巴巴地等了一个小时，车还没有来，我心想是不是又出事儿了？可是对面的返程车已经过去五辆了，这个公交公司是怎么搞的，我要打电话投诉！投诉！突然脑海里冒出一个声音，"你知道投诉电话吗？"

该死的21路，老子要投诉你，投诉你！你现在已经严重地触犯了我的防御底线，你怎么可以耽误我回家打游戏的时间？你说你像话吗？我要是在等女朋友也就算了，那我还有点盼头，我还能有个人嘘寒问暖一下，可是这大冬天的，你让我这样一个没人要的单身汉在这等你一辆车，你觉得合适吗？"侬拎分清啊。"我不停地在抱怨，连上海话都冒了出来。我一脚踢在那个站牌上，然后我就后悔了，想回到那个座椅上继续坐着。

看到一对情侣在那儿调情，一根雪糕在那里推来推去。"你吃嘛。""你先吃嘛。"我听到这些话气得浑身发抖，"什么世道！"再定睛一看，身旁基本都是情侣，我咽了下口水，说，"问世间是否此山最高，我的眼睛还是瞎了比较好。"寒风凛冽，我的脚又冷又疼，那个时候我真想暴打所有21路的公交车司机。

16　迟到的21路（下）

我是不是得罪老天爷了，这个礼拜五竟然诸事不顺。我有点想要发疯了，但是我脚的疼痛程度比我想要疯狂的感觉更加强烈。我看这些学长学姐应该是忍受不了了，有的打了辆黑车离开了，有的则钻进了宾馆。

好吧，我承认，不管是黑车还是宾馆，都比现在这个要死的站台好得多。但是我只剩下两枚硬币了，所以我只能选择饥寒交迫。等了太久，肚子都快饿瘪了，但我只有两块钱，这让我怎么活？两块钱可以买张韭菜饼填个肚子嘛。

但是我要怎么回家呢？只能等厂车了。不，那会耽误我领经验的时间的。韭菜饼还是领经验呢，真是让我难以抉择。好吧，最后我还是到了那个小摊前，吭哧吭哧地吃起韭菜饼了。游戏啊游戏，不是哥哥不爱你，如果哥哥没有力气，又怎去玩你呢？看来，今天注定要乘厂车回家了。

不过礼拜五乘厂车也没有什么不好，至少那些和我一起乘厂车的同学们早已经消失得无影无踪了。我一瘸一拐地走到那个等厂车的栏杆小道上。我一步一步地走着，却听到后面有人在喊，"哥，你的脚怎么了？"

我回过头，原来是小楠。我说，"没事，你还没回家吗？"她摇摇头说，"有心事。想晚点回去。"我说，"我等不来21路，所以决定乘厂车回家。"小楠说，"要不要一起走走。"

我看了看时间，时间还早，走走也没什么大不了。"可我刚刚站起来就摔了一个"狗吃屎"，我勉勉强强地站了起来。小楠笑着我刚才的举动，"哥，还是我扶你吧。"也不知道走了多久，我才完全了解小楠的心事：我的那个初中同学和她分手了。

他们两个，一个住在城市的东边，一个住在城市的西边。平时很难见一面，可能是因为距离的原因，也可能是因为对未来没有预期，于是二人就分手了。"哥，你以前说的话还算不算数？"我好奇地看着她，"哪句话？"小楠直接开门见山地说，"就是你在小花园对我说的话。"

我心里一凛，"算数怎么说，不算数又怎么说。"小楠用诚恳的语气说，"哥难道不知道我一直想答应哥，只是哥一直都不肯去争取，所以我才一直……"我简直不相信自己的耳朵，原来整件事情不像我想的那样。

我突然坏坏地问她，"那你要我说话算不算数呢？"我们两人相视一笑，然后边走边聊。"你不知道小心点吗，还把脚给撞了。""这不是有你扶着吗？""哎呀，那我不扶了。""哎呀，各位叔叔阿姨大爷大妈，我女朋友不管我啦，这个没良心的。"

"你……你快起来，你……再不起来，我回家了……好了好了，我扶你起来。"好啊，你敢骗我。""我的脚，我的脚。啊！"

夕阳缓缓地浮现在眼前，云霞也变成了彩色。小楠靠在我的肩膀上说，"将来你希望做什么工作呢？是电工还是什么。"我微笑着说，"将来你什么都不用做，洗衣、刷碗、刷锅、带孩子就行了。""这么贤惠，那我跟谁持家呢?""跟我这个一瘸一拐的技校仔咯!""呸，我才不要咧!""你说的啊，那我走了!""诶，别啊，我要，我要。"

那天我没有乘厂车回家，还是坐了21路，只发觉夜色真的好美、好美，我的心已经沉醉。

第二卷
实习中的故事

01 只要你愿意，我怎么样都行

　　一学期就这样似有若无地一晃而过，好像并不对我的青春留情。我的回忆还在继续，脚步并没有为我和小楠在一起的结局而停。

　　我和她还有我的同学们迎来了新的学期、新的故事，还有一些我们意想不到的事情。我还是像往常一样迷迷糊糊地从床上醒过来，洗完脸后就清醒无比。

　　和爸妈道完别后，边走边看路两旁的小树苗。有的已经歪歪斜斜，有的依旧很苗壮。我在那条马路上等着厂车的到来，习惯性地上车，习惯性地往窗台上一靠。

　　我也开始习惯每天早上和小楠用信息打情骂俏，可能有时候我们都明白，需要点到为止。怕一腻就会出现问题，所以也不是太亲密，比起之前，似乎觉得有些距离。我们一开始并不在乎这差距，都没有太在意，后来我们都觉得这是自己的心理问题。

　　四十五分钟，不快不慢的厂车依旧保持着它的匀速，只是有时为了赶时间，可能会像《速度与激情》一样。

　　我下了车，看见校门口的小卖部在卖糖葫芦，看了看手机上的日期，然后买了五根糖葫芦。我小心翼翼地把糖葫芦用塑料袋包好，轻轻地放在单肩包里。一样的"早读声"，其实是同学们在叽叽喳喳地聊天。

　　如果有"黑执事"从窗口走过，同学们就会立刻化身为比007还要精明的特工，一个一个传送消息，佯装安静。我先回到自己的座位上，拿出上午课程的书本，然后抱着一种欣喜的态度，走到小楠的座位旁，对她笑嘻嘻地说，"媳妇儿，糖葫芦。"

小楠看见这玩意儿，似乎有些不满，过一会儿又很坦然。"又是糖葫芦吗?"我挠挠头，不明白自己做错了什么，回应道，"不是你说的吗，一天要比一天多一根。今天是礼拜五，所以就五根咯。"

她又好气又好笑地看着我，"那要是你一个寒假一个暑假见不到我，你不得买几十根?"我觉得这并没有什么不妥，再说面前是我爱的人，自然应该有求必应啊。于是我就说，"只要你愿意，我怎么样都行。"

她笑着拿起一根糖葫芦，敲了一下我的头，"给你三分颜色还知道开染坊了。"像这样的情况还有很多，这让班里的同学随时酸掉大牙，甚至起哄说亲一个或抱一个。有时候会以我回到自己的座位而收场，有时候我会赖在蛋蛋的座位上不走，直到上课铃响。这一回，是以前者结尾的。

今天第一节课没上课，我很好奇班主任会告诉我们一个什么样的好消息。一般小学初中班主任说不上课的原因是因为要开家长会了或是要春游秋游了。不得不承认，那个时候的我太天真。班长他们从教室门口跑出去又跑进来，我看着都觉得累。

等东西都发完了，我的桌子上多了一套用塑料袋包装好的蓝色衣服和蓝色裤子，嗯，这不是丝绸的，是粗布麻衣的。再往衣服旁边一看，Oh! 天哪! 这不是我军训时穿的臭胶鞋嘛。我深深地嗅了一下，顿时觉得自己看不清班主任的脸了。

班主任终于切入主题，"同学们，这是你们的工作服和工作鞋。从这个学期开始，你们上午上课，下午开始钳工实习。""钳工? 那不是孙老板的专业吗?"他天天穿着一身脏兮兮的工作服，我曾经十分庆幸自己不是那个专业的学生。我心里很纳闷，忍不住抱怨道，"为什么电工要实习钳工?"

02 分手的理由有时候很动听

我还记得那是1002第一次集体穿着一身蓝，在操场上走来走去。有的人在好奇实习究竟是什么东西，有的人也许早就知道这是怎么一回事。大家都在抱怨为什么不能回到上学期，上上课、睡睡觉有什么不好。

虽然我对这个实习老师在大中午把我叫醒感到很不满意，但我也跟前者一样，对实习充满了好奇。那个实习老师带着我们来到那栋旧大楼，旧大楼是连体的，从下面看起来似乎有好几栋，后来我熟悉了上面的路线后，觉得它就是一栋楼。

我们到了两扇紧闭的灰色大门前，这应该就是我们要实习的地方了。这门旁边就是孙老板的班级了，当中还隔着一个向上的楼梯。我突然觉得我们穿越了时光，从21世纪回到了20世纪八九十年代。实习老师告诉我们今天要做的工作：磨铁。

把一个生锈的铁块磨成又光又滑的正方体，其实并没有什么难度，我只是心不在焉。一手拿锯刀、一手拿锉刀的我，刚磨两下，就开始想些有的没的，也许我还在抱怨。

我们是和0902一块儿实习的，有的人会去求经问道，有的人则选择了人际交往。而我哪一种都不属于，我想，实习完了就可以回家，回到家就可以休息了。一个人到了一个新的环境，接触到新的人，难免有些猜忌和怀疑。

因为我没有和你接触过，我怎么知道你是好人还是坏人。我就属于这一类人，但是小楠和我却截然相反。好不容易挨到了下课，有个十分八分的时间休息。我刚在地上坐下，就听到了一个从来没想过的消息。

我刚喝了一口矿泉水。有个同学说，"三哥，小楠被那个09届的强吻了，而且她还笑嘻嘻的。你不去管管？"我当时一愣，没反应过来，我问旁边的蛋蛋发生了什么。蛋蛋说，"你被戴帽子了，笨蛋！"

不知道为什么，我完全不想去理会这件事，也许是我不敢，不愿去面对。蛋蛋的言下之意我明白，她背叛了我。我站起身来，觉得头晕，差点要昏过去。旁边众同学赶忙扶住我，说，"三哥，要不再歇会儿。"

我勉强地笑着摇了摇头，挥挥手说，"没事，没事，我去磨铁，我歇够了。"我不知道自己该怎么做，去打那个男的？我觉得自己应该理智一些。不如晚上找个时间，找小楠好好聊一聊，随便找个台阶下吧。至少脸上都不会太难看。

放学的时候，我只和她对望了一眼，然后就匆匆离去。晚上，我们用QQ聊天，"你可以解释一下今天下午的事情吗？"我耐着自己的性子问她。她很直截了当地说，"要分手吗？"我吃惊地看着这个疑问句，再也忍受不了了。我说出了我心里想说的那些话。

"我不是这个意思，我只是希望我的女朋友不要和其他男生发生任何亲密的举动。我吃醋了好不好，我嫉妒了还不好。我也是有尊严的人呐。"很长时间没有听到她回复的滴滴声，也许她在想，也许她在思考，那个时候我们都需要冷静。

终于，那头像在一闪一闪，我点开窗口。"我们分手吧，当初和你在一起，是因为听你同学说，你为我喝了好多酒，我为了不让你再继续喝下去，才答应你的。对不起。"

然后我的列表里没有她的头像了，她说是为了不让我喝酒才和我在一起的，难道现在她觉得我应该满足了，不会再喝了，所以就分手了？我呆呆地看着电脑屏幕，电脑里正在放阿桑的《一直很安静》，歌词字体一直在变换着颜色，现在的这一句，叫"分手的理由有时候很动听"。

03 1002的第一场战争，爆发

分手，这个词第一次出现在我的人生字典里。我难免会有些伤心和落寞。没有任何一个人会因为分手而开怀大笑或满心喜悦。如果是那样，这个人要么是精神病患者，要么他（她）终于摆脱了一个恶魔般的男友或女友。

我摆脱了吗？我要摆脱的不是她，而是自己被捉弄的命运。转眼又到了大中午，同学们又在欢呼雀跃地聊着各种话题，而我正在看手机。这是我分手以来唯一的乐趣，偶尔看看班级里的诸位大神，气氛一片祥和。

但是十分钟后，这个10届最听话的班级发生了它有史以来最激烈的一场战争，恐怕也是最后一场。那个09届的来找小楠，从上午第四节数学课就开始在门外守着，众同学都在起哄，唯独呆萌的数学老师不明所以，还以为是快要吃饭了，小崽子忍受不住了。

吃完饭，这位1002的"不速之客"一直坐在班里，现在却不得不离开。班级里有好多人都在为我愤愤不平，但大多数人都是敢怒不敢言。只听门"嘭"的一声巨响，我在想那时有多少人在心里骂了句，"好野狗，敢来这里撒野！"

但有个人却脱口而出自己的愤怒，"你他妈的会不会关门！真当这是你们自己班啊！"这个人长得很白，戴眼镜，穿着一身绿色的T恤衫，成绩在班里忽上忽下。我相信这是他在班里最正义的一次，甚至最后还得到了班主任的表扬。他叫卫星。

他这句话在我们班同学的耳朵里也许再正常不过，但却如毛刺一般戳痛了那个人的耳朵。那个人当下恶狠狠地说，"你给我等着。"

卫星则毫不畏惧，豪言壮语地回应道，"随时奉陪。"我摇摇头，以为这件事情至少会来得晚一点，我放下手机，想去看看窗外的风景，好让自己的心情缓和一点。我还没有反应过来，只听到各种尖叫声，回头一看，1002已经乱作一团。只见卫星倒在我的座位上，那个09届的抄起凳子就往他身上砸，还有一帮人威胁着班里的所有人，意思是谁敢去告密谁就会被打。

小楠拉着那个人，劝道，"别打了，别打了。"让我们谁都没有料到的是，那个人重重地把小楠往后一推。还说，"你不要多管闲事。"小楠也受到了撞击，摔倒在地上。她回过头来，正好对上我的眼神。我不想去面对她的眼神，于是转过头去。有个同学说，"三哥，你为什么不冲上去打。"

我忍住想要流的泪，说，"和我有关系吗？事不关己，高高挂起。再说，一切都是她咎由自取。"我的声音开始哽咽，连我自己都不相信我会说出这样绝情的话。忽然，班主任的视察平息了这场硝烟。

04 剪不断，理还乱

我手里握着一瓶红药水、一些棉花球、一卷纱布和一卷剪刀胶布。我不知道是什么让我拿出了这些东西。我看着窗外的阳光，犹豫着要不要走到那个座位，去做我究竟想不想做的那件事情。

1002的那场战争以班主任的出现而告终，卫星的左手骨折三处，需要赔偿300元的医药费。而现在，小楠正处于筹钱的阶段，一个技校生在不借助父母的帮助下，怎么可能筹到这些钱呢？唯一的办法是向同学或朋友借，但这也是有风险的。

多年的感情因为人民币三个字而匆匆葬送。我想她现在正在发愁，还有自己的那块伤口。其实她也是无辜的啊，她不去拉架也许就不会受伤了。但是如果是那样的话，我猜我会更加恨她。又一次借钱失败，她嘴里骂着，手里疼着。

我不知道她当时在恨什么，或许在恨那个09届的给她惹了麻烦，从没让她消停过一天；或许是恨没人借她钱。正在她撑着头想怎么办的时候，我那夏紫薇般的善良似乎又开始包容她了，放弃曾经的恨与怨，但是脸上却没有表现出来。

也许她正在气头上，冷冷地说，"干什么？"我没有回答她，拉起她受伤的那只手，仔细地看了看，然后淡淡地说，"伤得不重，涂几天药就好了。你把手放好别动。"我没留意她当时的眼神，也许是吃惊，也许是不知所措，总之，我不知道。

我小心翼翼地拧开红药水的瓶盖，用棉球在里面蘸了蘸。她看到我要涂的时候，突然把手一缩，"你要干什么？"我也有些小怒，"把手放下，我在给你上药。不是要毒死你，我没那么小心眼儿。"

她这才把手放下来，我在伤口上一点一点地涂着。看着她咬着牙齿忍着疼，汗珠都掉下来了。我还是用那种语气对她说，"疼就说话。"她摇摇头，示意不疼，还是那么爱逞强吗？这点，她倒一直没改。上完药后，我剪下一段纱布，缠在她的伤口上，再用胶布贴上。

我问她，"还疼吗？要不今天下午你跟老师请假，你这个样子，不能磨铁。明天记得叫我给你换药。"我想我的事情已经做完了，该收拾下东西回到自己的座位上了。我刚站起身来，她开口了，"你的指甲长长了，我给你剪剪吧。"

我看着自己的十个手指，似乎，指甲也不受时间的饶恕。我说，"不用了，我自己会剪。"刚往前走了一步，就听她说，"你站住，向后转，坐下。"我的脚步竟然因为这句话停了下来，我坐下了，说，"你的手不方便，算了吧。"

我刚说完这句话，我的手就被她硬生生地拽了过去。她开始细心地剪着，"这是谁给你剪的？剪的跟狗啃一样。"她似乎抱着一种聊天的态度在和我说话，而我则以一种冷淡的态度回应她的种种问题。

直到所有的指甲碎屑都落在那张餐巾纸上，我才回到自己的位置上。在我回来之前，她说了句谢谢你。从我爱你到谢谢你，只不过几十天的时间，我很庆幸，用了这么长时间。

05　谁给谁的是天堂，谁给谁的是荒凉

也许是因为换了比以前高级一点的手机的缘故，我开始学会用耳机来隔离我和世界。不去理会那些实习场地里"滋啦滋啦"的磨铁声，这是我学会的一种新的安静方式。

我靠在某个角落里，把袖子卷起，把第一颗纽扣解开，尽管有风扇，但我依然觉得很热，心情似乎有点烦躁。手指点在音乐播放器上，那个时候我的手机还没到可以用QQ音乐或者酷狗音乐的份上，最开始大家似乎都在用音乐播放器，除了那些一生下来就有一大笔固定资产等着他去继承的孩子。

随随便便播了一首歌，是张宇的《趁早》。这首歌描写了我当时的爱情环境，合情合景。

本来也没有什么，就当是一种自娱自乐的方式。但当我听到"我可以永远笑着扮演你的配角，在你的背后自己煎熬"那一段的时候，我的脸上似乎痒痒的，原来是泪滴在我的脸庞上肆意任性。

我的心顿时就痛了，睁眼一看，小楠还依偎在那个人的怀里。我闭上眼睛，摇了摇头。上课铃响，因为老师有课，所以很自由，我们想磨就磨，想不磨就不磨。

但我似乎也没有什么别的事情可干。我不爱谈论金币、装备这些东西，也不想去讨论那个男的和这个女的如何如何，也没有自己喜欢的人和我一起聊聊未来是怎么样的。

那个时候，我心里所想的就是我再也不相信爱情了，只是那个时候说不出这样的话来。擦了擦自己的眼泪，开始磨那星星铁块的一边。看上去是在磨铁，实际上是对人生不满的一种表现和发泄，以至于我的分数很低很低，或许是因为我不怎么努力的原因吧。

正当我满头大汗的时候，小楠跑过来了，她拍了拍我的肩膀，说，"马上到我生日了，那天星期六，你来不来。"或许是因为那天我们都向对方施舍了友情的恩惠，所以关系稍微有所缓和。

我不想那么快又回到朋友的阶段，而她似乎并不在意这些细节。我看了看那个人，说，"前辈不会有意见吧？"我认为那个人即使再怎么夺人所爱，那也是他的本事所在。我不喜欢用什么脏词去形容一个人，再说他比我高一届，所以我还是很尊敬地叫了他一声前辈。小楠笑着摇了摇头，说，"他没意见的。"

就这样，我和她有了她生日的第一次约会，只不过我不是这次约会的男主角而已。甚至，连配角都算不上，就勉勉强强算个跑龙套的吧。我突然想到了一件事，问她，"今天已经是第二天了，钱的事你解决了吗？"

小楠听到这个，似乎有点愁眉不展，不作声地摇了摇头。我叹了口气，心里在想，既然曾经有过美好的回忆，我至少也该帮她一把。第二天，我拿着300块，正打算把钱给小楠，我忘记是哪个同学，把我给拦下了，说，"三哥，先上厕所再给不迟。"

来到厕所，那位同学说，"三哥，你这不是帮她，是害她啊。"我知道这同学说的话是什么意思，但那个时候的我似乎很一根筋，答道，"人非圣贤，孰能无过，她这个年纪，犯错很正常。"

那位同学表示很无奈，过来安慰我说，"三哥，以后你要是悔不当初，可别怪兄弟没有提醒你。"我回头微笑着回应道，"你放心，打碎了牙，我自己往肚子里咽。"

我刚走出厕所门，手机响了，是一条短信，问我，"谁给谁的是天堂，谁给谁的是荒凉，你考虑清楚了？"我点了点头，回复了一个"嗯"字，径自朝教室内走去。

06 我和二胖定赌约

那件事情过去了很久很久，我的心情舒畅了很多，也放下了很多。也许因为自己还在留恋，所以就会担心她的担心，当她不忧愁的时候，我自然也放下了心中那块大大的石头。

班里有些人以大傻瓜来取笑我，有些人则被我的这种不计前嫌所感动，总之，各种人都有。要是1002都是一种人，那恐怕就不好玩了，甚至没乐趣了，因为那样会很单调。

这天，我们早早换上了工作服，正好到吃饭时间。啊呀糟了，饭卡里没钱了，也许是荤菜买的太多，又不加节制，所以身无分文了。我望着前面的小店，今天恐怕要用老坛酸菜来供我的五脏六腑菩萨了。

正巧遇到二胖仔，真是难兄难弟，他也没钱了。那个时候，小店外面的台子还能供大家吃吃喝喝，还没改成让我们怨恨的乒乓球台，我们俩端着热气腾腾的泡面，随便找了个位置坐下。泡面泡开要等一会儿，我则呆呆地望着那白色的叉子。二胖仔挥挥手，说，"三哥，当完救世主又不开心啦？"

我摇摇头，笑着说，"哪有，不过是出了点绵薄之力。"二胖仔随即发出一句"哦"的长音，又突然收回，说，"我怎么就没有受过你这么好的恩惠？"我说，"把卫星打伤的是你吗？"

二胖仔哈哈大笑我的微怒，笑着说，"那也不是她啊。"我实在不想和他辩论，因为我知道我是说不过他的，他和我的后座一样，总能把我说得哑口无言。我拿起叉子，挥了挥，说了句，"不提了，吃面吧。"

他打开自己的泡面，我看了看，说，"这么辣你也吃得了？"对他而言，这只不过是一碗最普通不过的麻辣味儿泡面，可我天生就吃不来辣。我一向对爱吃辣或能吃辣的人心生好感，好奇他们怎么能习惯那种在喉咙里放鞭炮的味道。

二胖坏笑着说，"三哥，你敢不敢跟我赌？"赌？这个字我倒是听过不少回，但我爸妈如果看到我摸扑克牌或麻将，鸡毛掸子会问候我的。初中的时候，我才知道扑克牌里的"2"只比大小王要小。当然，二胖仔要赌的不是这个。他灵机一动，问我，"三哥，你信不信我把这面吃完，把这汤也喝完？"

我的眼睛——睁得像个铜铃似的——望着他，这根本不可能嘛。说，"我不信，这么辣你能喝完？"二胖仔却自信满满，不把我的怀疑放在眼里，说，"咱们赌10块钱？"我忽然也来了兴趣，"好，哥就跟你赌这一把，20块钱。"二胖仔笑着说，"三哥，咱可说好了，输了可不许耍赖。"

原来他怕我耍赖，那我就给他吃颗定心丸。"行，来，喝！"我原本以为这盘赌局我稳操胜券，哪知道高手在民间，不一会儿，那碗泡面辣汤全被他喝了。虽然我输了，不过倒也有趣，拿泡面做赌注，还是我人生中的第一回。虽然，这只是个小小的赌约，但时间告诉我，我和小楠又要拿爱情当赌注了。

07　心碎，过去式

我想那是我第一次也是最后一次参加小楠的生日。其实那天许多人都做错了，也不过是我、她，还有那个人。只是当时我们都不知道认错这两个字该怎么写。事后才发现，错的其实是自己，而不是别人。

那天我穿着很凉快的短袖，用十五元人民币买了一只烧鸡。而她那时的男朋友也许是凑巧也许是成心和我过不去，选了烧鸡公的火锅。其实这些也没什么，一切看上去都很平静。

那天也有一些其他的朋友，有我熟悉的，也有我不熟悉的。我后悔我为什么不带着自己的朋友来，孤零零地，一人赴这"鸿门宴"。我知道项庄舞剑，意在沛公的意思，现在可能正合他的心意。但我却不畏惧他的眼神，毕竟最后是项羽四面楚歌，刘邦一统天下。一开始吃着喝着聊着，并没有什么不愉快。

直到那酒上来，我看到他们在我眼里又搂又抱。又是欢声笑语，又是谈情说爱。我心里突然有点毛躁，我解开衬衫的第一颗纽扣——实际上，扯开比解开更贴切。

我一直在喝酒，并不吃菜，这算什么，羞辱我吗？不过也对啊，自己没本事，被人抢去了也活该，一时间愤怒和堕落纠缠在一起。我只能尽量克制自己心里的难受。

我知道现在还轮不到我说话，但老天就是喜欢捉弄人，让我在下一场情节里和小楠有了一场从未有过的激烈的对手戏。多次一饮而尽后，我眼睛里的血丝慢慢地密布起来，脸庞也因此变红。

那个人开口，"他在这喝下去，眼睛就要由红变紫了。"小楠摇摇头，示意我别喝了。我心里在想，"凭什么，如果你现在坐在我的旁边，是我的女朋友，你就有资格控制我饮酒的量。而你现在坐在哪？坐在对面。"我并没有理会她，而是笑着端起酒杯，对那个人说，"前辈，多谢你宽宏大量，我敬你一杯。"

那个人一愣，还以为我是客气，只有其余两个我们班的同学听出来这是讽刺，当然，她也明白。吃完饭，这场戏并没有终结，有人提议要去南大街或莱蒙玩。而所有激烈的争执、感情的破裂就从这里开始。我们乘着公交车，想着在车上吹吹风也许可以解酒。

但是拥挤的人潮并未让我们如愿以偿。我们都扶着把手，小楠屡屡从那阶梯上摔下，她的手每次都抓在我的胸口。我看看后面的那个人，感觉他已经醉海翻波，于是轻声对小楠说，"你男朋友在后面。"

终于到了目的地，我看着他们溜冰，逛街，吃喝玩乐。一切到了差不多该结束的时候，小楠把我带到一个角落，也许那时我酒劲未消，也可能是我的真心话。她低着头说，"你就不能少喝点吗？"我红着眼看着她，朝她吼，那时候我的脾气很容易冲动，"你觉得你和他在我面前晃悠、欢声笑语、甜甜蜜蜜，我的心情能允许自己少喝吗？！"

那一次，她也狠狠地对我说，"你以为你这样做我就会和你复合吗？"冲动会让人不理智，我们在那之后用一种带着不知道是怨还是爱的眼神看着对方。这场闹剧以我们在车站的纷纷离别宣布告终。

回到校园后，我加入了班级里的"打牌群"，那个时候实在太无聊，打打扑克牌，六七个人打"争上游"。手上只有几张牌，也打得其乐无穷。我以此来褪去我的伤痕。刚打了两局，同学说，"三哥，后面有人找你。"

我看了看是小楠，视而不见，转过身来，"继续，继续，打牌打牌。"她说，"你真的要这样吗?"我愣了一会儿，回过头说，"喂，同学，你一来我的牌变得很屁诶，你能不能离我远点?"

小楠摇摇头，回到自己的座位上，我不知道我的心为什么会隐隐作痛。那位同学说，"差不多得了，三哥。你不心碎吗?"我回头看了看，转过身说，"心碎，那已经是过去式了。"

08 你不再是我的那块铁

装作很快乐地过着每一天，其实真的很累，但是我必须这么做，只有这样，才能让我自己遗忘，不再抱有那痴心的妄想。当然，了解我的人应该看得出来，他们只是不想揭穿我。

例如后座和二胖仔，他们觉得这个时候在我的心口上再补上一刀，那真是太不人道了。也有人以此当成茶余饭后的谈资，我也不怎么在乎了，或许是因为在乎过一次了吧。还是一样的实习场地，一样的工作服，一样磨铁。

我忘记了那天铁该磨成什么样子，只记得是个六边形。慢慢地，我觉得上课没有了乐趣，只是问问题、答问题、做做题，然后一切就结束了。令我感到恼火的是，上数学课的时候，半节课用来做家庭作业，我也只能抄好了题目，坐等第二次答案的到来。

实习突然变得妙趣横生，精彩纷呈，也许是因为发生了好多好多事吧。磨铁需要花费很大的力气，但不能用蛮力，而要用巧力。否则，你就是使出吃奶的力气，该磨不出来，还是磨不出来。

所以很多同学经常投机取巧地走到那个废弃箱前，拿一块想要的废铁，然后把它化腐朽为神奇。当然，我也属于这一种——其实我也算是付出努力的，至少比那些一滴汗都不出、还奢望着天上掉馅饼的人要拼搏些，奋斗些。

等他们找完，我看剩下的都是我不满意的，终于拣起来一块，说，"虽然已经烂成这个样子了，但好歹还是符合条件的，就你了。"

我来到自己的工作台，突然有人拦住了我，我很清楚那个身形，那是小楠。我也明白她要干什么，但我还是冷冷地说道，"这位同学，请你让开，你不要实习我还要实习。请别耽误我的时间。"

她也冷笑着说，"一个班级前十名都排不上的差生，也敢在这里谈认真学习？"我知道她这么说并不是看不起我，而是激我和她继续对话。

我承认，她还是成功了。我左手拿着锉刀，右手拿着铁块。回答道，"同学，我是排不上，你呢，你可以？"我这一句反击像是泼了她一盆冷水，我并没有停止，而是继续说下去，"还有，就算我是1002倒数第一，我也不需要你对我指指点点。"

她忽然觉得自己有些百口莫辩，依旧还是低头说，"对不起，我不是这个意思。"我"呵"的一声冷笑，"那你是什么意思，你跑到我的工作台，就是为了告诉我，我这样一个差生不配在这里好好实习？那对不起，请您这位优等生离我远一点，我这位下等生要开始磨铁了，我不想今天没分数，OK？"

我把她往旁边挤了挤，开始我要做的工作。那熟悉的磨铁声徘徊在我们的耳边。"你就那么不想理我吗？"

我已经磨了很久的铁，突然听到这句话，把锉刀和铁块往工作台上一扔。回过头来，对她说，"那你想怎么样啊！"也许是因为这句话说得太大声，实习场地的磨铁声顿时一扫而空，所有的眼睛都盯着我们俩。

我还是微笑着对他们说，"没事没事，各位继续磨。"这才恢复了实习场地该有的声音。我拿起手里刚刚扔掉的工具，对她说，"我不是你的那把锉刀，你也不是我要磨的那块铁了。我知道，我没有能力再让你恢复到原来的样子，你现在已经找到你的那把锉刀了，去找他吧。我给不了的也许他给了的，你要的不过是安全感。我承认，和我在一起不会有这东西。我难不难受，你不用管我，我自己会好的，请你离开，好吗？"

我不知道她有没有明白我的意思，她点了点头，然后悄无声息地离去。我懒得换自己那身浑身湿透的工作服，就那样回到教室里，又上了20分钟的放羊课。

我没有回教室，买了一瓶饮料，坐在司令台那高高的阶梯上，看着操场上发生的一切。人还是那么多，各种各样的人都有。此刻，我掩饰不住的伤心慢慢地被释放出来，释怀了一些事情。

09 花园初遇，一生挚友

一般来说，如果我午饭吃饱了，我会主动找点事情做。除了回教室，哪都可以去，随便逛，随便要，这样我的心情不会那么忧郁和烦闷。中午的天气，让我想高兴地唱"今天天气好晴朗，处处好风光"。可想而知，不回教室，我有多开心，或许我在逃避，我在躲着某个我不想见、也不愿面对的一个人。

我不想回到教室，再看见他们你侬我侬。那样的话，爱唱歌的我就要把歌词改成"今天天气好阴凉，处处好阴凉"。

有时候，逛花园也是个不错的选择。但是这回逛花园让我有了一个不小的收获，只不过收获的果实有点晚，我后来被孙老板强拉硬拽，进了文学社。才尝到了这个类似《还珠格格》剧情的友情果实，也算是苦尽甘来。

这是我第一次遇见他，对他没有什么好印象。甚至还有点怨恨他，对他简直充满了愤怒，恨不得欲杀之而后快。那个时候他还留着乖乖仔的头发，嘴里含着牛奶。如果不发生那件事，我发誓任何一个人看到他的第一印象，都会感到如沐春风，他看上去并不像是一个坏人。

他胸口挂着胸卡，系着胸卡的蓝绳子有点要断的样子，照片和他本人不符。我本来也对这个小帅哥并无恶意，我很庆幸，我们学校里还有这么养眼的人，不过他究竟是我的祸害还是我的幸运呢？

几分钟后，我说了句祸害。原因是我看到小楠在他旁边嘻嘻哈哈地谈人生理想：从星星到月亮，从诗词歌赋到人生哲学。我很庆幸，我现在不是以夏紫薇的身份看他们俩，否则我一定作死作得比她还要恐怖。

但是，我竟然以一个前男友的身份吃醋了，这是唱哪出？《秦香莲》还是《铡美案》？他看上去应该比我小一些，属于阳光型男孩，看得出他挺活泼的。但是我为了防止自己突然发作，觉得还是先回教室比较好。

那是我第一次遇到我的"小燕子"，但好像从那次见到他之后，再见到他，好像是在另外一个地方了。他也像小燕子骗夏紫薇一样骗过我，只是故事不同而已。我也恨过他，我们也决裂过，但最终还是因为一句话而和好。

只不过这一次，似乎是老天故意设定好的，然后我们的友情才奠定了日后的基础。那时，我一个人回到教室，心里想着，"我怎么会吃醋呢？难不成我还有感觉。"我心里挺纠结，我转过身问后座，敲敲台子，"喂，醒醒，醒醒？""大中午的不睡觉，作什么死啊。"

言青青睁起朦胧的双眼，说，"什么事？"我小心翼翼地问，"哥儿们，如果一个前男友看见她的前女友和别的男生在一起聊天会吃醋。"她看了我一眼，"那男的是傻瓜。"我一愣，"什么意思？"她像个恋爱高手一样，"哎呀，如果你真的放不下她，就努力把她追回来啊，吃闷醋真的好受吗？"

我猜她已经看出来了，说，"这有什么可难受的？"后座一头倒在桌子上，抱拳说，"那个男的真的是傻瓜。"我回敬了一句，"你才是傻瓜。"她双手交握，求饶地说，"我傻瓜我傻瓜，大爷，你让我睡会儿安稳觉。可怜可怜我吧。"我说，"能不能给我点面子？"

10　实习铃响，K仔失踪

其实我并没有失踪，而是缺席了下午的实习课。我也不清楚我为什么会继续帮她，可能是我的同情心又泛滥了。

我们的关系应该属于老死不相往来这种，但我好像如一句歌词一般，"若不是你渴望眼睛，若不是我救赎心情。"我也不知道自己为什么会向一个背叛我的人屡屡伸出援手，还愚蠢地以为我是她的救世主，甚至原谅、包容她的一切。

那天天气似乎并不好，也许是因为夏天的缘故，所以经常下雨。我进了楼层，收了伞，发现身上一大半的衬衫都湿透了。我拉开看上去也沾了点水的单肩包，检查一下我的工作服和工作裤是不是也和我一样遭到了雨的宠幸，还好单肩包的防水质量还是不错的。

我赶忙跑上楼梯，走进班级里。很多人惊讶地问我干什么去了。我只能尴尬地笑笑，把我的伞放好，然后安静地坐到自己的位置上。我的头发貌似跟刚洗过一样。

大概过了两节课的时间，我的衣服很快就干了。不幸的是，我的额头可以去烤红薯了，或者说凉了的东西放在我额头上热热就可以了。

这是我能预料到的事情，如果身体不舒服，我就不会去吃饭了。我只想趴着，连动都不想动。我看着同学们拿着勺子和饭盆的喜悦样子，也只是笑笑而已。还有同学临走前问我，"三哥，去不去食堂？"

我撑着一点力气回应，"今天胃口不大好，就不去吃那些猪食了。"没错，我刚进学校的那一年，伙食里会吃出各种各样的东西。比如钢丝球，还有蟑螂、小虫子这样的东西。直到后来，伙食才算改善了，但我认为，尽管后来食堂的伙食改善了许多，它的生意仍然不如小卖部。

我觉得那个时候我再去食堂，对我的身体将是一种刑罚，那我就不能活着回来了。正当我在睡梦中恢复元气的时候，突然听到后面一个焦急的声音，"糟了，工作服呢？啧，肯定是忘在家里了。"

我知道那是小楠的声音，她以前就是这么没记性。喜欢丢三落四，我还记得和她在一起的时候，她总忘记带胸卡。我知道，如果下午不穿工作服，后果会比较严重。

她其实可以问她男朋友借的，但那个人已经下厂实习了，现在及时送回来是不可能的。

我回头看看，她希望上天看到自己这么艰辛地在找，能够善待她一次。我慢慢坐起来，解开自己的包，拿出自己的工作服。走到她的位置，把工作服在她面前一放，"别找了，先穿我的吧。"小楠停止了她的寻找，疑惑地看着我，"那你下午穿什么？"

我故意装作不在乎的样子，"那你不用管，穿还是不穿？"小楠点点头，把衣服接了过去。我刚转过身，她说，"我看你脸色不大好。"我说，"没事，下午就会好的。"

直到中午的时候，我都还在座位上，午睡醒来后，我的位置空空如也。关门时，班长问，"诶？三哥呢？"但是没有人知道，他们认为我可能去上厕所了。只有小楠紧紧地抓住身上我的那件工作服，后来我听小楠说，那天她心里很着急，以为我逃课了，担心我会受到班主任的责罚。

只不过那个时候我和小楠再也没有什么特殊的关系，只是纯粹的同学而已。

下午，她坐在实习场地的一个长凳上。看着来来往往的人，始终找不到我的身影。蛋蛋还到工作台上找过我，"这小子，还不出现，难道真的逃课了吗？"

还有很多人担心我的失踪，直到老师过来审视情况，我想他们心里一定在喊，"糟了。"果不其然，那个实习老师一眼就看到了我那空着的工作台，质问班长，"K仔呢，怎么没来实习？"班长当时自然想不出比上厕所更好的理由，老师点了点头。

班长看着老师的背影，擦了擦一脑袋的冷汗，舒了一口气。正好我在实习场地的门口出现，班长冲过来，说，"喂，去哪了，你差点担上逃课的罪名！"我嬉皮笑脸地说，"向朋友借了身工作服。软磨硬泡才拿来的，这才耽误了时间。"

一直坐在长凳上的小楠也轻松了许多，跑过来问，"你去哪了？诶，你哪来的工作服？"我搭上班长的肩膀，说，"说吧，打算要我怎么谢你。"班长似乎有点同情后面的小楠，指着后面说，"那人跟你说话呢。"

我顾左右而言他，"鸡腿怎么样？"不是我不想回头理她，而是我觉得，即使我转过身，又能怎么样呢，难不成时光还会倒流？如果穿梭回她背叛我的那一天，那我想我的身体还是不要向后转了。

11　青春都有荒唐的时候

那件事是我提的，我不敢面对所有残酷的事实，但我终究要面对诚实无欺的自己。经过那么多事，背叛、上药、言语相激，还有工作服那件事。我发现忘不了的不是对方，而是自己。

因为我太在乎她了，所以才会对她忽冷忽热，也就是后座说的还有感觉。但我还是不确定，只是在不断犹豫，我也想过如果这次我再失败了该怎么办。我也不知道我这算不算"以其人之道，还治其人之身"，我这是夺人所爱呢，还是拿回本来就属于我自己的东西呢？

很多同学劝我，还是不要了。有些东西，吸取一次教训，就已经够我承受了。如果再被命运之锤痛击，我的心将不再复原。我是认同这种说法的，我告诉自己，"也许这回我们两个都犯了错，我错在没有及时止损，她错在将错就错。是时候知错就改了。"

毕竟，每个人的青春都有荒唐的时候。但是如果你不去实践，就永远不会知道这件事是对是错，将来你还会后悔。我不知道自己迟迟不开口的原因是什么，也许是我的懦弱、恐惧、害怕的心理在作怪。

在一起的时候，小楠非常讨厌我的第一种情绪。她不知道，我不爱惹事。不过，我也承认，那种情绪我也有过，不知道从什么时候开始，我对小楠的恨和怨一扫而光。

我又开始和她聊起天来，她也很喜欢我阳光的个性。至少不像之前那样冷淡。只是有一句话，一直在我的喉咙间四处转，话到嘴边又咽下，大概就是这种感觉。小楠以为我是被什么东西卡住了，所以也没有在意。

每次回到座位上，我都暗暗后悔。言青青拍拍我的背，说，"哥们儿，我教你个办法，我保证你能说出来的。"我那个时候就像感激救命恩人一样感激她，我眼泪都快激动地掉下来了，"什么办法？"

言青青拿出手机，说，"用这个不就可以了，今天是5月21日，13点14分的时候，你把你的心里话发给他，她应该会那个啥的。"我也不知道用日期来定一个表白词的期限是谁发明的，但我还是听取了后座这个狗头军师的建议。

我不知道这次的挖墙脚行动能否取得成功，13点14分，我把想说的话发送了过去，大概的意思我记不清楚了，应该是让小楠和那个人分手，回到我的身边。总体来说，就是这么个意思。但是从那时开始，小楠开始不再理我，我们俩就这样沉寂了一个下午。

在放学时，我收到了这样一条短信，"谢谢你的好意，你的心意我懂，但我们只能做朋友。"失败，这是我能预料到的。因为我知道那个人的许多做法要比我成熟得多，当然，那次战争除外。

我想，对待恋爱，他应该是认真的。不然，小楠也不会死心塌地地对这份爱情这么忠诚。忠诚，这两个字对我来说，似乎好遥远。我的字典里也许不应该拥有这个词，也许是我的懦弱和犹豫占据了它的位置。

坐上厂车的我，听着工人们说着从早上到晚上所受的气、所遇到的事，偶尔听到幽默的就轻笑一下。

其实，没有活在爱情世界里的我，生活还是挺精彩的，至少不苍白无趣，难道不是吗？我在心里这样告诉自己。

12　因为我们演的是自己

这天，并没有什么特别。没什么开心，也没什么不伤心，只是我和小楠的交流少了些。我知道，是因为那天我说了让他意想不到的话。我一直在反省，如果我不那么说，我们之间的关系就不会像现在这样僵。

我发现我们的语言具有魔力，总能让两个人从无所不谈到闭嘴不言。我在想这些的时候，遥控器正被我的手指不断地折磨着。从小到大，家里的许多遥控器就是这样被我送去见佛祖的。

屏幕不断闪，因为还没睡觉的缘故，我连工作服都没换，突然停在电影频道上，电视上正在放《霸王别姬》，当然不是戏曲，而是陈凯歌的文化艺术片。

正放到那段经典的台词，"说好的一辈子，差一年，一个月，一天，一个时辰，都不算一辈子。"我有些可怜他们这段有点畸形的爱情，若不是念对了戏词，也不会痴心一辈子。

再想起我和小楠，其实也没什么大不了，我们也在演一出《当爱已成往事》的戏码。当然，我饰演不了那个刻骨铭心的程蝶衣。她亦不是那个忘恩负义的师兄段小楼。

电影里，十一年后，终有个结局来结束那个故事，就是那出戏。正因为我们演的都是自己，不到生命最后一刻，怎么知道尽头如何。所以，这出戏，唱不出结局。粉墨登场的相遇，似水流年的相恋，往事历历在目，想起那句"我对你仍有爱意，我对自己无能为力"。

情节高潮迭起，实习时发生的事件件印在脑海里。放不下，也忘不了。其实我们都在找一种方式来结束这一段尴尬的关系，还有所有发生过的不愉快。只是每次快要成功的时候，总会因为另外一句话而被打得濒临破碎，无法挽回。

这种感觉，我想那时，我们都有。我关掉电视，开启电脑，看着那个已经回来的头像。无数次点开那个窗口，却不知道发送些什么。

突然那个窗口出现了一个点，我认为她也在犹豫，情急之下手一滑，就有了现在的效果。我看着窗外的夜色越来越深，倒了一杯白开水，拨着母亲大人买回来的栗子。

我的手指不停地拨着，直到滑溜溜的外壳堆积成了一座小山，却没有一个下肚。我猛地喝了一口白开水，虽然感觉有点烫。

我的手指和她的手指都停在键盘上，却只盯着对方的头像。输送栏那一格打了满满的字，却迟迟不发送出去。

13　每个人都有选择的权力

不知道是谁先开口说自己错了，总之，最后两人的感情还像以前那么好。只不过那不再是爱情，而是友谊。或许我们的心里都存在着那一种说朋友不是朋友，说恋人不是恋人的感觉。也许我们都怕了，都不敢去想了。

就这样做朋友多好，至少谁的感情也不用被谁来报销。但其实那个时候我们还没领悟到朋友比情人更长久的道理，所以我们继续了我们的青春，还有不成熟。

实习已经到了尾声，天气越来越热。安静的花瓣也变成了知了在树上吱吱蝉叫。时间从来不会为任何事情，停下它的脚步。它和我们一样，顾及不了那么多。

不知道为什么，那个人出现的次数越来越少了。而小楠的忧愁开始慢慢加深，欢笑偶尔才会浮现，曾经有一天，我看着那个人靠在墙角，低声叹气。而小楠也没理会他，只是离开了实习场地，我不知道他们之间发生了什么。或许是情侣之间发生了矛盾吧，这很正常。

起初我是这样认为的，我不知道分手的悲剧同样降临在了他们的头上。那个时候，我已经不存在怨恨，我觉得，每个人都有选择自己想爱的人的权利。如果当初我真的那么好，结果又怎么会那么糟。心放开了，就什么都明白了。

我认为他们在耍小脾气，我微微一笑。这种心情，我知道。我看了看手机上的日期，5月底了。有一天没一天的钳工实习估计也该结束了。暑假就快来临了，第一个技校的长假我该怎么度过呢？或许应该出去散散心，想通一些事情。

当然，暑假已经被同学们计划好了，也成了班级的热门话题。有的人计划两个月不虚度光阴，去挣点人生的第一桶金。有的人则情愿自甘堕落，觉得假期原本就是用来休息的，何必要让自己的精神和身体再次受到折磨，在学校一学期的实习生活实在太累，不如在家打打游戏。他们觉得那样才有乐趣。

总之，各种想法都有。而我的想法是，能不能暂时离开这个城市，一边打工一边旅游呢，我想出去看看。我知道自己走不远，但离家几百里还不成问题吧。有同学问我，"这个暑假，你有什么想法，是去打工还是在家做宅男？"我轻声回答，"出去走走，旅个小游。"

他问，"三哥，这么大的中国，你打算去哪儿？"我笑着摇了摇头，"不远，就在这邻近的城市走一走，疗疗伤，痊愈了，一切再重新开始。"那同学拍拍我的肩膀说，"三哥，没事，未来会有更好的。"

我点了点头，谢谢他的安慰。回家理了下东西，和爸妈商量了一下，说是和朋友一起去，他们觉得有照应，也就放心了。而小楠并不知道我有这样一个决定，一个人能走多远呢？都说扬州出美女，风景好，离家也不远，暂时先去那吧。

14 疗伤第一站，扬州城

很快，我们就脱去了一身汗臭的工作服。放假的那天犹如星期五一般，下午个个都跟猴子猴孙一样，活蹦乱跳，大家都在收拾着自己的桌子。打扫卫生从没有像放假那天那样认真过，班长急得跟什么似的，稍有不对劲的地方，他就会喊，还想不想早点放学啦。

然后大家就会乖乖地把窗户擦干净，把地仔仔细细地扫一遍，还有各个角落，每个缝隙。其实，如果不是为了放假，他们才不会在乎这么小的细节，早就抹布一甩，扫帚一扔，脚底抹油了。

但为了假期过得好，能够占个半天的便宜，大家还是挺团结。当然，放学之前，广播里还是要放一遍某位"黑执事"关于安全的演讲，时不时还要拿出一些案例，总能把我们听得昏昏欲睡。听到"祝同学们假期愉快"这句话时，眼睛唰的一下全部睁开了，差点吓班主任一跳。

我们眼巴巴地等着班主任说出我们期待已久的那两个字。一声放学，就跟捅了马蜂窝似的。那天，我才明白，什么叫作真正的蜂拥而出。不过我不着急，因为今晚我就要出发去扬州了。

我不紧不慢地走着，班长实在忍受不了了。赶紧把我拎出来，"砰"的一声关上门，差点儿没把我的鼻子撞扁，班长表示很抱歉，然后跟一溜烟似的，消失得无影无踪。我拿出自己的耳机，听着歌，一步一步往阶梯下走。

走到那个熟悉的车站，还是一样的。那天乘21路车的人很少，后来我才意识到，高年级是可以提前放假的，有的估计上午就走了。不过那个时候我真庆幸我是低年级的，可以不受到人潮的拥挤。

我投了币，找了个靠窗的位置坐下，窗外移动的风景难以映入我的眼帘。从实习开始到结束的一幕幕在我的眼前浮现，好像看了一场很长很长的电影。我把眼睛慢慢地合上，只觉得自己真的累了，到了火车站，自己仍不知道，别人下车的声音我似乎也没有听到。还是司机阿姨叫醒了我，"小伙子，到站了，该下车了。"我这才反应过来，明白自己该转车了。

晚上，一切都准备好了，在父母的千叮咛万嘱咐下，我离开了家。到了火车站，我看了看手里的火车票，是硬座，然后毅然决然地来到轨道前，下定决心要离开。

火车上龙蛇混杂、三教九流的人很多，这点我还是知道的。但幸运的是，我很快就到了扬州城。这个韦小宝的故乡我还是头一次见到，到哪都好奇。我想，我是不是该找一份工作呢？

后来，我找了份传菜员的工作，包吃包住。那宿舍简直让人有点惺惺作呕。晚上还有许多蚊子，却没有人肯去买蚊香。但人在屋檐下，不得不低头，我还是咬牙切齿地忍住了。正当我考虑下一步计划的时候，我遇到了我人生中最大的一次危险。

15　曾经相约到永远，终点有谁知道

不知不觉，我已经在扬州度过了半个月的时光。我也很好奇自己怎么能忍受得了这么久，或许是因为我从小耐力就很久的缘故。小时候，我不记得是哪位姨妈跟别人打赌说，"他可以在那个小板凳上坐一下午，不和人说话。"

结果我真的跟那位姨妈所说的一模一样。辛勤的一天终于结束了，我想回宿舍安稳地睡一觉。可我还没进门，就听到里面传来一阵呻吟声，我觉得这种情况下，我还是赶紧撤离比较好。

我望着扬州城的夜色，感觉还是不错的。我随便走走停停，享受着夏天夜晚的阴凉，看着街边、马路上那些成双成对的情侣，那种感觉也不错。

忽然，想起小楠，她现在应该也在打工吧。后座这么不靠谱，她会做什么稀奇古怪的工作呢？突然，我感觉地在晃，我还以为是幻觉。这种感觉越来越强烈，一条裂缝从地上划开。糟了，是地震。

我不停地往前跑，那种厄运却一直跟着我。"轰"的一声，我眼前的一座房就要塌了，我却被脚底下的一块石头绊倒了。"轰"的一声，房塌了，全是碎砖块。有些碎石划破了我的脸，一块有我背那么宽的木板压在了我的身上，我看见大街上的人都在跑，谁会顾及我这样一个不相干的人呢？

当时我的信念完全被死神征服，我原本想站起身来继续跑，谁知道那木板上有钉子，在我的背脊上深深地划了一下。我的疼痛感越来越强烈，越挣扎越疼，于是我放弃了。在我昏过去的前一刻，我又听到了一声巨响。直到我开始慢慢失去自己的知觉。

大概两个小时以后，我慢慢地睁开了自己的双眼，身上的木板因为什么原因没有了。我勉强站起身来，手机没什么事，只是有点掉漆，耳机却已经断了。原来只是一场小地震。

手机上传来孙老板的电话，我接了，孙老板那熟悉的声音好像很欢乐的样子。"刚刚扬州地震了，你知道吗？都震到我们这里来了。对了，你在哪？小楠

说，你这半个月QQ不上，短信不回，问我有没有你的消息。刚刚我的鼠标在桌上震个不停。"

我来不及回答他那么多的问题，只是淡淡地回了句"扬州，别告诉她"。孙老板还是有人性的，问我有没有事。我忍着疼痛说，"没有。"很快，我挂断了电话，关机了。

我知道再继续说下去，孙老板会把我所有的情况毫无保留地告诉她。所以，我在关键时刻，选择了逃避。那一刻，我才知道什么叫作"曾经相约到永远，终点有谁知道"，其实只有自己面临的时候才知道。

16 那一年我和你谈过爱

我的伤势并没有什么大不了，只是让我在生与死之间走了一遭。我没有料到，小楠那一刻居然很担心我的安危，或许她是把我当作哥哥一样关心吧。我请了假，在宿舍里看着窗外，轻声叹着一口气，或许我本不该出来的。

如果我不出来疗伤，就不会面临那么大的危机。也就看不到生命的终点。手机已经关了好久，不如打开看看吧。如果我不打开，就不会流泪，也不会看到那样一条短信。

短信是小楠发来的，我从头到尾看了一遍短信，不用想，也知道是孙老板这个大嘴巴说出来的。短信是这样的："你这个混蛋，为什么要离开。我知道以前是我错了，你为什么不告诉我，你会做这样的决定。我知道以前是我错了，我们重新开始好不好。无论如何，我一定等你回来，K仔。"

我不知道该怎么形容我当时的心情，只觉得我的眼睛再度流下了眼泪。泪珠里有着我和她从认识到分手的点点滴滴，我拿着手机的手开始颤抖。想了很久，我还是决定回去，只是重新开始，又谈何容易呢。

难道她不怕了吗？非要等我离开，才肯说出这样的话吗？我是否应该原谅她，这究竟是谁在救赎谁。难不成我们是在互相拯救吗？还是一样的沉静，我好像很久没有给她回应。直到暑假的尾声，我才决定约她一起到学校走走。

不知道为什么，我们再也没有那种尴尬。就这样逛着操场，看着各处的风景。走到小花园，我问她，"记得我第一次表白就是在这吗?"小楠笑了笑，"当然记得啊。那个时候我还拒绝你了呢。"我一声叹息，"是啊，那个时候你拒绝了我。"

她似乎觉得刚刚说错了话，低声说，"往前走吧。"一阵风刮来，枫叶落在地上，我说，"你看，落叶了。"她不知道我为什么要说这个，"这能说明什么?"我微笑着说，"意味着又要开学了，新的故事又要开始了。"小楠似乎没听懂，"什么?""哦，没什么，继续走吧。"

我们渐渐地走到了那个我们都不愿意去的地方——那扇铁门前。我问她，"还记得这里吗?""记得，你还怪我。"我摇摇头说，"不，我不怪你。我只是想告诉你，这一年我和你谈过爱，我们有哭有笑。"

第三卷

没有糖果了

01 "换血"的楼层，班主任

因为昨天和她聊到深夜，那个时候怎么都不觉得困。哪怕两个眼皮已经在打架，但只要她的消息发过来，我就一定会看，并且回复。其实这点很容易做到，能这样做的男生并不少。

六点就要起床，赶往那个我已经熟悉了一年的厂车地点，因为周公在我的世界里多留了半个小时，所以我险些迟到。幸好只有十分钟的路程，还来得及。

还是那条路，两旁都是树，还有许许多多的路灯。夏天刚刚和我告别，秋天就已经接了它的班。地上有许多密布的枫叶，它们已经被雨水湿透。

我在想，昨天报到，我们曾经的新大楼，还有那凶神恶煞、极度抠门的班主任似乎都被"换血"了。就像部分电视剧，总喜欢给观众换换口味。第一次去旧大楼，我还是有那种厌恶的感觉，因为它楼下永远有一个我不想面对的地方，虽然我对它的怨恨已经没有那么深。

记得那天，我们在门前和好，然后甜蜜地相互告别，那段恋情终于复合。但是1002的布置似乎不再豪华，黑板很破旧，无论前后。那张朱红色的讲台，还有那一张张我们的座位，似乎变得更加破旧了。那些凳子看上去好像已经有了几代人的痕迹，有些甚至会让你有从凳子上摔倒、亲吻水泥大地的危险。

我记得那学期有一段时间，我凳子当中那块板被抽掉了，把我的臀部硌得轻一块紫一块的。最让我满意的应该是班主任，相比前一个，新来的班主任至少替我出过气。但还是有不少的学生恨她，不过她倒是能坦然地面对这一切，也不管学生对她如何评价。毕竟是年近40的人了，看得比较淡吧。

正在漫漫遐想际，我已经到了学校，不知不觉，我已经来这两年了。

第二年的一开始并不平静，似乎每个人都成了20世纪七八十年代的愤青。大家都在为一件事努力拼搏、奋斗，那就是成人高考。

尽管分数线压得很低，但是，好像并不是那么心想事成。在1002还没蓄势待发之前，这场考核，已经开始了……

02　虚惊一场，成人高考

这天所有人都带着准考证，还穿着各种各样的衣服，准备着接受好运和厄运的降临。考场竟然在省中的后门口，这可是这个城市最有名的学校。

当然我们的考场名声也挺不错，仅次于省中。还挨着这座城市的公园，考完试，中午我们还能去那耍一会儿。早上考的是语文和数学，后者让我着实头疼，那些方程公式、计算题、应用题等，让我的思维逻辑混乱不堪。

我就开始随便填写卷子，也不管对错。填满就是了，我还是比较佩服我的文学底蕴的，写作文的时候，就像有说不完的话。那个时候，我对文章就一个概念，天马行空。只要你会编，能够让人感动，阅卷老师就会给你打高分。无意间，我就站在了风口浪尖上。

我还以为学校的包吃有多奢侈，结果竟然是传说中的"7加7"。在我的印象里，伙食就是清粥小菜，随便什么阶级，不管你是学生、工人，还是富翁。

想吃点清淡的，都可以去这个地方。有时候还会送上鸡蛋，不过那天吃得实在是食不知味。因为一直在想着成人考试的事情，担心着自己的命运。有些人一出考场，就说，"那道题我都没做对，别说本科分数线，就是大专分数线，我也过不了。管他呢，去公园耍起。"

我也有这种情结，不过我想带着她一起去。不过到后来我才知道，如果时光能倒回去，我宁可选择一个人去公园。因为所谓的成人高考，根本是虚惊一场。

03 甜蜜恋人，爱情升温

虽然是很清淡的午饭，但还是可以满足我的五脏庙的。因为中午空了很长一段时间，所以我赶紧去找小楠，想和她一起去逛逛那个公园。如果我没记错，那是我们第一次牵手到处走，也是最后一次。

因为后来再去那里的时候，不是她在我旁边陪我，而是另外的人陪着我。那个时候，她成了真正的过去式，伴我的是其他人。并不像吃糖果一样，甜着，腻着。

糖果吃到最后，你不得不咬碎它，不然糖果会在你的舔舐下，慢慢淡然无味。你觉得那没什么，因为你还有下一颗。如果换作是谈恋爱，是不是就不一样了呢。这个问题，我也思考了一段时间，却始终百思不得其解。

后来我才知道答案，想吃到糖就必然会面临没糖的时候。我和她牵着手，走进那个公园的后门，公园看上去还是那样的古典和文雅。有一条河，很干净。里面有人在划船，有情侣、有家人。景色像美妙的一幅画。

公园旁边，有一座千年古寺的宝塔。几个水泥塑的四大天王环绕着宝塔，庄严威武。不过我们不是来春游的，而是去考试的，所以身上没有带钱。

不过就算没有物质，我们还是很快乐，因为旁边有自己爱的人。走到一处石头阶梯前，我说上面是个亭子，要不坐那歇一歇。小楠抱怨地说，"不走了不走了，我脚好累。"

我能理解，她这种女生本该有弱不禁风的情结。我蹲在她面前，说，"我背你吧。"小楠摇摇头，似乎也懂我的心意，对我说，"歇歇吧，你也应该累。"然后我们找了一个长凳坐下，结束了步行。

她靠在我的肩膀上，我也靠着她的头。对着公园里的景色指指点点，聊得有滋有味儿。这是热恋中都会有的场面。终于到了下午，考完了，同学们也不怎么在乎，似乎根本没什么好在意，有一种命里有时终须有，命里无时莫强求的深刻含义。考完试，大家都是自行离去，我担心小楠赶这么远的路程会出事，所以我选择送她回家。

因为需要走到火车站，我们还是一路走一路聊着。同路的伙伴没有想当电灯泡的，所以都找个像借口又不像借口的理由离去。忽然，她拽了拽我的衣角，撒娇地说，"老公，人家要吃小馄饨。"

我点点头，进去点了两碗。效率倒是比那些大饭店上菜快，这就是小吃的优点。我正安静地吃着，忽然我的碗里多了一个勺子，舀住一个馄饨。我知道那是她的，我的勺子也往那一戳。两个勺子打了好长时间的架。还是给她吃了。

我笑着问，"你干吗吃我碗里的馄饨？"她也调皮地回应，"因为我是你媳妇儿呀，你的就是我的，我的你碰也碰不得。"我突然童心大起，"哪有你这么不讲理的。把你那碗给我吃。"她把碗端走，噘着嘴，"不给。""不给，我要挠你痒了。"

两个人闹了好一阵子。忽然，那汤水溅到她的手上。我赶忙把那碗拿走，握着她的手问，"有事没有。"她勉强对我笑着，摇了摇头，"你给我看看你的手。"

我刚刚没意识到有多烫，其实我食指上烫了一个泡。不过我对她说没事。两个人互相笑了笑，付了钱，继续往车站走。

04 新热门话题：成考

那两天很快就过去了，其实我一直很讨厌这种大考。为什么要花费365天的时间去应付这两天呢？运气好一点的人，会获得新科状元的名次。

不过回家的时候不像探乡那样威风，但回家也能够大鱼大肉，好吃好喝。好好休息一段时间，念了自己理想的学校。而有的人再怎么通宵达旦、废寝忘食，到最后也只能功亏一篑。

古时候名落孙山，大不了再去考一次就是了。而现在这个时代，所谓的中考、高考，只要你落榜，回家必然会被数落，不仅浪费了父母的血汗钱。还落空了他们寄托在你身上所谓的希望，在他们嘴里叫作"望子成龙，望女成凤"。

不过我考完成考之后，我爸妈倒并没有什么反常，抱着一种就算不能过那也是咱儿子命的想法。考的时候我的心情尚且忐忑，但是过了好长一段时间，成考没有公布分数。我也就处之泰然了，再说分数线只占总分的六分之一，不过也太说不过去了。

如果真的过不去，那就只能怪我的智商有限了。成考过后的1002就像炸开了锅一样，只要一下课，成考立马变成了热门话题。对，1002当时就跟现在的新浪微博一样。

一条消息只需三分钟，30多个人都知道了。那段时间，整个10届都在骚动，所以呢，消息大多来自打听。但是我对此并不怎么在意，只是午睡的时候嫌弃他们太吵，有点心烦。

有的时候想吼一下，但是又怕和同学闹僵了。成天低头不见抬头见的，那样也不是很好。那段时间让班长和蛋蛋他们这些优等生也好生恼火，成天抱怨，"我怎么没做对那道题，死了死了，这回过不了了。"

而女生们讨论的是过不了成考该怎么办，本来女生学电工就很冷门，再没有个拿得出来的文凭，更会让人看不起。

尤其是言青青，跟愤青一样，有的时候我都怀疑她是不是女的，她竟然把自己定位成"恐龙女"，她说她将来要成为一代女老板。

不过令我好奇的是，她为什么会选择这个专业，要选择七年制。她对成考倒没有抱怨，反而让我大吃一惊，"不就是个考试吗？大不了考了一年又一年，总有一年会考过的。"她说的其实也没错，但是不切实际。

二胖仔和龙哥很淡定地玩着游戏，和他们的舍友们，这是唯一一派脱离热门话题的。一天结束了，浑身疲乏无力，到了厂车上，想闭目养神一会儿。

就听到孙老板说，"K仔你知道吗？有个人成考总分只考了95分。"虽然消息很吸引人，但这一天我真的是受够了，只轻轻说了一句然后呢。我靠在窗台上，由他去说吧，我要去休息了。

05　第二颗糖果

终于，我还是解脱了，终于，我们撕开了第二颗糖果。然后慢慢地把它嚼碎，享受最后的甜味。不，那一回应该是刚刚咬碎，牙齿稍稍痛了一下。

话题又降临在我和她的身上，一切都源于所谓的人言可畏，不是吗？那天，午后阳光正好。我穿着春季该穿的衣服，写着老师刚布置下来的作业。但小楠并没有像往常一样坐在她的位置上给我发信息，不过我也习以为常。也许她去上厕所了，或者和言青青她们一起逛操场去了。

自从发生了实习事件之后，我觉得自己应该对她有信心，也更应该对自己有信心。所以还是没有在意细节，其实比信任更重要的是随叫随到的陪伴，而不是时有时无的若即若离。

我刚合上自己的作业本，想出去晒晒太阳。但是天气并不怎么给面子，我还是回到我的座位上。写着一些有的没的，其实有的时候我连自己都蒙蔽，我连自己都不了解，怎么知道自己在想些什么。

那个时候，我体验了爱情的甜蜜和班级的深厚友情，对于一个十七岁的在校少年来说，应该算是什么都有了。正享受着安静的时光，因为中午所有同学的开场而打破了。

大家有的在玩扑克牌，有的一边嗑着瓜子，一边聊着天，有的则在玩桌游。而小楠也终于回来了，她好像异常的开心，蹲在了我的面前。我感到有肉一样的东西印在我的唇上，我以为她在吻我。

当我要回应的时候，我才知道那不是嘴，那是她的食指在任性，我笑了笑。她的手指离开了，我缓缓睁开眼，故意问她，"是手还是嘴？"她脸一红，"你猜？"我们还是用笑容来度过。我以为甜蜜可以维持多久，其实不过是稍纵即逝。

然而没有甜蜜更恐怖的是吵架。一切都从一段对话开始。"喂喂喂，外面有个男的找小楠。你知不知道，长得好高，也好帅，就是眼睛小了点。""别说了，这个让三哥听见，他会不高兴的。"

这段对话我和她同时映入耳帘，其中一个女同学把她喊出去。她出去了，过了好长一会儿。我并没有跟出去，我觉得我应该给她空间。

我脸上面无表情，很僵硬，但尽量保持着自然。小楠回来了，她说，"你别生气，我们只是朋友。"我笑笑，"没事，我知道你们是朋友，但以后请你离你那个朋友远一点。"她疑问，"为什么？""没什么，我只是希望我的女朋友能让我安心，和她的异性朋友尽量保持距离，这只是我的意见，听不听由你。"

也许我不说后面那句话更好，但是小楠更加不满了，"你什么意思？你想吵架？"我很冤枉地说，"我只是希望你能理解我，谁说我要吵架了。""我还要怎么理解你，你写作业我不打扰你，我发消息你不回，我也不怪你。你现在还要限制我交朋友的权利。"

"你，简直不可理喻！"我们吵得越来越激烈，全班同学都在看着我们。直到我把书本重重地一拍，"要分手你直说！"刹那间，教室里安静了。

06　是谁撕开的第一颗糖果

从那一天开始，我们之间说的最多的话就是"嗯"或"哦"。我知道我已经开始揉捻第一张糖纸了，糖渣粘得满手都是，怎么洗都洗不掉。

也许能闻到些许的味道，但是慢慢地，我知道这些糖渣会开始腐烂、发臭，如果不尽快解决的话。

这应该是我们第二次最激烈的吵架。但如果说准确一点，应该是恋爱中的第一次。我们开始慢慢冷战，在班级里形成这样一种形式。她进门我出去，反之，也是一样的。"嗯""哦"仅限于每天早上和晚上的那些问候语，没有几句也就结束了，其他同学依然议论纷纷。

那天故事的结局并不是我想要的，但我还是用情绪给那次争吵画上了句号。她愣在原地，没有想到我会发这么大的脾气，但也很生气我把那两个字说得如此随便。

那个时刻，并不是她的主动，而是她的被动。她满眼泪光地看着我，问我，

"把你刚刚说的话再说一遍。"其实当时我也很后悔，但是有种叫面子的东西引诱着我。

面子告诉我，我做的没错，她应该离她的异性朋友远一点。这是一个男朋友应该行使的权利。我又把那句话重复了一遍，她点点头，回到自己的座位，趴在桌子上，我听着她的哭泣，并不理会。

所有的目光都聚焦在我的身上，我低头做着自己的事情。然后就很冷淡，我们都一样。其实我们都意识到了自己的错误，但是谁都不肯低头。

其实这就是人们所说的年少轻狂，我记得大人们都说花季时候所谈的恋爱不过是小孩子过家家，玩过也就算了，不能作数的。在生物课上，老师说其实你只是对那个女孩有种特别的好感，过一段时间就开始慢慢地变淡，最后就遗忘了。现在觉得自己小时候真可笑。

小时候我总认为这是老师和家长在蒙骗我们。但后来我认为两者其实是合一的。淡了吗？当时并没有，只是开始慢慢地洗掉那些糖渣。是谁先撕开的第一颗糖果？毫无疑问，是你和我。但我们都不能确定会不会再有第二颗。

07 第二次分手（上）

我觉得我们应该好好谈一谈，至少可以不像现在这么僵。每天的听课不过是走走过场，也就是大人们经常对我们说的"当一天和尚撞一天钟"。尤其是新来的数学老师，她长了一副谁都欠了她一百万的样子。她的性格跟她的姓一样，像个钉子一样。一点都没有前面那个数学老师随和。

不过前面那个数学老师虽然有千般优点，但百密终有一疏。她那个"绝招"让全班都对她很讨厌，就是骂人不带脏字，却能直接戳到你的内心深处。比较狂傲的学生遇到这种老师基本都想自动投降，她的确是骂你了。

但是你却找不到她的漏洞，不能加以反驳。不像这个老师，如果你想攻击她随时都可以打败他，因为她本身就存在很多缺点。上完满是天书的数学课,无非就是"听不懂"这三个字在我的世界里停留了九十分钟。

我原本以为成考过后就不会再有所谓的数学课。但是事实告诉我，它还会再添上几个字：高等、微积分、方程，还有各种你看不懂的东西。下午是两堂关于电工专业的课，班里的男生可以大饱眼福。

上电工课的不是别人，正是男生们讨论胸围有多大的朱老师。一开始我以为她刚生完孩子，所以才这样，后来发现她才二十出头，连男朋友还没有。

就在这一天，我经历了和小楠的第二次分手。我依稀记得那天是礼拜五，可以早放学，那天我觉得会很平静地过去，但是我错了。我第一次因为她而挨打。

那天是我人生中最讨厌的一次雨天，而且还是暴雨。下午我们正打扫着卫生，我们在静候着那个随和的班主任的到来。可能那天他们在开会，所以延迟了很长一会儿。我听同学说外面有人喊我，我问是孙老板吗？他摇摇头，是个大高个，黄头发。

我出了门，很奇怪地看着那个人，我不知道他叫什么名字，但我知道他应该属于中级班。他抽着烟，用一种我很不舒服的眼神看着我。小楠正好跑出来，问他，"你要干什么？"

那个白衬衫的男孩不理会她，"不用你管。"把我拽到楼梯边，让我坐下。那个男孩说，"抽烟吗？"他的眼神往旁边瞧了瞧，就有人给我递烟。我说我不抽。那男孩说你不给面子嘛。我不知道为什么，接过来了。小楠对我咳嗽了几声，但男孩抓住了她的手。她并没有反抗。我只希望她那时候说一句"我男朋友在这，别碰我"。但我没听到这句话。

那男孩调戏她，"怎么，心疼了？"听到铃声，那男孩说，"你们先回去，放学了我们再来谈这件事。"我们都对对方很失望。记得那天要去新大楼办一件事。天忽然下起雨来，我又见到了那个09届的。

他忽然抓住小楠的手，她这一回无情地将他甩开。我不知道为什么，那个时候我只想拉着她跑，我想用吻来告诉她我有多爱她。我说快走快走。却被一个人狠狠地打了一拳，扇了一巴掌，踢了一脚。最终我们不欢而散。

第二天，她给我上药的时候，问我为什么不还手，我摇了摇头，"我不想把事情闹大。难道你忘了当初吗？"她冷笑了一声，"不希望把事情闹大？哪怕我变成了别人的女朋友？"我知道她什么意思，说，"如果你觉得我是因为懦弱而不敢动手，那说明你根本就不了解我。分手吧！"

她摇摇头，"分手这两个字对你来说这么随意嘛！"

08 第二次分手（下）

在又一次情绪化的作用下，我们又分手了。我每天都过着漫无目的的生活。在班级里我再也没有出现在蛋蛋的座位上，也没有和她再聊些什么。这一次分手还是挺惨烈的,因为我们这次谁都没做错，我们都在捍卫属于自己的责任和义务，还有所谓的空间。

周末的时候，再也没有人按时按点地叫我起床了。分手之后，我并没有觉得有什么不妥。真的是当过家家一样，就这样结束了。但心里总是空落落的,也不知道为什么。

每天早上醒来的时候，我总感觉少了些什么，再也没有人规定我一日三餐必须发送问候语。我不明白这是不是像张惠妹唱的那首歌那样，是一种解脱，还是生物老师所说的淡了。我认为是前一种，因为淡了应该还属于恋人那种关系。

而我们现在已经没有了那种身份。又一个礼拜五，但一切已经不再像以前一样。我又回到了自己一个人等车、上车、下车的世界。

我看着那些陆陆续续从我身边擦肩而过的人，还是那些年轻的小情侣。我叹了口气，笑了笑，我本来也属于其中之一。我继续往前走，这一天我穿的很随意，我再也不用考虑在她面前我是否应该穿得体面一些这个问题了。

耳机里还是那首《趁早》，其实歌词说得一点儿也没错。爱已至此，怎样的说法，都能成为理由。我在爱情里看到的，是我们的软弱。也许真的是我的问题，或许她也存在一些问题。

不知道为什么，这回分手并没有使我伤心，我反而开始总结错误。后来，我和二胖仔还有小瘦在操场上随便逛了逛，我们不属于那种端坐在班级里就会有女生来找的美男子。

他们都在问我分完手有什么感想，到底是真的还是假的。我点了点头。

这个分手我没做错，二胖仔看了看我脸上的伤痕，"挨打了你就应该长记性了。"小瘦在一旁提了提眼镜，"万一三哥记吃不记打怎么办?"二胖仔笑了笑，不说话。我继续往前走，将话题转移到其他方面。

09 实习，又开始了

我们终于迎来了技校的第二次实习，值得庆幸的一点是，我们不用再去磨铁了。

还是换上了我们熟悉的工作服，不过唯一不妥的是要拿着凳子跑上跑下。不过这倒也没有什么，毕竟这是我们的必经之路。本来我怀着新鲜的感觉去迎接这次实习，心想这是和自己专业有关系的实习，不能再稀里糊涂的。

我应该捧住这个将来对自己有用的铁饭碗，但是我看到黑板上的电路图后，我就放弃了前面那个念头。"主电路和控制电路，要用不同颜色的线来接，还有，接线柱上的线要换一种。"班主任拿了三捆线，看得我眼花缭乱，有些爱表现的同学自然选择靠近班主任的位置。

他们这样做不过是在炫耀，或者在对我们这些差等生示威，"你能吗？"但是有几个优等生，虽然他们嘴上说着看不起差等生的话，实际上对他们自己也是一种考验。例如二胖仔、班长、蛋蛋。

听老师讲完整个思路后，我明白了主电路每个人都会接，但是辅助电路令人感到头疼。我只能对我旁边的蛋蛋挤了几下眼睛。他迅速明白了我的意思，嘴角微微扬起来，"帮你可以，但是你必须得帮我拉线。"

我就知道，如果你要蛋蛋帮你忙的话，你就必须选择一种方式臣服在他的某种阴谋下。其实这种互惠互利的交易也不错，但如果你看到他那时的微笑，那不是温馨如花，那不是春风轻拂，那是一种让你感到毛骨悚然的得意。

拉线，就是用两个尖嘴钳拉住线头的两端，两个人互相用力，直到把那根扭曲的线拉成一条直线，没有丝毫的弯曲。这样接出来的电路板方方正正、一板一眼，很规范。

拉线需要花费很大的力气，很多人为此感到头疼不已。但是还有一种人，自己的左手和右手能够互相用力，利用了周伯通"左右互搏"的原理，准确地说是一个人。

他似乎天生具有神力，每每都可以成功，因此他能迅速完成那些复杂的电路图。这个人不是别人，正是班长。但我像是没吃饭一样，总是拉不动。蛋蛋对我叹了口气，说算了算了，我还是找别人拉吧。

时间过了一下午，当别人都快接完接线柱的时候，我还停留在辅助电路的第一二根线。班主任显然有些不满，"K仔，你看人家都快做完了。你怎么才到控制电路，怎么这么磨叽。"

但我心里并没有抱怨，班主任其实是在为我着急。我再也不像初中那样，抱怨老师只会挑我的毛病。我看蛋蛋已经离我远去，心里暗暗骂道，"死蛋蛋，关键时刻竟然弃我于不顾，不仁不义。"

但我还是挺感激他的，至少他给我看了控制电路。直到实习教室的门快关闭，我才接好了最后一根线，却因为一条线接错导致全盘皆输。班主任无奈地看着我，"哎，还没接完，将来你怎么办？"我挠挠头，尴尬地笑笑，"我也不知道。"

10 1002赌博般的桌游

其实没有了恋爱的我，反倒感觉自在。天天活得很独来独往，她也没有继续像前面那样找我。

以前的中午，我总是找各种借口把蛋蛋轰走，以实现我甜言蜜语的计划。但是现在不用了，我加入了班里的"桌游帮"，其实，这个"赌场"还是我开的呢。

我从网上买了一个卡牌，专门供大家中午的时候娱乐。不过过了一段时间，我的卡牌输给了另外一套桌游。那也没什么，毕竟都是游戏，又有什么区别呢。不过是图一个乐子，大家开心就好。

每天我都会去班里一个同学的位置上，拼桌开桌。这个同学班里人都叫他小白，因为他的头发有点少年白，人挺不错，也老实。他和龙哥差不多，也是个游戏狂魔。

他每天都会准时准点地开场，盒子一放，我们手中的卡牌人物就是我们自己。卡牌只是单纯的图像，我们利用自己的逻辑思维能力，控制自己的输赢。

这也算是一种益智类游戏，和当年的《游戏王》差不多，但是没有后者那么复杂。这也是我失恋后寻找乐趣的唯一方式，就算放学回到家，我也会利用网络的形式邀请他们一起玩。我的身后再也没有关注我的眼神，再也没有期盼我的眼神。

我知道，我们都对对方很失望，这次的分手是我先提出的。事后多多少少有些后悔，但我仍然记得我在暴风雨中所挨过的打还有她那不置可否的质问。这让我心里感到很愤怒，差点将所谓的希望全部泯灭掉。

我正在愣神之间，忽然听到了熟悉的声音，"嘿，三哥，该你摸牌出牌了。"那是小白的身影，我点了点头，说了声哦。那天我真的不在状态，我说，"发动技能。你死了，你没血了。"

小白看了看我人物的技能，说，"三哥，你没事吧。把技能看清楚，你已经发动过一次了，怎么还能用呢？"我仔细看了看，所有围观的人都在起哄，都说我今天不在状态。

我还是放下了自己的牌，让蛋蛋来玩。我也不知道自己那天在想什么，也许是因为那一个不经意的眼神。

11　最后一颗糖果

我们的关系慢慢恢复到了往常，也不再像从前那样冷酷。有的时候我们也会聊聊天，只是不像以前那么亲密而已。同学们还是像以前一样，讨论我们会不会复合。

我和她其实早已经习惯了他们这种反应，都不像第一年那么在乎了。我们都看得很淡，但是这一回我们好像输给了他们的言论。可能是我们都累了，自己心里的那道防线再也没有人去触碰了，也没有人再去感动自己。

如果说得简便一点，我们在第二次恋爱中都成熟了一些，也长大了一点。幼稚已经开始渐渐离我们远去，毕竟我们都长了一岁。

有的人说三哥真傻，明明是火坑，为什么还要往里跳。有的人则轻叹一声，但愿这一次不要再像以前那样。而我的好友至交都在说我记吃不记打，但是他们明白这是我自己的抉择。

谁也改变不了已经发生的事实，很早以前我就说过，打碎了牙我自己往肚子里咽。所以也没有人来劝我，他们都在期待这场恋爱的结局如何。连我自己也希望尽快看到答案，但是我还是像以前一样，事先沉浸在复合的甜蜜中，没有理会那些喧嚣。

我乖乖地趴在她的桌子上，像个小孩一样，她仔细地挑着我的头发，为了拔一根白头发。我忽然动了一下，她说，"别动，我都看不见了。"她用力一拔，我摸着头，"哎哟，你干吗？谋杀亲夫啊？"她抱歉地说，"对不起对不起。"

我们都趴着，脸对着脸，聊着别的。我的食指和她的食指碰触，看谁抵得过谁。虽然看上去真的很幼稚，但是恋爱中的人智商为零，不是吗？

我们聊着我们的将来，她说将来要生两个孩子，一男一女，这样就热闹。我笑着摇摇头，调侃地回应，"两个哪够。至少要生一窝。"她笑着嗔怒，"你当我是母猪啊。"我们就这样说着，忽然她很认真地说，"如果这回你说话再不算数怎么办？"

我知道她说的是什么，我嬉皮笑脸地说，"想知道答案，亲我一下我告诉你。"我原本是调戏调戏她，并没有拿这句话当真，但她真的在我的右脸颊上留下了一记香吻。我惊讶的同时是兴奋，这是她第一次亲我。

我回答道，"先等一会儿，我觉得我要发财了？"她天真地问，"为什么？"我还是那样顽皮地回答，"因为满眼冒金星。"

她微笑地骂着，"呸，你现在该告诉我该怎么办了吧。"我说，"大不了你再变成别人的女朋友呗。"她不以为然地说，"这是你说的哦。"

两根小指勾在一起，拉得紧紧的，恢复了很久没来的甜蜜，但谁也不知道，这竟是我们撕开的最后一颗糖果。

12　不可饶恕的威胁

也许1002注定要给我的恋爱上一次真正的人生教育课。如果换作以前，我一定会向命运认输、低头。但是这一次，我绝对不会了。

经历了那次暴风雨之后，我再也不想见到这样的人。有的时候，我真的希望技校里这一类人都能被淘汰，甚至希望他们遭遇飞来横祸。但是后来我觉得自己这样想有点过分了，都是爹生妈养的，凭什么诅咒他们呢。

但我那一年真的很恨他们，恨不得将他们千刀万剐。起初并没有什么，后来班主任说有三个新同学要加入这个班级。我一开始觉得很不错，也许还能交个朋友，就像二胖仔和小瘦那样。

我真是太天真，居然会有这种想法，直到我知道他们是从哪来的。他们是从10届名声最臭、排名最次的一个班来的。不过这五个人中，有一个后来成了我的好朋友，因为他和其余四个人相比，人并不坏。

尽管在那种肮脏、污浊的环境下，他仍然是一个单纯的胖子。他有着自己的爱好和兴趣。但因为1002的胖子实在太多，他又是最后一个来的，所以我叫他小胖子。

那个转来的女同学我和她并没有什么交集，毕竟她来之前的丑闻我已经提前听说了。此刻的我正在回忆今天所发生的一切，包括小楠对我的道歉，我喝了口茶，尽量让自己的情绪冷静下来。

我打开电脑，没有直接去质问她，而是在心里盘算着自己的想法。时光倒退到他们来的第三天，也就是今天。夏日的阳光宠爱着我们，像是呵护着自己的孩子，没有任何的私心。

我们像往常一样去实习教室做电路板，我很喜欢小楠的热情，她正在和那几个新同学聊天。我虽然喜欢她这种奔放的性格，却希望她可以点到为止。今天的实习刚刚结束，那个女同学走过来告诉我，"以后不要去打扰小楠了，她已经和我同学在一起了。"

说着她用手指了指那个方向，我看见那个穿着绿衣服的男孩，随口答了一句哦。小楠也像往常一样等着我，我走出门口，问，"真的吗？"我把事情详细地告诉她。她连连摇头，"你别听他们瞎说。"我点了点头，没有再说话。

上放羊课的时候，那个男孩把我叫到了垃圾桶旁边。凶狠地说，"不是让你离她远点吗！？"我冷冷地笑着，"我的女朋友，你叫我离她远一点？顺便告诉你们，从你们进来的第一天开始，我就不想和你们讲话。"

另一个黄衣服男孩听到这句话，立刻甩了凳子，"你说什么？"虽然他很嚣张，但他的狐假虎威在班主任面前立刻消失了。班主任很严肃地看着全班，说，"某些同学不要太嚣张，如果你觉得你可以自以为是，胡作非为！请你离开这个班级，尽快！走！"

那个男孩脱口而出，"我们刚来，就有人不想和我们讲话。谁说的谁自己清楚。"我"哧"的一声冷笑，在心里骂道，"你不配，屎。"放学后，我收拾东西，那个女同学过来问我，"是你告的密！？"

小楠也用一种特殊的眼神看着我，哈哈，我打小报告了？我当时就说，"是我告的密又怎么样！受到不可饶恕的威胁的人是我，如果我还要受这种冤枉，那我做恶人好了。"说完，我提着包扬长而去。

13 慢慢变冷的火锅

这一回我们没有像刚复合的时候一样，乖巧地趴在对方的面前，而是都坐得端端正正，脸上很严肃。但就算是这样，还是不知道怎么向对方开口。

但是为了我有足够的时间去反省，我还是先开口了，"短信你看了吧？"她看到我开口了，随即也回应了，但我刚想说第二句话的时候，她没有停下唇齿的动作，开门见山地问我，"给我个理由？"

我一时间没有明白她在说什么。问她，"什么理由，那条短信？"她点了点头，我原本不想说出下面那一段话。但是她既然这么问了，我也不能不回答。我像一个已经经历过多次感情的老手一样，也像某些电影的男主角一样。

我把两只手掌交叉在一起，控制了一下自己的情绪，然后说出了我准备好的一套措辞，"小楠，其实我们经历了三次，都应该明白一个道理。那就是我们一直都没认清自己真正爱的是谁，所以才会发生这么多事。你向往着开放、自由。而我则喜欢保守，能够拘束一点。你要的爱情我其实一直都给不了。所以我才发了那样一条短信。"

　　她打断我，"你的意思是要分手？"我连忙摇头，"不是，我的意思是我们都需要冷静，并且能够有时间进行考虑，做出抉择。不管是你还是我，现在都是比较累的。你同意这个说法吗？"

　　她不知道该怎么回答我，所以也就默认了。那一段时间，我们没有分手，但也没有了所谓的亲密接触。但是我却忘记了最重要的一点，我的位置被调换在了她的前面。虽然老天有意这么做，但我们还是保持了一定的距离。再也没有对对方说过任何一句话，做过任何动作。

　　如果真有，也只是递本子这样的事情，我从来不回头递。只是往后面传，直到有一天，我们觉得时间都够了。那天，不知道谁约的谁，大家出来吃了一顿饭。我们选择了火锅，这是我们第一次真正的约会。

　　我知道她爱吃，所以把菜单推给她。不一会儿，锅底上了，也开始烫菜了。我开玩笑地说，"喝酒吗？"她却出乎我的意料，说，"喝。"两杯啤酒已经倒好，我作为男生说，"我先干为敬。"咕咚咕咚，依旧保持着以前的习惯，她说，"慢点，多吃点菜。"

　　我问她，"最近过得好吗？"她摇摇头，也喝了一杯酒，"没多大意思，还不是像以前一样。"我们就这样有一搭没一搭地聊着，直到那句话出现，酒已经喝到了内心深处。我带着酒音说，"对不起啊，我又说话不算数了。"

　　小楠也醉着回应道，"其实我也一样。"我们俩突然笑了起来，像两个神经病一样。但只有我们自己明白，现在的我们比任何时候都清醒。我夹了一个丸子，醉醺醺地说，"来，喂你最后一次，我们就分手。"

　　她张开嘴，我轻轻地送进她嘴里。小楠笑着说，"来，为我们的分手击掌。"两只手掌拍了三下，这一次，彻底结束了。我们俩看着慢慢变冷的火锅，笑中带泪。

14　和平分手之后

不知道那天是谁先说的再见，只是在这句话之前，我们还是像往常一样，牵着彼此的手，走到车站，像是并不在乎我们已经破灭的身份，只当是朋友之间的友好。

那天我们喝得很醉，但谁都没有逾越那条未成年人不该逾越的线。酒精慢慢褪去的时候，已经是傍晚。在这有点蓝、有点黑的天色中，夹杂着许许多多的路灯。

路灯照耀着这座城市的繁华，让我没有想到的是，我们现在走的这条街，晚上的生意比白昼时更加红火，可能是因为某些红男绿女在寻找一种归宿吧。

他们的故事我大多数是从电视剧中了解的，不过是自己做错了某件事而导致的分手。最终不得已去了深夜里的一个地方，那就是酒吧。

但现在不是深夜，即使是，我和小楠也不会去那种地方。我们宁可找一个街边上的烧烤小摊，再点几瓶啤酒。说说过去的事情。

终于，到了那个车站，我们都放开了自己的手。我叮嘱她，不再用男朋友的口吻，而是作为一个同学的关心，"记得回家要小心，要赶紧回去，夜里坏人多。今天酒喝多了，回家多喝点白开水。不然明天早上头会晕晕的，千万不要忘记带胸卡。"

她点了点自己的头，微笑了一下，"好的，你也是。"她的车来了，我目送这辆绿色的公交渐渐远去，披紧了自己的外套。拿出手机，点了一首音乐，戴上耳机。

在人海中我走向一个地方，只有去那才能确保我能够以最短的时间回到家里。我知道，如果我再不回去，我的手机就会被打爆，一切都出于我皇阿玛和皇额娘的担心。

我漫无目的地走着，即使我不抬头看，我也知道路应该怎么走。为了防止车祸的发生，我决定走地下商城，这样就能很顺利地到达那里。到了车站，我突然想到了什么。我在我的机器上找到小楠的号码，发送了这样一条短信。

"不是恋人之后，我们依然是朋友。"发完之后我嘴角露出了一丝微笑，然后继续听着那些我觉得美妙的音符，看着车站旁的学生、商人，还有一些大妈。

茫茫夜色中，某种东西在我的心里停留了很久。似乎它已经很久没来了，现在我和它有种相见恨晚的感觉。

但是我并不抱怨它来得太晚，它来得正好，它的名字叫作释然。我看着这座繁华的城市，来来往往的人群和车辆，他们是如此的和谐。我在期待新故事的到来，却没想到来得这么快。

15 不速之客：12届

茫然地度过暑假，每天都是不痛不痒地过着。就那样睡到自然醒。如果每天睡到中午还起不来，那就穿好衣服，出去吃碗拉面好了。多加点牛肉，多一张鸡蛋饼也不错。

只是价钱贵点而已。在这个暑假的八月底，我搬家了。从那个破旧的大院迁居到一个房地产小区。还不错，两室一厅，差不多100平方米。

据说这是爸妈为了我将来结婚买的，这一点我信。他们把大房间直接推给我，就是因为这个理由。我期待着开学，因为实在是太无聊了。

家里的沙发、大床，还有我卧室的书房、阳台，再喜欢也会有尽头的时候。今年已经是2012年了，听说今年年底是玛雅人预测的第四次世界末日。

不知道这是谣言还是什么，每次不管在电脑上找谁聊天，永远离不开这个话题。我的兴趣爱好也从看泡沫剧变成了爱看《裸婚时代》这样的伦理剧，尽管后来里面的男女主角在现实中出轨了，但并不影响我看这部电视剧。

我分得很清，角色是角色，现实是现实，两者是不可以相提并论的。学校可能又在为迎接新一代学弟学妹而忙着做些改变，我认为还是那样的微不足道，直到我去那帮忙的时候。

我真的是惊呆了，那个石子地的操场居然不见了。变成了全新的橡胶跑道，真的是一点毛病都挑不出来。孙老板笑嘻嘻地说，"你知道吗？这操场学校花了八十万！"

我简直不敢相信自己的耳朵，虽然这听上去有些夸大其词。但这的的确确是真的，没有一点虚假。我记得刚开学的时候，班里的男生很躁动，都趴在外面看，我这种谁都看不上的也出去凑了个热闹，但我提不起兴趣。

有个同学说，"三哥！快看，12届的妹子诶。你不是刚分手嘛，我给你介绍一个。你看那个腿多细。"我调侃地回应道，"你这么饥渴，你去啊。"

他口水都快流下来了，我摇摇头，笑着走进了教室。这天放学，厂车上异常的挤，我一看原来是新的学弟学妹们来了。我和孙老板聊这一天发生了什么，有意思没意思的都聊。

我玩着自己的游戏，这是一个最新的手游，类似于跑酷游戏，一时间引起了热潮。正聊着呢，一个穿着蓝色短袖衣服、黑色大中裤，长得白白胖胖，戴着一副眼镜，留着平头的男生来到了我的身边。

他对我说，"学长，能不能把你手机给我玩一下？"不知道为什么，我对这个微胖学弟有种特殊的好感，然后我淡淡地说了句，"随便，给你。"他很欣喜地拿过去，对他的同伴说，"看我怎么虐你。"我看着他的胸卡，问，"你是12届的？""对啊，没错啊。学长有什么事吗？"

他好奇地反问我，我摇摇头说没什么，"你玩吧。"我看着这个白白胖胖的小子，没料到后来我和他的渊源会那么深。他是我的学弟，也是我的徒弟，他曾经很怕那个南京女孩。

他有次对我说，他吃韭菜饼差点噎住就是因为见到了她。可他在我面前，总是调皮地称她为"师娘"或"嫂子"。只是当时的我并没有想到，我生命中会出现这样一个可以当作至交的徒弟，赵杰。

16　十年之约

"世界上最远的距离，不是生与死的距离，而是我在你面前你却不知道我爱你。"我看着空间里的动态，发现了这样一句话。这是个名句，虽然我到现在也不知道是谁创造的。

我觉得这两句话分明是在讲杨过和小龙女，如果他们早点明白这个道理，也不至于让对方经历了那么多波折，又苦等了十六年。

后来我终于明白了他们当时为什么不明白。因为我也经历了和他们同样的事情，只不过是反过来的而已。

还是一样，闲下来的时候，我会和小楠聊聊天，我们都知道，从那天以后，我们再也不可能复合了。我们已经坦白了，已经释然了。

终于明白了"朋友比情人更长久"的意思，甚至可以说"同学比朋友还长久"。就像张艾嘉唱的那样，"也许我偶尔还是会想她，就当她是个老朋友啊，也让我心疼，也让我牵挂。只是我心中不再有火花，让往事都随风去吧。"

至少那个时候我是这么想的，她我不清楚。因为我真的不是很了解她，即使已经和她走进三次恋爱的世界。她问我，"张国荣和梅艳芳有过一个誓言，你知不知道？"

那个经典的誓言我怎么会不知道，我轻松地说，"当然知道啊，十年之后，我未娶，你未嫁，我们就在一起。这个在一起就是结婚的意思，可是他们刚满那个约定时，就都死了。"

她摇摇头，叹了口气，"太可惜了，也算是一对金童玉女。"但我没告诉她"哥哥"注定不能和梅姑在一起的真正原因是什么。她灵感突发，说我们之间也来个十年之约，我很爽快地答应了她。

我后来才明白，其实我们都在为自己保一个底，这个底谁戳穿了谁就会输。十年之约，连我自己都觉得荒唐。时间太长了，谁能保证这样的约定。

至少让我明白了一个道理：我们证明了，我们曾经爱过对方，而不是继续深爱。我们断了彼此的后路，看上去像是约定，实质是给我们一个看似可能、但实质不可能的期限！

17　重新启程，出发！

不知道这是来技校的第几天，可能已经几百天了吧。我是按照一年365天来算的，时间过得真快。

转眼间，我已经十八周岁了，已经进入成年人的行列了。可我还是不习惯一个人的生活，所以我加了很多的群。慢慢地，通过这些交流，我的习惯形成了一种自然。在学校，上上课，吃吃饭，玩玩桌游。

一天就这样充实地过去了，偶尔也会去小卖部买点东西吃，安抚一下自己的肚子，至少它不可以太委屈。我看着小楠的位置，是空的。

不知道为什么，她一整天都没有来，可能是有什么事情了。我不再抱有那种焦虑和担心。只是平平淡淡地问了下班长。那个时候请假很方便，只要说一句话就可以了。

不用什么家长证明、打电话求证，只要动一动嘴巴就可以了。只知道她请了事假，其他的我就一无所知了，但我们之间真的结束了，不是吗？这是我们都知道的啊。

何必去在意这些不属于自己的事情，还是出去透透气比较好。这才是中午，为什么下起雨来，不过还好，是蒙蒙细雨。我看到手机上有一条孙老板发来的消息，"快到这个地方来。"

我不知道那是个什么样的地方。也许那是一个庄严的地方，像皇宫一样的地方，那个地方正在等着我入朝为官。我不知道为什么会有这样的感觉。

我就像个天真的书生一样，一步一步地靠近它、接触它，不知道会走到哪里。就在我犹豫不决的时候，时间伸出了它自己的双手，把我推了进去。

时间似乎在告诉我，"你必须面对接下来所发生的一切。就算输了你也无路可退，这是另外一个能让你成长的地方，你必须踏进去。"我似乎能够听见它的声音，是的，旧故事已经结束了，难道新的篇章还不该开启吗？

我的手举起来，刚要敲门，那扇绿色的大门自动打开了，从那一刻开始，我知道，我要重新启程了，出发吧！

　　他觉得是时候开始谱写新的乐章了。

　　他觉得是时候开始迈步新的路程了。

　　他觉得是时候开始面临新的风雨了。

　　他觉得是时候开始接受新的挑战了。

　　雨还在下，他觉得快停了。

第四卷
社团青春

01　时光追溯，空间倒退

　　我坐在自己的办公椅上，看着一堆又一堆的卷宗，感到头疼欲裂。我打开自己的抽屉，拿出一盒朋友送的雀巢。我泡了一杯，看着那冒出来的热气，尽量让自己提提神。

　　毕竟现在是深夜，因为我想早点回家，上级领导就对我进行了他所谓的"年轻人要多干点儿事"的言论。恼火得很，都是些鸡毛蒜皮的民事纠纷。

　　民警虽然有时候也能破案，但却比不上刑警的大案要案。到我下班的点儿了，我看了看自己左手腕上的"时间控制者"，已经深夜了，这座城市不会再出什么事了吧。放过我吧，我想睡个懒觉。

　　早知道这个工作会受苦受累，但我偏偏喜欢伸张正义。黑夜并没有让我不安。我懒懒地趴在自己的床上，但是苹果的专属铃声并没有饶恕我。电话那头，"K仔，快来快来，YM学校出事了，有个男的在楼顶上威胁一个女的，还拿着刀子。"

　　我听完他的话，立刻穿上警服。依旧听到我后面的母亲在喊着，"不吃早饭了？"我随随便便地敷衍了事，摇了摇自己的头。YM学校是我曾经的母校，去那里的路线，我再熟悉不过了。

　　乘公交车太费时间，所以我选择了直接打的。当我赶到时，楼下已经布满了看热闹的人群。有一位刚刚实习的同事对我说，"K队，你来了。"

我点点头，爬上了楼顶，好言好语地劝道，"别冲动，她是无辜的。有事我们可以好好商量。"那穿着黑色衣服的男子对我说，"K警官，我知道你是好人。但是她不无辜，这个女人骗走了我所有的财产，还背着我出轨！我今天要她偿还一切。"

我叹了口气，有点同情眼前这个男人。但作为警察，我必须劝他，"法律会制裁她的！只要通过正规的途径，你就能重获你失去的一切。"那男子忽然哈哈大笑，"法律？我告了她三次了。我不信了。"我没有时间和他多废话了，问旁边的人，"下面的气垫准备好了吗？"

旁边的小同事点点头。我一个箭步冲过去，左手用力一拍，先夺下男子手中的刀，然后我抱着他们一同跳下楼去。安稳着陆之后，我站起来，所长在一旁说，"靠，这小子，真不要命。"

我尴尬地笑了笑，回头望望这个我救人质的地点。本来从楼顶看，并没有什么，但是当我的目光聚集到下一扇门的时候，这是……这是文学社。好久没有和他们一起吃饭，一起聚会了。

几天前，所长说我的调令马上就要执行，在离别之前，我该请一次客了。我把他们约在了一个我们都熟悉的地方，迎宾饭馆。我认识他们几年了？大概也有七八年了吧。

他们带给我的感觉是另外一种青春。那三个结伴成群的，穿着蓝色、白色、紫色休闲装的三个大男孩，分别是老刘、小胖墩，还有我的徒弟赵杰——我们习惯称他"小牛"。

最晚来的也许是那一对好姐妹，一个叫叶子，一个叫兔子。兔子和小牛因为有一段故事，所以见面时有些尴尬。我刚刚说错了，最晚来的是姐姐，这个让我临危受命的人。

这些来的、没来的人，让我的回忆再次随时间推移到了八年前。

02 当它降临在我生命的那一天

就像乡下人刚进城，什么都没见过一样，我看到哪里都很好奇。我看着孙老板一副鄙夷的表情，就像城里人看不起农村人一样。似乎在说"没见过嘛，这不过就是大一点的房间而已"。他当然不能理解我现在想的是什么。

这里有两个房间，前面是两三张台子，上面摆着一个记录本，我抓起来翻看，那上面竟然是2008年到今年的借还书记录，就像客栈的账本一样。但是我却没发现这里的书在哪里，进入第二间房的时候，我发现这里才算是真正的书海。

我从来没想过技校会有这样一个笔墨书香的地方。那些书架前，似乎有一张类似办公桌的东西。上面摆放了一些本子，那些本子我再熟悉不过了。

都是学校统一配发的。还有一沓纸，上面写着密密麻麻的字，用一个黄色的夹子固定着。我拿起来看了看，都是些作文。看了半天，可能因为自己年纪不够，我不能理解这些学长学姐、比我先进社的前辈们，在写些什么。旁边放了一个放重要文件的档案袋，封面上写着"存根"。

我从那里面拿出了一沓纸来，虽然也是作文，不过年头有点久了。我心里叹道，"都是被淘汰的作文吗？"有的也可以看看嘛，比那些文人骚客写的要好得多。突然听到一个男的声音，他在外面问着孙老板，"你推荐的人带来了吗？"

我吓了一大跳，能问出这话的应该是社长吧。我赶忙将杂七杂八的东西摆作一堆，随便拿了本书看。孙老板在外面大大咧咧地回答，"就在里面。"

这个大男孩穿着白色T恤，戴着一副眼镜，就算挂着胸卡也不失帅哥风范。他友好地问我，"你好，我是这里的社长，08届的，叫章羽涛。我能问你一下为什么要加入文学社吗？"因为刚刚私自翻了别人的东西，心里总有点亏心，所以我的声音有点颤抖，"我能说是好奇吗？"

他对我的回答虽然感到有些莫名其妙，但还是用笑容化解了尴尬。过了一会儿，来了很多人。章羽涛在正中央，郑重其事地说，"人都到齐了，那我们就开始自我介绍吧。"

我有点怯场，我不知道该准备怎样的一种措辞。就像是面试一样，生怕说错些什么，主官会把我淘汰。但我还是说了，很简单，"我是1002班的K仔，喜爱写作。"

我认为那是我在那里最胆小的一天，就像刚刚进宫的夏紫薇，不知道未来是怎样的。有点不谙世事，有点担心。后来我胆子慢慢变大的时候，我无数次想回到这一天。当它降临在我生命的那一天。

03 我们是朋友，也是宿敌

来了有一段时间，我只懂得每天过去登个记，看个书，然后到时间就回到1002，不再多问些什么。但我不懂他们为什么要躲在另外一个房间，好像是在讨论、议论着什么。

那个时候，我每个双休日都会去这个城市的大图书馆去借一些自己喜欢看的书籍。但一次最多借三本，实在是太少，所以我必须精挑细选。我去了好几次，发现电视剧里的那种情节根本不可能发生。

这里根本遇不到对的人，因为翻到同一本书就能够走到一起。有的时候，我也觉得电视剧像安徒生童话那样美好。当我再次来到文学社的时候，我还是一边戴着耳机，一边看着书。

我觉得这并没有什么不妥。但就在这个时刻，突然传来一个女孩的声音。她的嗓子有点粗，不过还好吧，至少轻言细语的时候不像现在这样。

她上身穿着一件黑色外套，下身穿着裙子。浓眉大眼，脸上有少许斑。但这不影响我和她的交流，至少在这个社团里，她也算是一种独特的美。她友好地招呼我，"喂，你在看书吗？我们这好像没有这样的书诶。"

我虽然很不喜欢她这种不礼貌的行为，但是毕竟我和她交流不多，我的名字还没有对她造成深刻的印象。我也回答，"是啊，这是我从文化宫那边的图书馆借的。多看一些书，开拓一下自己的视野嘛。"

她微笑着，看了一下我那本书封面的名字。我觉得自己作为男生，应该提前介绍一下自己，即使那个时候我有一点不愿意，但我还是站起身来，"你好，我叫K仔，是1002班的。前辈好。"

她被我的举动愣住了，随即释然，也自报了她的家门，"你好，我叫邓芸，是1004班的。不过我不是什么前辈，只不过比你早来一些。你以后叫我芸儿就是了。大家都这么叫。"

就这样，我们的友谊路线从此开始了。她是一个什么样的女孩，那时我还不知道。时间后来让我写下这样一段话：她脆弱哭泣时我曾经安慰过她，她坚强刚硬的时候和我争斗。

她曾经喜欢过我，但我却将这份感情付诸东流。因为命运告诉我，我们只能是朋友，还有宿敌。在我们刚认识的时候，大概谁都没有想到这一点。

04　我们是不可能结交的朋友

一种日久见人心的催化剂在我和他们之间徘徊，我开始学会慢慢地接触他们。去和他们聊天，去和他们说一些自己曾经发生过的事。

他们听了我和小楠的故事后，有的说我傻，有的说我笨。反正他们把她定义成了一个坏女孩，是啊，那个故事的深意只有我自己知道，其他人又怎么能真正体会和了解呢。

但是这并不影响我融入这个集体。我觉得社团领导就算身披龙袍，依然能做到与民同在。那里好像成了我另外一个家，温馨、港湾这样的词在暖化我。

我明白了，原来他们以为我进社团是因为不情不愿，所以才不声不响的，但我还是解释了一下自己的畏惧和害怕。章羽涛笑了，拍拍我的肩膀，说，"没事，慢慢来，这个新环境你会习惯的。"

他说的没错，我已经开始慢慢地融入这个圈子，其实也没有什么啊。可以说一说自己的烦心事，抱怨一下自己的课程。说一说我所想的不切实际的事情。没过多久，社团又进了两个新人。

我好像在什么地方见过他们，但我不记得了，但就是很熟悉，说不出道不明。直到他们自我介绍的时候，我才知道他们原来是同一个班的。一个高瘦，一个虽然不胖，但是比起前面一个还是多了一点脂肪。

他们俩一个叫沈聪欢，一个叫刘海铖。我和前者的接触并不多，而后者，那是个太实诚的人。他虽然和我同年，但是在月份上却比我痴长了一岁。我曾经以为他戴的不过是一副普通的眼镜，但我没有想到，他的眼镜可以看穿一切。

我认为他比我还要老实，也是那种战战兢兢的人。但他比我睿智，比我沉稳和冷静。他偶尔也会对我说作文没写怎么办。看到我翻阅那些"奏折"的时候，他会紧张地说，"淡定淡定。"

那件他常穿的蓝色T恤成了他独有的标志。我和他很少说话，所以我认为我们不可能成为朋友。

但我没想到的是，最后他成了我的左膀右臂，经常为我出谋划策。他喜欢过邓芸，虽然这妨碍过我们的友谊，但是我们就算再怎么有分歧，也从未发生过激烈的争吵，这就是刘海铖最大的优点。

05 "翰林"惧"御主"

我写了几篇文章，只是随便写写，抒发一下自己的感受，倾诉一下自己的感觉。但是因为次次都被校刊登上，让他们对我有些刮目相看。然后给我分配了个批阅作文的工作。

把过去的、现在的作文，做一个修改，取其精华，去其糟粕；实在不能用的，就画上一个大叉叉；如果还能用的，就把它修改完，然后再放在一起。我对自己"翰林官"这个角色觉得有点小材大用了。我把这种忧虑跟社长说了，但社长对我说，"没事，你的文采是大家都能看到的。不用担心，尽管改。"

这天我特地跟班主任请了假，因为工程量实在是太大，所以要利用一下午的时间。我关上大门，进入那个小门，坐在那个凳子上。桌子上放着一沓作文，旁边还放着存根。

真是折煞我也，刚来不久，存根也要给我修改。我翻着那些密密麻麻的纸张，一张又一张地看过去，用一只红笔在那上面圈圈点点着、删除着、添加着；对于我觉得有一线希望的作文，就在上面稍微修改。

这工程量真是浩大，就跟修改《四库全书》一样。我真怕我跟历史上的纪晓岚一样，在烛火中耗尽了一生，应该还不至于吧。我小心翼翼地打开那存根，头一张的字迹很娟秀，很漂亮。

这样的文章应该是女生写的吧，看看如何。看完之后我叹了一口气，大言不惭地说，"写的什么东西！小女娃，写的尽是些荒唐的东西。看官老爷我怎么给你画一个大叉叉。"

我有着清官一般的豪情，留意名字的时候，我的红笔落在了地上。暗叫，"她……她……写的，我还是赶紧放进去吧。"心里默念着上帝保佑。

这篇作文的执笔人正是十事，也是未来的副社长史晓月。公主级别的，我怎能轻易惹之，被她发现，我岂不是要被革职查办！我还是看看别人写的文章吧。这时，门被打开，有人看到了我认真批阅的样子。

但我并没感觉到有人来，在大门口的角落里，"这么认真，辛苦了。我去叫他停笔吧。""不，你从他身上看到了什么？""衣服和裤子。""不对，是龙。""龙？老大，你别开玩笑了，他不过是文章写得好罢了。难不成将来咱们毕业了，要他担当大任吗？""未尝不可。"

谁也没有想到，那个肯定我的人并没有让我成为龙，让我成为龙的是那个否定我的人。

06 我们的第一次聚餐

只记得那天我们都很开心，在阳光下走着。聊着天，唱着歌。貌似那是个星期天，因为我们不可能浪费自己上课的时间去找乐子。

我们还没有这么嚣张，在这点上我们都是乖孩子。为了庆祝什么事情，我们决定在离学校不算近也不算远的一个火锅店里搞一场聚餐。

火锅店并不算大，但是中午的生意好像不如晚上。毕竟我们去的那个点儿，居民们都在午睡。算是自助火锅吧，每个人都拿着盘子，夹这个，夹那个。

获得最佳主角奖的莫过于肥牛先生，堆满了好几盘。很快，疯狂的举动就被制止了。有人说吃完了再点，有人说还不够，有人说已经绰绰有余了。

说法各有千秋，但最终还是后者服从了前者。对于我眼前的那个大胖子，他的确是个好人。他总喜欢穿着白T恤，上面画着简单的图画。他的右眼下有一颗痣，他笑起来让我们觉得他很可爱。

虽然他是我们的学长，但他总能和我们玩到一起，用一种直来直往的方式说我们的对错。我喜欢他那不藏着掖着的态度。后来我多多少少学习过他的态度，但前辈始终是前辈，我和他还差得很远。

他姓周，我亲切地称他为大胖哥。他是我最尊敬的结拜兄长之一。他看着我们说，"小伙子们，你们点了六十道菜，可不要浪费，全部吃完哈。"原来这里都是一些吃货，我一度认为他们是饿死鬼托生的。

后来才发现是钱太多了，就潇洒地挥金如土一下。我倒是很淡定，点到为止就可以了。每次遇到这种场合，我的好朋友都会出现。它知道我会找它，所以它每次都会主动地出现在我的眼前。

酒。当然不是那种白酒，是啤酒。那天我也不知道自己是怎么了，觉得用杯子喝太费劲，直接用扳手开了瓶盖，大口喝酒，大碗吃肉。瞬间有一种"大河向东流，天上的星星参北斗"的感觉。

我这种豪放的性格，被大胖哥看见了，赶忙劝道，"小伙，这是酒，可不是矿泉水。"我自然地笑着说，"没事，喝不醉的。高兴嘛，来，哥，我敬你。"他也对我笑笑。那并不算最疯的一次聚会。只是很简单、很开心的一次。

07 我将它连根拔起

那是多么忙碌的一天，基本和文学社有联系的人都来了。可能有的人离得太远，又没有家长的特赦令，所以不能去帮忙。

还有的人在做兼职，给自己挣点零花钱嘛，万一哪天大手大脚的时候，也可以给自己存点底儿。但是那天的消息对我们所有文学社的人来说都是一个噩耗。因为住在外面的男生经常偷跑去上网，这让我们的四大"黑执事"很恼火。

于是"黑执事们"下了个封闭式的政策，把靠近食堂的女生宿舍改成了男生宿舍，而文学社受到了牵连，变成了未来的女生宿舍。这就是传说中的拆了东墙补西墙，这是他们唯一的办法了。

我虽然来到这里没有多久，但我觉得文学社在这里已经有了很长时间的历史。至少在我没有来之前，它已经记载了许多欢笑与眼泪的故事。现在，说搬就搬，打了章羽涛和陈家伟一个措手不及。

他们俩一个社长，一个副社长，都是在这里成长起来的。从成员到社长，走了多少天呢，或许只有他们自己才知道。但是谁都不敢抗旨，只能把这样一个有感情的地方连根拔起。

我也参与了这场没有人情味儿的"搬迁"。首先，要把那些书送到另外一个地方，全部放进一个蓝色的桶里，然后通过三轮车运到那个新地方的门前，再然后腾桌子和椅子。

我一边帮忙一边看着这里的一样样东西在我眼前逐渐消失，虽然还能见到，但我却觉得在和它们永别。我正在发愣，章羽涛说，"这书架是不能运的，太大了，回头摔坏了不好。"陈家伟爽快地回应，"徒手搬吧。"

不想让他们太辛苦，我说了句，"我来吧。"随着一声"一二三，起！"，转瞬间，这些书架全部不在那个房间了。下面还在催着，"快点，快点，把这些书全部运到那边去。"这种毁灭人情的事情校方的效率还是很高的。

所有的程序都完毕后，我们来到了这个新地方。小了很多，陈家伟摇摇头，和我的感觉一样，"这地方这么小。"章羽涛好像早就料到了这一点，叹了口气，"行了，能不要的东西就不要吧。"

不久之后，新的文学社在这重新扎根。我用手指触摸着那些杂乱不堪的书本，虽然摆得很整齐，但都没有分类。后来，又发生了太多的事，谁都没闲心来管。什么？你说我？不，我是最没有时间管的。

08 社团"双骄"

　　每次想起我和他的相遇，我都会想到那会儿看《还珠格格》的时候，主题曲在放，书本在翻，电视剧中的镜头是小燕子和紫薇在稻草里追逐。

　　我和他的友情并不亚于她们俩，可能我们的故事并不如她们那样惊险刺激，但是我们之间不管误会有多大，终究还是会和好。

　　我们也曾朝对方怒吼，也曾和对方决裂，但我们最终能够冰释前嫌。我们也一起受过折磨，吃过苦。我想起了遇见他的那天，他正站在门口看风景，那个时候他还小，我也不知道那操场到底有什么好看的。

　　不过底下路过的那些妹子，或许是他关注的重点。自从看到他和小楠在花园里聊天，我心中的怒火就一直未消，一直想找他算账。所以我认为他并不是在看风景，而是在捕捉他的猎物。

　　不知道底下哪个无辜的女孩会遭受他的骚扰，我再次看到他的那一刻，停下了脚步。我在想该怎么去质问他。

　　我有点优柔寡断，这是我每次在做任何决定的时候都会突然出现的一个词，这也成了我致命的弱点。我一步步地走进他，他却提前转身看到了我，"帅哥，你也是这里的吗？"

　　在这种友好的问候下，我不可能像审问犯人一样去对待他，只能回应道，"是啊。"他笑着问我，"进文学社有什么要求？"他的追问缓和了我的情绪，进了门之后，我才知道他来自1003班，就是以前靠着文学社的那个班级。

　　他叫卢宇尧。我后来才了解到，一切都是场误会。我想，"就算这样，我和他也不会再有多余的交际。"但是事实告诉我，我们后来会一起玩耍，一起嬉笑，一起聊自己的心事，一起回家。

　　虽然他家和我家远得不得了，但这不影响我们之间的友情。我们除了不是一个爹妈生的，就像双胞胎兄弟一样。小鱼儿和花无缺是绝代双骄，而我们是社团"双骄"。

09　离别，把酒狂歌

那时候每个礼拜最期待的事情，就是和我的弟弟卢宇尧约好了礼拜五放学后一起去21路车站，一起聊天，一起回家。

礼拜五已经不是早放学那么简单了，我就怕拖延时间，错过了一起走的机会。当然，他也一样。可是上帝好像有意在考验我们，他突然抛出了一个问题，让我不知道该怎么回答。

他笑嘻嘻的脸突然严肃了起来，说出了他心底的疑惑，"哥，我貌似喜欢上领导了，你说我去追她好不好？"领导是我们俩对史晓月的称呼，因为不敢直呼其名，可能我叫的多一点。

毕竟是学姐，何况现在已经升级成了副社长，所以我对她还是抱有敬意的。但是当他说出这句话后，我的心里像打翻了五味瓶。我承认，我对史晓月也有这种感觉。

虽然对她心存敬畏，也有想拥有她的冲动，但是看着他这么渴望、这么认真的态度，我决定尘封我自己的心脏，让它继续孤独，关上我的那扇窗。

我点头微笑道，"不错啊，尧尧，你要加油。领导可不是这么好追的。"他像是乐开了花，用力地点着自己的头，我淡淡一笑。在车上，我并没有多说什么，他似乎看出了一些端倪，"哥，你也喜欢她？"

我并不想欺骗他，还是和他说了实话。但我们并没有因此而争斗，而是决定一起追，不管结果如何，都会给予对方祝福。时间过得很快，转眼就到了08届毕业的时候，这也意味着章羽涛和陈家伟不得不离开他们待了四年的地方，还有他们的班级，还有我们。

离别，这是谁也不愿意面对的事情，但是他总会在某个时间段来靠近我们，并且告诉我们，这次它离开之后，我们又成长了。

我们决定举办一次晚宴，这回不像上回那么夸张。我们去了迎宾饭馆，距离学校大概有三十步远。人都到齐了，点了十道家常小菜，又要了一箱酒。那天，注定要不醉不归。那瓶口倒出的黄色液体在一个又一个杯子上加满。

我们边吃菜，边喝酒，边说笑。我们尽量避免提前进入悲伤这个环节。史晓月即将面临大任，因为她快要转正了。她连连敬酒，酒到深处，她开始流泪，是啊，一个女孩就要担起一座大山一样的责任，这谈何容易呢。

我和尧尧都知道她即将面临的束手无策，但我希望她今朝有酒今朝醉。而尧尧却已经忍不住了，想要把保护她的想法立刻脱口而出，"哥，我们现在就去跟她说吧。"

我摇摇头，喝了口酒，"不，现在酒比我们的突如其来要管用得多。"他明白我是什么意思，点了点头。那天的主题是践行，希望我们的兄长在未来的路上能够更一帆风顺。

我们开始唱起那首歌来，"开始的开始，我们还是孩子，最后的最后，我们变成天使。歌谣的歌谣，藏着童话的影子。孩子的孩子，该要飞往哪去。"那天，我们全部喝醉了，我体会到了什么叫珍贵的友情，把酒狂歌的情景，人生难有，但这次我喝得尽兴。

10　嚣张跋扈的十字绣

离别之后，并不代表文学社的事情画上了句点。整个学生会做了一番很大的调整，包括每个部门的人员裁选，以及重新招人的决定。

但是文学社既没有挑出任何人选，也没有做招人的决定。因为史晓月想沉静一会儿再做这样的事情，也可能是因为那个时候她面临着下厂实习，所以无暇去管理社里那些事。

在她下厂这段时间，邓芸却惹了一件祸事——这件事让史晓月的心更加沉重了一些。她很累很累，她知道自己做不到像之前那样，但她现在必须努力，因为没有别的路可以走——如果我没有记错，那件事我也在场。

那天，新上任的部长赵传华还没有来，一切都很安静、和谐。邓芸正在绣着十字绣，她的绣功着实美妙。但是，我们都忘了一件事，现在是开放时间，不能做自己私人的事情。这规矩虽然古板，但不违反原则。当赵传华来到文学社的时候，安静和谐被彻底打破了。他怒气冲冲地走到邓芸的面前，一把抓起那"十字绣"，狠狠地朝地上摔去，并且怒吼，"以后再让我看到你在开放时间干自己的事，你就给我立刻离开这里。干事没有干事的样子！"

邓芸看着自己绣了很久的东西被毁于一旦，她的嚣张跋扈促使她反击！她需要抵抗。她脱口而出，如炮火般地回应道，"你以为我愿意在这里待啊。"说着狠狠地摔了一记门，离去了。赵传华随后离去，我估计他也被下属这样的态度给气疯了。

我随即追出去，却被史晓月拦住，"你要去干什么？劝她吗？不可以，让她自己回来。"我觉得这是不可能的，所以我对她说，"姐，她怎么可能会有这种逆来顺受的脾气啊。"史晓月却沉静地对我说道，"就是要练会她这种脾气。"

我知道邓芸那种脾气，她可能会走极端,当她认为只有她自己对的时候，没人能劝得了她。我的同情心泛滥，对她起了怜悯之心。在我的好言相劝下，硝烟弥漫的气味逐渐烟消云散了。但我那个时候并不知道，这个女孩已经对我产生了一种特殊的感觉。

11　别哭了，邓芸

我换上了一身红色的格子衬衫，穿着牛仔裤正在操场上到处走着，刚刚吃完了午饭，需要消化一下。好像我来了很久之后，就很少光顾这个再熟悉不过的场地了。

我也很奇怪，自从建了这个用"金子"做的操场，我们这一届似乎就没有在这里吃灰跑过步、做过操了，原来换了"破大楼"还有这样的好处。路过我身边的人有刚刚才下课、准备去吃饭的，也有和自己的同伴、校友、情侣在操场上乱逛的。

我突然想到，我和小楠曾经谈了那么久的恋爱，却从来没有在这里走过，为什么？我皱着的眉头忽然缓和了起来，或许是因为她的不愿和我的不敢吧。

现在一切都像一阵风一样，什么都不重要了。到时间了，我要去那个地方。这是我每天都要做的工作，已经成为我生命的一部分。这天的开放时间大家都不说话，我不知道他们怎么了。

我问刘海铖，他却很害怕地说，"别问了，这太恐怖了。"我的心里似乎打了一个结，一般这种情况多半是因为我那个姐姐——也就是这里的社长，因为这里的事情发火了。邓芸忽然走到我的身边，"K仔，待会儿打铃后你别走，我有事跟你说。"

我看着她神情严肃的样子，好像不能推辞，于是点了点头。所有的人都走了，只剩下我们两个。她开了腔，"K仔，你知道今天大家为什么不说话吗？"

我点点头，"是她发火了吗？"听到这句话，她开始放声大哭，"我不明白，我不明白，为什么她说都是我的错！明明是她的错！她的错。"看着她的烛泪成行，我摸了摸自己的口袋，没有带纸。

我看见桌子上有纸巾，抽了几张，递给她，"别哭了，邓芸。擦擦吧。"她的情绪终于有所缓和，擦了擦后，问我，"你觉得是我的错还是她的错？"我摇摇头，"这个，我不好说。"

她继续追问，"你也认为是我的错！？"我犹豫了一下，做了回答，"邓芸，我知道姐姐很强势，也有点专制。但是她也不容易，请你理解她吧。她有些时候需要我们的理解。"邓芸没有说话，只是继续看着我，脸上没有了泪滴。

12 "翰林"探"女皇"

对于邓芸这件事，我想肯定不止她一个人对我这个社长姐姐有偏见。可我现在处在什么位置呢？按道理来说，作为一个最底层的成员，不能插手社长和干事的事情。

一来是怕引火烧身，二来是怕如果多管闲事的话，我这个"翰林"的职恐怕也会被革。这倒真的不是我自己吓自己，史晓月的脾气我还是摸得透的。

虽然我们不再是情侣，但这个义姐，我再清楚不过她大发雷霆的样子了。有可能，邓芸的嚣张跋扈就是被她感染的。我在那些瓷砖上走来走去，我究竟该不该提出自己的意见呢，还是让她自己体会？但是，她会吗？

那天我并没有去上下午的课，我在文学社沉静了好一会儿，在想到底应该怎么办。我快步走到后面的书架前，试图用摆书让自己平静一些。因为手指翻得太快，一本书忽然掉了下来。

我当时气急败坏，竟然对那本书说，"别招我啊，我现在烦着呢。"随后笑了笑自己，我竟然在跟一本书置气。拣起那本书，再熟悉不过的一个故事，尽管书中的多数事迹都是假的，这本书的名字叫作《三国演义》。

我轻叹着，"这里最后会不会也出现伪君子刘备、勇无谋孙权，还有最大的赢家曹孟德？"我深深地叹了一口气，将书放回原处。突然有什么东西在我的心中触动了一下，我把书拿回来，翻到诸葛亮病逝那一段，顿时来了灵感。

我拿了一个空白的本子，提笔正要写，又突然停下，心声在说，"愿她不为刘阿斗。"我写完了，却突然有些害怕。摇了摇头，把那张纸赶忙撕下来，和以前的作文混作一团。

我说自己简直是太糊涂，难不成社长要听我一个无名小卒的意见？真是太可笑了。我匆匆忙忙地赶回1002，却不知道这天深夜，她来到那堆纸张面前找东西。发现了我所写的那张"出师表"。

她轻声念了开头，"尊一声社长姐，细听我言。早晚间社团内必多意见。"专制政治"势必太严，弟写"出师表"好言规劝。还请姐海量放宽。"她将那张纸往桌子上重重一拍，"好小子，敢来说我的不是。"她将纸放进她的包里，脸上浮现的不是愤怒，而是笑容。

13　有心赐你帝皇严

做了那个举动之后，我连去那里的脚步都变得缓慢起来。但我怕如果我不去的话是不是罪加一等，这种罪就是校方常说的迟到早退。

我一向都是全勤的，在这点上面，我可不能服输。我还是进了门，大家的脸色倒不怎么严重，都挺和颜悦色。

但是脸上唯一写着"强颜欢笑"四个字的是社长，她假装在看书，这种假笑没有人能表演得出来。这是每个人都会有的一个表情定律，一个人越想让别人看到他的春光灿烂，他的脸就越不会配合它。

我看穿了史晓月的演技，她忽然看着我，我浑身一颤，出现了一种不安的感觉。我反复问自己，"难道她已经发现了，那我岂不是死定了。这眼神，分明是在说，小子，你给我等着。"

正当我胡思乱想的时候，她的视线已经离开了我的范围。我低着头，批阅着自己的作文。只想时间过得快一点，能尽早回到班级。我可不想面对这种水深火热。

一阵急促的响铃让我的心安定了下来，所有的人都比我走得快，他们好像事先知道了什么。我放好凳子，将作文整理好，正准备离去时，一个熟悉的声音叫住了我，"小子，逃哪儿去啊？"

我听到她的声音，知道末日来了，罢，人生自古谁无死，早死晚死都得死。我转过身来，虽然选择了面对，但声音依旧颤颤巍巍，"没……没逃啊。"

她用一种特别的笑看着我，"哦？既然没逃，那你留下，咱们有些账可要好生算算。"我嬉皮笑脸地说，"姐，算账不归我管，账本归邓芸管。你应该找她去啊。"她冷笑了一声，从包里拿出那张纸来，"少给我顾左右而言他！这，你给我解释解释，是不是你的杰作。"

我对她还是比较诚实的，事情到了这个地步，也由不得我不承认了。她笑着说，"别紧张，我看过了，你的建议的确不错。但有些地方我们得商量商量。"

我们商议了很久，她抛出了一个问题，"现在我最遗憾的是还没挑好新社长的人选。"我知道她不可能再让邓芸踏上她的路，而唯一的人选现在又迟迟不来社里。她心里有点疙瘩，不知如何解开。

那时候我不知道她心里是这样想的，"眼前这个人，看上去已经是最合适的人选。邓芸似乎对他超出了一般朋友的感觉。如果将来这两个人在一起了，他正好能克制住邓芸的脾气。这不是两全其美的事吗？但，真的能吗？不管能不能，这步险棋我必须得走一走，弟弟，对不起了。"

忽然下起雨来，邓芸淋得浑身湿透，跑到这里来躲一会儿雨。

我赶忙脱下自己的外套披在她身上，"怎么搞的。"我是出于对朋友的关心，怕她会感冒。她骂骂咧咧的,"谁知道会下雨!鬼天气!"她连打了好几个喷嚏,我递了几张纸给她。这种举动在她们的眼里成了爱情的疼惜。

14 改选大会

宿舍的灯还没有熄,她刚刚洗漱完一切。她正面对着一张纸发呆,不知道该如何下笔。桌子上的台灯照耀着她的脸庞,可爱中透着一丝娇美,忧虑中显示出一缕成熟。她现在的憔悴,没有人能看到。明天就是最后的期限,她必须利用这一晚上的时间定好人员的名单和职位。

时间的挂钟正在敲打着,像水一样流着。她不知道该怎么办,她的思绪很乱,她的室友对她说,"别浪费时间了,随便写吧。反正我们毕业还有半年,现在不急。明天不过是走一个形式,何必那么在意呢?"

她听取了室友的意见,将那张纸上交给学生会。那是一个类似于册封大典一样的礼仪,学生会所有部门聚集在一起。对每个部门的人员进行调整,还要选出新一任的学生会主席。那时她不在,因为她在下厂,也许她不想让我们知道她究竟做了怎样的决定。那是一个下午,我们所有人都聚集在操场上。要去那个类似于皇宫的地方,好不容易找到宣传部文学社的位置,我们都坐下。

我们看着幻灯片一张张翻过,我并不在乎幻灯片上写着些什么,我只情愿做个成员。终于到了我们的那张,我看着每个职位。

原来我的姐姐她还没有做出任何决定,所以社长的名字还是她。在副社长那一栏,有大胖哥的名字,而最让我惊讶的是,文学社出现了有史以来的第一个并列副职。当惊讶变成喜悦,我庆幸邓芸终于熬出了头,对她轻轻说,"芸儿,你升官了,和大胖哥并列一个职位诶。"她却泼了我一盆冷水,"我才不稀罕。"

改选大会匆匆结束后,又恰好是礼拜四。我们该去那里打扫卫生了。这是每个周二周四都必须保持的一个良好习惯,所有的人都在边干活边聊天。有人喊着,"邓副社长,看来月姐姐下一步要传位给你了,你要变成邓社长了。"

她却摇摇头,看了看我,"要我说,倒不如让K仔当下一任社长。脾气这么好。"正在扫地的我放下自己的扫把，连连摆手，"我当不来当不来。"邓芸却不以为然，反问我，"你当不来谁当得来。"这句话在某些人的心里扎了根，也更加坚定了她最初的决定。

15　都是勤劳惹的祸

如果说第一年，我还在意星期四为什么来得这么快，转眼又要回家了。那么现在的我已经不在意这个细节了。因为周一到周日在我的生命中不过是一个礼拜的人生记录而已。

自从来到这里之后，我每天回家最期待的事就是第二天来到这里。因为至少我眼里看到的是不让我忧愁的一切，我也懒得和班里的同学逗一些无趣的嘴。既然我的言辞那么匮乏，我又何必去在意那些口舌之争呢？

我当时并不知道我的姐姐把社团的钥匙交给我是出于一种什么考虑。对我来说不过就是每次打扫打扫卫生，因为我来得比较早，让我早点开门给大家寻个方便。

打开门，里面空荡荡的，这种表达也许不准确，应该说是静幽幽的。毕竟还有那些桌子、椅子、书架，还有那些各种各样的书。既然他们还没有来，那我就拿些还没修改的作文来批改，消磨一下时间。

但是批到一半，我的笔就从手上"跑"到了自己的嘴唇上，我把笔一抽，放回了原处。忽然间一个晃神，就睡了过去。片刻，我又醒过来了。

抬头看了看墙上的钟表，他们还没来。算了，我还是自己来吧，也不是什么难事。我这个人有时候就是这样，觉得自己一个人承包所有的事情也没什么大不了的。一会儿也就过去了。

我开始把那些作文叠在一起，放在它们原本应该在的位置。我拿起抹布开始做我应该做的事情，在我的任劳任怨下，这里焕然一新。我继续看着那个地方，还有十分钟就要放学了，我必须在班主任点名之前赶回自己的班级。

但我还没有完成最后一件事情，现在我应该怎么办呢，对了，留张字条吧。

也许就是这张字条惹了祸。已经到了夜晚，她看到了他的留言条。本来她今天的情绪就不是很好，这张纸充分证明了这次的打扫谁没有来。

她的心脏已经被一股火燃烧起来了，没错，她开始愤怒了。她狠狠地撕下这张有一句话的纸，走到书架后面。找到一些旧的校刊，她开始撕，撕得粉碎，都丢在了门口。唯一了解她的尧尧被她这个举动吓到了，他有点害怕地说，"社……长。"

她回应道，"你给我听清楚了！明天谁敢扫掉门口这些碎纸，那他就完蛋了！"夜里的凉风吹在她的脸上，透骨的寒。她真的是愤怒吗？不，她的心告诉她，是无奈。

16　碎纸，激怒周副社！

我看着地上这些碎纸，本来是要扫掉的，但是我的弟弟死活都不肯让我整理这些垃圾，还说是为了我好，后来我才明白是她撕的。为什么她会这样呢，难道又开始重蹈覆辙了吗？

还是我做错了什么，尧尧很坦然地跟我说，"就是因为你的那张纸。才会让她发了这么大的火。"我当时很惊讶，我不过是写了一张留言条。就引来这么大的祸端，这对我来说是不是有些不公平。我联系到他刚才的话，似乎明白了一切。

可能是因为打扫卫生的人没到齐再加上我干了所有人的活让她有点心酸。但是我很清楚，如果我不尽快清除这些碎纸，另外一个人会发作。他们还是干事时，就有点嫌隙。我怕事情会因为这堆碎纸而闹僵。

他们以前是争斗，那么接下来应该是冷战吧。困难的是，我们什么都做不了，因为这毕竟是社长下的命令，谁都不敢去触她的霉头。但那个他，会。

他是尧尧在这里的师承，是最有威望的副社长，也是我的那个兄长——大胖哥。果不其然，他看到这些碎纸时，提高了嗓门，质问我们，"这是谁干的，为什么不扫掉！"

我把事情的前因后果讲了，希望他多少能给姐姐一点面子。但是他还有一个最大的优点，公私分明。这也是他让我们最害怕的一点。他怒吼道，"给我扫了，她如果朝你们发火就说是我说的！史晓月她究竟想干什么！翻天吗！"

面对他的严厉，没有人有反驳的权利。他的做派人人敬畏，没有半点瑕疵。所以社团人人敬他三分，就连狂妄的邓芸也对他心生畏惧，更何况我这样一个小小的成员。我拿起扫把开始清理，然后乖乖地坐下。

我和尧尧都不敢开口说话，只能静静地看书。因为我们都不敢想象接下来会发生什么事。这件事在部长的调解下才不了了之，一开始我们都很害怕会发生些什么。但事实告诉我们，我们都错了，他们不是我们，还不至于为一堆碎纸闹得面红耳赤。

17　新的血液

平静了一段时间后，或许她觉得真的应该做点正事了。她下了一道正确的命令，那就是招人，就像要融入新鲜的血液一般，或许这个决定能够让社团更加有活力，不再像之前那么死气沉沉。

这个决定刚公布不久，就有一个11届的戴着眼镜的可爱女孩来报名。她爱好写作所以想加入这里，不过大胖哥一开始并不满意，因为她拿着小学作文来应征，但最后还是被录取了。至于她被录取的原因，应该是姐姐觉得她有一种亲切的感觉。

她叫吴家婷，我们亲切地称她为小婷、婷婷、小婷纸——当然，最后一个称呼被一个人专属了，只是那时候那个人还没来——她学的是通信专业，和我的电工专业多多少少搭点界，所以一开始我总称呼她为小师妹。

也许是上天有意帮助文学社，又来了一个不算高大也不算太矮的大男孩，脸上布满了青春的痕迹。不过人不可貌相，海水不可斗量，而且说句良心话，他也算是个帅哥。他叫郑恒洋，和吴家婷同届不同班。

就是从那天开始，刘海铖有了他自己的徒弟，邓芸也一样。他们俩真的很有缘，连被录取也在同一天。两个小家伙好像很早就认识一样，他们互相斗嘴、开玩笑。我们都认为他们是社团里的金童玉女。

如果他们俩在一起，倒真是郎才女貌。可是我们都看错了，他们俩后来并没有走到一起，而是她有她的金童，他有他的玉女。只不过时间还没有到，他们都还没有来。

不过让我姐姐开心的是，她认为文学社后继有人。这一对金童玉女最后真的没有让我们失望，一个当上了社长，另一个当上了部长和主席。

我茫然地看着操场，似乎在等待着什么。我也不明白我在等谁，或许在今年梅花开启之前，我等的人就来了，只不过现在还是桃花而已。

18 "君临天下"

虽然我有点不愿意面对这个事实，但是命运总爱跟我开玩笑。那注定是我在社团里最不平凡的一天，也可以说我面临着幸运和考验的到来。不过唯一让我心安的是在她说出那句话时大家并没有任何意见。

大家都用一种惊讶的眼神看着我，也看着社长。我动作有点慢，有点推脱，好似不情愿的样子。她像是看穿了我的意思，加强语气，"怎么，不愿意吗？"我就像那种戏台上为难的小生一样，面临自己命运的突然改变，不知道该如何选择。

我心中有了戏词，惊叹道，"学姐啊！不明白学姐为何让我上前，心中好似滚油煎。她有心传我帝皇严，料想她心已不坚。双手一摊，我好生为难，此举该怎么推脱归还？"

接到正式任命后，我和大家是一样的感觉。哪有成员一步登天当上社长的？于情于理，也说不过去，更何况这对邓芸恐怕也是不公平的。我眼睛朝社长看去，她的目光里有着赞许和期望。她的眼神，我倒有些看不懂了。但是既然已经到了跟前，不受命也是枉然。我坐在那个社长专座上，接受了。她终于点了点头，拍了拍我的肩膀。

她心中的戏词我也听得见，似乎在唱，"弟弟啊，从今后社团诸事推与你管，我不管这里琐事漫漫。我这步险棋走得不缓不慢，倒叫我心也放宽。愿你今后好生对待这文学社团，再不让这硝烟弥漫。"

人生如戏，戏如人生，那个时候我才明白这句话是什么意思。一切完毕后，我坐在椅子上用手撑着头，怎么就稀里糊涂地答应了呢。难道就这样我就成了这里的统领者？不对，是统领者还是拯救者呢，也许后者更加准确一点吧。

我来到那张章羽涛给我画的漫画《全家福》前，那上面还是个看书的我。章羽涛曾经开玩笑地说，我的眼里只有书。所以他就画了这个形象。那时，我还是乖巧不谙世事的小卒，没想到这么快我就要"君临天下"了。我叹了一口气，找来一张纸，写下一首自己作的无名诗，写完后，径自离开了文学社。

要把自己调整为另一种状态，因为我知道，再推开门，我的身份已经不一样了。

雷雨时节听受命
谁知下令是君临
毛虫化身天上龙
堪叫小卒怎从容
是歹是幸皆我命
解祸造福救社运

第五卷

有一个社长

01　枫叶，掀来了秋天

因为刚刚下过雨，风带着一丝凉凉的寒意，也许这是最荒凉的时刻。地上的叶子堆积得到处都是，它们虽然是红色的，但是却被雨水感染得稍稍变了色。

一片枫叶被风吹到了那个门前，这是个秋天，但迎合它的并不是梦幻一般的童话，而是一群年轻人在一个特别的地方记录青春的故事。

这一番冷冷清清，并不影响门内那一番热闹的景象。他来了，他用微笑看着这些人。他还没有正式上位，只因为她还没有毕业。不过这一点也不影响他的心情，他反而认为压力晚来一天就是对她一天的宽恕。

他开口了，由这句话开始，这一出戏，开幕了，"哟，这是怎么了？又是小星星，又是千纸鹤的。这还有针线，怎么文学社改绣团了？"

我看着我面前的那些人，一个个手上都在忙碌着，似乎这是一项很艰巨的任务。需要同心合力，万众一心才能完成。我好像来得有些晚了，还说了一些不合适的话。但这并不影响他们做着自己的事情。

我的那位姐姐一边折着千纸鹤一边用针线把那些栩栩如生的小制作串起来，说着，"别在那里说风凉话了。这里都快忙不过来了，你这个下一任社长难道不该帮帮忙？"

我苦笑了一下，把手掌都放开，说，"可我不会这些啊。"姐姐却不以为然抓起已经串好的一些，说，"你把这些挂在天花板上，这你总会吧。"

这份工作倒不是很难，只是我"海拔"有限，必须站到台子上，必要的时候，还要站在一把椅子上。为了保证我的安全，老刘和尧尧都在底下看着我，扶着椅子。他们在喊着，"高点儿，再高点。"

就在我们一晃神间，我从椅子上掉了下来。多亏他们俩挡着我，不然非得把我摔个脑瓢开花不可。虽然我的首级保住了，但屁股却活罪难逃。我揉了揉我的臀部，骂道，"什么破玩意儿，都摔死我了。"

邓芸则掩面笑道，"呵呵，都是快当社长的人了。怎么嘴里还是骂骂咧咧的，这可要好好改改。"我噘着嘴，无奈地抱怨道，"本来就是嘛。"众人看着我这个马上十九岁的大男孩对着装饰品竟然像个小孩一样，都开心地笑了。

02 懵懂破手指，成熟创可贴

也许是那段时间我们的表现比较好，或者说我又为社团争回了面子。不知道为什么，那天大家都很开心，大概是因为大家已经很久没有和和睦睦地坐在那个地方吃东西聊天了吧。

再说也是刚刚开学，多多少少还留恋着逝去的暑假。不过，应该是我们留恋它多一点。至少刚开学不应该那么累，谁出的钱我忘了，买的是个大西瓜。

初秋还能买到西瓜，这并不怎么稀奇。我记得买了两个吧，因为怕不够吃。那天我一听说有东西吃，就一时高兴地说，要不我晚上留在这，等吃完了再走。然后我贪吃成性的习惯同意了这个念头，晚上的这里我并不怎么熟悉，所以不清楚这个时刻是什么状态。

既然是吃西瓜，应该不会抱着严肃的心态来面对。我有的时候也爱杞人忧天，可能因为我是天蝎座的吧。夜里的文学社开着灯，如果有陌生人进了学校，一定认为这是个上晚自习的班级，只不过人少了一些而已。

尧尧比我还热情，上来就要切西瓜。刚开始还拿着水果刀对小婷比画，他扮演一个劫匪，猥琐地笑着，"小姑娘，今天陪哥哥睡一晚，哥哥就放了你。"小婷当然不会说什么，他这种爱演的性格，我们大家都了解。小婷淡淡地说了一句，

"我好害怕哦。"尧尧很扫兴，说了一句，"一点都不配合。"

我则在旁边轻声笑道，"不是不配合，你怎么不去劫姐姐？"姐姐正在摆着书，笑着说道，"他倒是敢。"一会儿的工夫，西瓜从一个大圆形变成了一片片小三角形。尧尧却迟迟不拿西瓜吃，我看到他的食指破了。我放下手里的西瓜，看着他，"你说你，切个西瓜都能把手指割破，还能干点啥？等着，我给你拿创可贴去。"

我在翻箱倒柜地找创可贴，尧尧却在四处走动。有人不喜欢他受伤了还到处活蹦乱跳。姐姐吼道，"卢宇尧！你给我坐下！别动！我来给你贴。"

那一个瞬间，我以为我们又做错了什么，心里都被吓了一跳。她走到他的面前，轻声道，"伸出来。"尧尧乖乖地伸出食指，呆呆地看着她。她清理完伤口，给他贴好。并嘱咐说，"尽量不要碰水。"

我心下一动，"这就算成了？"结果尧尧问了我一个相同的问题。我回答说，也许吧，你们很般配。尧尧听完自豪地说，"哥，如果是你，领导才不会帮你贴。"对啊，如果是我，一定是我自己处理，我明白。

03　我和他的选择

我在干吗呢？表面上是坐在这里静静地看书，翻着书页，从第一页到第三百多页。实际上根本没有一个字蹦到我的眼睛里去。我在想着那件事，那件不可思议的事。

自从那件事发生以后，我就再也没有完整的心思。回到班级里玩那些桌游的时候，我出牌出得也很慢，以至于后来他们把我轰出了那个"赌桌"，我茫茫然然地去文学社，除了看书，就是偶尔搭上一两句他们讨论的话题。

过一会儿就走神，有好几次，他们都问我，"打铃了，你还有什么事情要说吗？"我总是那会儿才回过神来，说，"啊，打铃了，我没事，都回去吧。今天，就这样吧。"也许，只有尧尧看得懂我在想什么，终于有一天，他开了口，"哥，领导说她不接受姐弟恋。我被拒绝了。"

但是我并不开心，我心里充满了遗憾和疑惑。我遗憾的是，明明那天她那么认真，那么仔细地叮嘱尧尧，为什么她不肯接受他。我疑惑的是，她究竟是不接受，还是不敢接受。

毕竟，她已经在技校里度过了四年的青春。她没有谈过恋爱，那是不可能的。也许有一个无法触摸的伤疤烙印在了她的心里，她不想任何人来揭开。

因为她怕受伤，她怕伤到哪里呢？没错，就是浪费青春。毕竟尧尧比她小一岁，他虚度一些光阴不要紧，来日方长。未来，尧尧可以喜新厌旧，因为他有年轻的资本。而她呢，她能吗？不可以。

我很庆幸我当时没有向我那位义姐说出我内心的想法，因为我毕竟和她同年，她只比我大八个月而已，大家都是同龄人，我对她多多少少了解一些。我觉得如果我坦白，会很不妥。我对尧尧说，"没事的，你长得这么帅。还怕没有女的喜欢你？"

他那个时候倒也看得开，他的表白宗旨是答应了就处，不答应就算。这件事对他没有什么太大的影响，不过他还是有些难受。毕竟他从没谈过任何对象，换来的却是一句不接受，哪个男的也受不了。当然，类似于韦小宝那样的就算了。

因为他需要提前去实习场地上课，所以先走了。我还有一些时光可以消磨，于是我翻开了一本书，不知不觉间我竟然在那里睡了一中午。醒来时，我看着外面的天气。

午后的阳光很暖，我伸了个懒腰，打了个哈欠。把门关好，走去教室，却见冷冷绿门在面前。我心中暗叫，"啊呀！下午要实习！怎么办，我工作服还在里面呢。"正在我焦急之际，低头一看，我穿着一身蓝，摇着头骂自己道，"K仔啊K仔，你可真要定定心了！"

04　学长，饶命！

虽然已经进入了初秋，但有的时候天气还是很热，像是回到了上一个季节。我们会因为各种必要做的和不必要做的事情而忙得大汗淋漓，浑身湿透。

大多数女生们喜欢看穿着白背心在新大楼那边打篮球的男生，这是男生们为自己博取机会的好方法。那是一片青春偶像剧的景象，不过我并不在这里面。

　　因为我不喜欢打篮球，单纯的不喜欢，没有任何原因，就算让我回忆起初中体育课，我也只会最基础的三步上篮，况且我也没有纯天然的美男子成分，所以还是不要白费力气了。

　　以前只是中午和下午，现在这些帅哥放学以后也要展现自己的风采。我为了去新大楼拿一个什么东西，所以见到了这一幕，我作为一个高年级的学长，笑着说，"但愿你们能由此找到你们的真爱。"

　　我摇头笑了笑自己，笑什么呢，我在自嘲而已。完成了班主任交代的事情之后，我想我的脚步应该已经迅速地走出了校门。那一条短短的路，从中间亭子那儿走可以，从走廊那儿走也行。

　　这个并不影响什么，只是现在离发车的时间已经不远了。还有那么十来分钟，我还是上车休息一会儿吧。我看到赵杰，就是那个当初借我手机玩游戏的12届学弟。他依然在玩着，炫耀着。我摇摇头，"小伙子脑子里只有游戏吗？"

　　我闭上双眼，想养一会儿神。但孙老板的大嗓门让我无法安静，我睁开眼，还是被他的八卦话题吸引住了。孙老板在他的站点下了车，车上显得有些冷清。但是赵杰却看着我，问了我一个问题，"学长，老听你说文学社，我可不可以去？"

　　我正愁没人来呢，这不是天上掉馅饼嘛，不过我要先试试他的口风，以免到时候有人说我谎报军情。于是反问道，"你要去吗？为什么呢？"小伙子脸上一红，说了实话，"这不是因为美女多嘛。"爱美之心，人皆有之，这个想法我还是理解的。不过我却有意要和他玩笑一把，"哦？你看上哪个啦？"

　　他有点羞涩地说，"上回路过那儿，看到个个儿不高的，戴眼镜的，那个不错。"我反应过来了，原来他说的是吴家婷。"哦，原来你说的是婷婷啊。"他点点头，"婷姐不错诶。"却忽然感觉到哪里有些不对，慌忙摇头，"不不不，学长你当我什么都没说……"我看穿了他的心思，故意提高嗓门，"那不成，明天我就带你去那里。"他无辜地说，"学长，饶命啊！"

　　我却狠狠地阴笑道，"那不行，我师妹怎容你言语调戏。就这么定了吧！"他一路上一直想调转话题，均被我严词拒绝。我一点也没有想到，这个大小伙子竟然也想去文学社来一段姐弟恋。

不过可能是我想错了，三分钟热度而已吧。毕竟从身高、性格、相貌来看，两个人都不怎么般配。姐弟恋，这是个熟悉的话题。对了，他走出来了吗？

05　再进新人

因为文学社的开放时间，不能和赵杰那个学期的午休时间吻合上，再加上他们那个班主任比较严厉，每个中午都会去班级里清点一下人数，所以他就成了社团里的一个预备队员。

就在这个时候，有两个新人不请自来，这两个人原本和我没有什么交集。这些应征的事情一向都是邓芸管辖的，但有时也会交给我。

我们俩负责新人面试这一关，再上报姐姐，看如何定夺。就这样，一个社团搞得像个小公司一样，不过这样也挺好。那天，邓芸很忙，没有来，我们事先已经说好了。

刘海铖在外面和两个一胖一瘦的女生说着些什么。我一开始我的想法很不纯洁，心中暗喜，"我还道刘哥哥不喜欢女生，原来他还留着这手，真是深藏不露。"不过我这个想法真的是以小人之心度君子之腹了。

不一会儿，他进来了，说出了他们刚刚讨论的话题，"K仔，1209有两个女生想入社，你看怎么说？"我一听是新人入社，笑了笑自己刚刚的想法，说，"女生暂时就交给小婷带吧。毕竟小婷来得比她们早得多。"

刘海铖心中却存在一个疑问，他还是说了出来，"为什么你不让邓芸带？"我随即回答道，"我可不想让社团变成杨门女将。"他明白我的意思，点头示意，微笑了一下。

我心里想的是，"不是我不想让她带，而是有其师必有其徒。将来，如果她们学会了她的这份锐气。便会处处以她们这个师傅为借口不认错。耀武扬威，最终的结果就是被别人挫骨扬灰。"

刘海铖带了那两个女生进来，他们做了自我介绍：一个叫姚梦叶，一个叫芮静香。前者胖一些，后者瘦一些。她们刚进社时还不能迅速融入气氛，所以任何方面都有些稍稍地不以为意，我和她们的关系既不是情侣，也不是朋友，毕竟她们后来尊称我为"老豆"。因为社团本像家，所以这段"父女情"我很乐意接受。

06 三哥，通融！

我也不知道这种调换值班是谁想出来的，劳动部的班倒要宣传部来领命，这是什么道理。我还没听说过让"翰林院"来代替"御林军"的呢，但一切都是上头的命令。

谁也不敢违令，再追问下去估计就要问到主席头上了，还是乖乖地领旨吧。别的人倒也罢了，我偏偏要五点起来。赶到学校正好六七点钟，查胸卡，放人过关。

哼，把爷爷我给冻的，牙齿冻得咯咯响。我还得装出一副刚正不阿的样子，扫视每个人的胸口。其实很多人都讨厌这种值班，因为不带胸卡的人如果看到没有值班的人，直接溜进去就是了。

一天也没有多少人管他。所以呢，我们的工作就是拦截这种"不法分子"。本来我觉得这种事情得过且过也就算了，但是学生会的创办人老李也在一旁监视着。

我也不能任由他们如流水般进去。偏偏不巧，有个人的胸前空荡荡的。我只能上前拦住，这人还是我们班的。但是我现在只能假装正经，"胸卡呢?"他可怜巴巴地看着我，"三哥，没必要吧，自己班的。"

我故意放大喉咙，"交出胸卡，放你过关。"这样老李就不会怀疑我，否则他会看穿我。我在那同学耳边轻轻说了声，"好弟弟，哥哥这也是没办法。"他却像个市侩小人一样说道，"三哥，通融通融。"

我好生为难，这边老李盯着呢。我对他说出了我的难处，他也不是不讲情理，犹豫地说，"那该怎么办?"我看了看，罢了，也没必要这么较真。把自己的胸卡给他，进了门口再还我，才让他绕过此关。总算值完了班，却有人说，"明天还有呢。"我趴在台子上，说了声，苍天哪!

07 匿名帖，血一般的反击！

值班值了好几天，也慢慢开始习惯了这件事。毕竟那个时候的我已经不是从前刚进学校的我了，能渐渐地接受一件自己本不愿意接受的事。说明时间还是让我长大了，我少了抱怨。

但我还是年轻气盛，有的时候还是会做一些太冲动的事。例如匿名帖事件，从一开始的不知情到后面的逐渐了解。那天，我的心情本来是很不错的，可以用心神荡漾来形容。

但我听到他们讨论的那件事，我的脸色大概很阴沉。毕竟受欺负的是我们这个家里的人。因为广播站的人手不够，所以才把她调配过去。但是她经常被人欺负，甚至把她气哭。我觉得这些人根本不配在那个地方嚣张跋扈。

我觉得，我需要做些什么，一种锋芒的光亮在我的眼中一亮。晚上，我在学校里留了一张匿名帖。他们并不知道我是谁，只一味地和我对骂，直到一个陌生人介入这场战争，他们才害怕了，退缩了。

我发那张匿名帖完全是出于我对对方的一种警告。不知道为什么，我觉得那个素未谋面的同事受了很大的委屈。我必须帮助她！既然文学社、通信组和广播站是同气连枝的，那我就有必要这么做了，尽管会惹来杀身之祸。

我这样做，并不是出于一时冲动。次日，社团里，都在讨论着那张匿名帖的事。我向他们坦白，尽管他们对我的评价功过参半。

有的人说我是毛头小伙子，有的人说我干得好，大家众说纷纭。当然，最担心我的莫过是大胖哥和姐姐吧。姐姐看着我，说，"下回还是三思而后行吧。毕竟这件事不是你一张帖子就能解决的问题。"

我点了点头，像是个乖孩子。在她面前，我从不敢抱有愤怒。尽管也和她有过分歧，但敬畏这两个字从来未曾抹去。大胖哥拍拍我的肩膀，然后对大家说，"这件事就到此为止吧，没必要再继续了。"我知道他是为了我好，毕竟他的行为处事比我要成熟得多。

我第一次见到那个同事，是在文艺节的社团表演上。后来我慢慢地不记得她了。再后来，因为工作的关系多多少少见过她，她也成了我的嫂子。只不过因为刘海铖，她还是变成了姐姐。她管我叫包子。他们的爱情故事，已经是后话了。

08 过去，现在

文学社一如既往地敞开它的大门，进来的人陆陆续续，登记本上的借还书记录也开始逐渐增多。我戏谑地看到有人说"嘿，有生意来了"。这样说其实也挺好的，就像是一个书店一样，来着各种不同的客人。

当然范围没有那么大，只是这个学校的学生和老师而已。那天我正整理着刚买来的新书，一边整理一边看合自己口味的。

有个女孩敲了敲门，"请问有人吗？"也许她对我的背影已经不那么熟悉了。我回过头来，看到这个曾经和我花前月下的人，只不过我心里的火早已经被浇灭了。

但是看到她旁边的人，我还是不满意，是那个新转来的女同学。我很客气地走到小楠面前，"请问想借什么书？"小楠依旧保持她的声调，"你这儿有言情小说吗？"我回过头去干自己的事情，一边收拾着一边回答，"书架上有，后面也有。你可以自己到处看看，选择自己满意的。"

小楠已经听出了我的言下之意，回应道，"你每次讲话都要带刺吗？"我听到这句话，手忽然停了下来。回过身来，保持着我的状态。微笑地说，"抱歉，同学，我只负责向你介绍这里书籍的情况。我不负责讨每个来这里的人开心。如果你觉得我说话不好听，请您稍等，待会儿我会换个人带您来了解这一切。"面对我这一套官方的话语，她的怒气更盛，说，"你……堂堂一社之长，这就是你的待客之道吗？"

我听到这句话，反驳她，"现任社长不是我，而是史晓月。如果你要找社长这样的话茬，请找她！"她终于冷静下来，"不能好好说话吗？"我的态度也相对冷静了很多，轻声道，"书架上有新的，有好看的，你自己找吧。"

她在挑选着，我在整理着。我们的手指共同碰到一本书，那本书叫《何以笙箫默》。我还是迅速把手指抽离，继续忙自己的，她离开了，借了那本书。我在一张纸上写下我正在听的那首歌的歌词：最好是飘在这城市，最好是忘了我的名字。不再做戏子。配合你演出摆错姿势，永远发错了誓。最好是我们不认识，最好是拔掉感情的刺，这不算自私。不要再贪图你的手指，你的方式，再勇敢一次。

走出社门，感觉天气的寒冷又加深了。可能，冬天，来了。

09　重任双挑，全面社长！

自从进了社团之后，脸上很少会有反面情绪。因为无事一身轻，就算有什么烦心事也可以说出来。有人分担，有人排忧解难。不像之前那样，成天为了一件事烦来烦去的，还要设想怎么去过好明天，让两个人都可以接受，这个对我来说有点太难了。所以我的人生排除了这件事，就像是心里落了好几块大石头。

刚进门，就看见一个个都愁眉苦脸的。但是看到我貌似就像见到活神仙一样，或者救命稻草更准确一些。连一脸铁青的姐姐也有点释然，但还是继续了她刚才的话题，"今年的文艺节定在圣诞节，对于剧本，你们有什么主意吗?"

我恍然大悟，仿佛明白了一切，不过这剧本我是的的确确没有写过，心里有一点为难。但是又不忍心看着这些兄弟姐妹受到什么摧残。然后在我的唇舌之间，还是蹦出了这样一句话，"这件事由我来负责吧。"我的听力当时应该是最好的，我基本听到了每个人从急促变放松的呼吸声。

而姐姐虽然也点头示意，但还是不满意我什么事情都往自己身上揽。我明白这本来就是一场鸿门宴，所有人都有"项庄舞剑，意在沛公"的意思。反正也是我在技校里经历的第二次了，试试吧。

回到教室，我正出神，班主任又带来了一个好坏参半的消息。对我来说，不好不坏吧。我现在可以安稳地接完主电路，控制电路勉勉强强也能过。班主任开口了，"同学们，下个月你们就要考中级工了。接下来我念一下备料清单。"

能不能在考中级工之前完成任务，我自己也不是很清楚。而我清楚这次考核之后，我要面临的并不是放松，而是一次挂帅出征。毕竟主帅是自己，不能被挫了锐气。

回到家，我在网上胡乱地找着剧本，却没有一个满意的。我觉得看喜剧能给我增加点灵感，果不其然，看完那长达四十八分钟的喜剧后，我打开了Word文档，慢慢地写了起来。

10 蝴蝶，一样可以振翅高飞！

在我满脑子的创作灵感和键盘鼠标的通力合作下，我终于完成了我的剧本处女作。经过我的仔细斟酌和反复修改之后，终于确定了最后的版本。然后打印出来，我的任务就完成了，不，貌似还差一步。那就是经过所有人的审批，并且获得认可。大家都觉得里面的原版角色表演起来难度太高，并且社团里没有那么多的帅哥美女。

尽管我一再说想要挑战极限，但考虑到有可能会毁了原作，我决定换剧本。其实并不是他们否定这个剧本，只是当时原作太过火热，如果演得好那倒没什么可说的。但如果演得比较让人难以接受，就要被万人唾骂，并且社团也会背上负面的影响。我很理解这样的想法，所以换剧本的事情还是由我来处理。

终于，皇天不负有心人。有了合适的本子后，我们开始分配角色。但是人数似乎还缺一个，姐姐本打算再挑一次大梁，又怕自己下厂会影响戏的质量。所以文学社万事俱备，只欠东风，我们请来了部长赵传华。

因为是晚上，所以只可能住宿生集体上阵。而现在所有的住宿生都已经分配完，但还差一个。赵传华沉思良久，似乎在做一个不得不做的决定。他的一句话让所有人震惊，"既然住宿生人手不够，那就让走读生来凑。K仔，如果没问题的话，就由你来填补这个空缺！"

这是有史以来的第一次破例，但是既然我可以出一分力，那我绝对不会往后退。说实话，我不是雄鹰，并不能翱翔天空。我只是一只蝴蝶，去寻觅我向往的花丛。现在，我化身飞蛾，即将扑向火海，浴火重生。但是既然命运已经给了我这样的设定，那我就不得不接受了。我要向他们证明，"蝴蝶，一样可以振翅高飞。"

我看着所有人的目光如炬，也许是希望吧，我也明白，挑战，已经开始了。

11　宣传部内试"锋芒"

筹备已经俱全，开始正式排练。姐姐对一开始的表演似乎并不满意，反而让她有了罢演的冲动。各种各样的原因都有吧，例如需要临时调换角色，或者老是NG。但是他们那个时候好像都很轻松，无论导演还是演员。

但我们还没有到放松的时候，我们的嬉皮笑脸让姐姐恼火得很，就是那种怎么劝都演不好的一帮人。同时也有人觉得我们应该劳逸结合，不应该只是一味地拔苗助长。这样就算她再怎么逼迫，我们也演不出完美的效果。

我开始设想我能不能独自添加自己的动作，增加笑料。在我和老刘的配合下，我们成功了。那个惊鸿一瞥，堪称全戏最美的瞬间。一切准备就绪，我问姐姐，"既然现在已经差不多了，那服装这些……"

姐姐很冷静地对我说，"这些都不急，现在最主要的是，你们第一次上台时千万不要怯场。而且，台词一定要记熟，不可以出任何纰漏。现在，你们都准备得差不多了，今天我们就在自己的部门里演一下吧。"

我知道，现在就像春晚的预备彩排一样，需要先通过考核官的确认，才能保证这个节目不被枪毙。我们只能把自己最好的一面表现出来，稍稍有所保留，然后再毫无保留地奉献给观众。

当一切准备就绪的时候，我的人生再次发生了一个巨大的变化。那就是在我的人生字典里，爱情这两个字正在悄悄靠近，她来得不缓不慢，我觉得是演出把她带来的。我没想到的是，她会来看我的第一次登台演出，并且为我加油助威。门缓缓地推开，她像冬天里唯一的春风，吹进了我的心里。

12　美是初见，燃起爱情火焰

那是11月份，已经算是冬季了。我们大概都穿上稍稍加厚的外套，以防止自己的身体受到病魔的威胁。感冒不可怕，但病来如山倒，所以，我们每个人都在父母的千叮咛万嘱咐下，加了件自己本不愿加的外套。如果你不穿，他们的唠叨会让你感到比感冒还可怕！但他们呵护了我们的一生。

这个中午，对我来说好像是命中注定了一般。也许是上天怜悯，所以才让我遇到了她。那天的天气很晴朗，是冬日里还算暖的一天。我一直认为我们相遇的那天什么都很自然，自然里有种美丽。

可能是因为中午有那么一丝冷，所以我们关上了门。大家都在里面讨论着一些话题，喜怒哀乐，一应俱全。此刻，敲门声响了。不知道是谁开的门。门一开，我的世界，我的人生，一切都变得不同了。

我记得当时的片段：有一个是学生会主席，另一个是我后来深爱的人。我第一眼见到她，她身穿绿衣，短发与肩膀同齐。大大的眼睛，右眼下有颗小痣。我想那应该就是人们常说的美人痣吧。高高的鼻梁，好像在说我有点小小的傲气哦。樱桃般的小嘴我想噘起来一定很好看。她的脸像娃娃一样，好想动手去捏捏。正在我愣神的时候，尧尧说，"嘿，嘿，别老盯着人家看。人家会不好意思的。"

我这才缓缓地回过神来，点头说了声哦。后来我才知道她的班级在1203，她叫章景儿。因为想进文学社，所以才来到这儿。我对她的感觉是相见恨晚，颇有一种"此女只应天上有，人间哪有几回闻"的感觉。

入社第一次感觉时间好短，梦里见到你的脸庞，让我茶不思饭不想。梦里牵过你的手掌，醒来后发现是幻想。那是我见到她第一次后做的梦，到现在我依旧记得。

13　像是在梦里不愿醒

　　"今天，是你们不愿意面对的日子，把你们这个礼拜的作文交上来吧。"我说完这句话后，看着每个人都面有难色的样子，只能轻轻地叹了一口气，"最迟礼拜五上交。"一种如释重负的情绪在他们的心里盘旋着，我从他们的眉目之间看得出来。我感到有点累了，说了声，"大家继续看书吧。"

　　我坐在自己的位置上，忙着事情。一边翻着那些纸张，一边批阅着。突然间注意到一个眼神正在看着我，我看看她，好奇地问，"我的脸上有花吗？"原来是章景儿的目光，她笑嘻嘻地掩嘴遮面说，"没有没有。"

　　我对这个女孩总有种特殊的好感，是爱情吧。对邓芸我就不会，我确定，我已经爱上了这个女孩。尽管"不可能"这三个字已经在我的心里说了无数次，但我还是觉得要试一试。心中反复了很久，才决定说出我的心里话。

　　我向她的闺蜜也是她的同班同学要来了她的QQ号，一开始就和她逗笑，终于，我认为可以切入主题了，于是我开了一个不敢开的口，"景儿妹妹，我有话跟你说。"她很坦然地对我回应道，"哥哥，但说无妨。我们之间不必拐弯抹角。""从我第一眼看到你开始，我觉得我的心已经丢了。后来我才发现，它一直在你身上，再也未曾回来。景儿，我喜欢你。"

　　她似乎被惊到了，但还是以一种很轻松的态度回应我，"你……哥哥，谢谢你的好意，我已经有喜欢的人了。我们以后还是做朋友吧。"虽然难免会失望，但我对这种事已经习以为常了。可是那时候的我并没有放弃，我说，"我等你，没关系。"我没有想到的是，我只不过是在做一个梦而已，我恨不得一直沉浸在自己的幻想里，不想睁开眼，不想去醒。我记得那个时候有多少人劝过我放手，但我依然是那么逞强和倔强。

14　1002，进化！

　　我懒懒地在床上伸起腰，我醒来的时候还是黑黑的天，路灯都还在亮着。不过再过十分钟，它们就会都熄灭了。因为天就快亮了。我背着我的单肩包走出地下通道，只因这路离我的目的地很近。我等着那个还未来的厂车，不再像之前那样，早晨的生活其实没有那么丰富。

　　现在，孤独和我做邻居。然而，学校里应该是另一片景象。广播里放着那些老掉牙的流行歌曲，宿舍里有的同学已经完成了洗漱，有的同学准备去食堂吃饭，有的同学还趴在床上和周公做着昨天的总结。总之，学校，应该很热闹。

　　当我赶到学校时，我才想起这样一件事，今天是我们的中级工考核。我在考虑着我的电工包里缺不缺什么东西，想了想，应该是万事俱备。毕竟，那个时候我们不会把自己所有的工具都带回家。所以应该没什么问题！

　　来到学校，我们迅速地穿上工作服。我来得有些晚，顾及不了太多，直接将衣服盖在了自己的身上，猛灌了一口水，让自己比较躁动的心安稳下来。

　　考试的时候，冲动是最大的失败，这一点大家都很了解。我们拿着凳子来到实习教室自己的座位上，看着班主任发试卷和电路线，等待着她那句开始考试。

　　终于，命令下达了。所有人都从包里拿出自己的工具，尖嘴钳用来拉线打圈，拨线钳负责去掉绝缘皮，起子用来固定所有的东西。一切都可以开始了，我们开始战斗。那些声音代表着我们这些天来的努力，也代表我们没有浪费时间。

　　虽然考核有时限，但每个人都在努力拼搏，只为了证明自己能越过那条关。终于到了中午，班主任看了看手机，对我们说，"同学们，先停下来，先去吃午饭吧。"底下开始议论纷纷，"如果我们现在去吃饭，时间完全不够用！"

　　"那我们就不去吃了！"我狠狠地骂了一句，"这该死的时间，那大家就集体不吃饭吧！完成了任务才可以让我们放松！"那是1002最齐心合力的一次，集体不吃午饭，为了考中级工。我的记忆里依旧铭记着1002的这一天，那天，我们集体进化了！

15   最美的世界末日

那年的12月是玛雅人预测的第四次世界末日，有人说是真的，有人说是假的，那个时候，我们还年少无知，只懂开心就好的原则，最讨厌一天到晚都带着情绪，喜怒哀乐都写在脸上，然后再郁郁寡欢地离开学校。双休日还没过，就开始考虑下周一又有许多烦恼的事。

以前我就属于那一种，尤其是在失恋的那段时间。不过也许是因为没人陪我去车站，所以我有点落寞。现在和以前不一样了，我身边有尧尧和景儿一起陪着走，他们的旁边都有着属于自己的归宿，也许在开着玩笑，也许在说着别的事情。反正很开心的样子，倒有些人人称羡的味道。

尧尧的女朋友是景儿的好姐妹，她叫程英婷。她是被景儿拉进文学社的。她和尧尧的感情不知道怎么就开始了。那个时候，他们特别喜欢斗嘴，还经常穿着情侣装到处展示他们的甜蜜。偶尔也会在我们的面前亲吻、拥抱。那个时候，他们正处在热恋中，这一点，所有人都可以作证。

至于景儿，陪伴她的不是我，而是另一个很帅的男孩，我从心底说了一声，"你幸福就好。"我觉得此刻就算是世界末日，也是最美的吧。不知道为什么，那天我的步伐如踏云霄，可能我觉得走在哪对旁边都不合适吧。尧尧似乎看出了些什么，喊着我，"哥，你别走那么快嘛，我们会跟不上。"

我停下脚步，回过头来，故意调侃地说，"哟，我身边又没有女朋友，还不允许我走快了。"尧尧懂我的意思，撅起嘴来，"那你至少和我们聊聊天嘛。"我微笑地回应着，"我们到了车站还要等车，等车的时间可以用来聊。"

尧尧知道再怎么劝，我都不会放慢自己的步伐，所以再没开口。那天我们并没有经历世界末日，却开玩笑说，将来有了孩子，要跟他炫耀他们的父母经历过这样的大事。那时，我们觉得这个决定好玩极了。

16　社门一开谁来挡

一开始并不知道操场上那两块绿色的布是什么东西，后来我仔细看了看，我才知道那是帐篷。文学社一年一度的大日子终于到来了，没想到这么快。中级工的考核那么快过去，圣诞晚会又这么快到来。那天姐姐的情绪好像保持得很不错，我明白，那种心态叫作得过且过。

我整个下午都请了假，班主任也知道晚上会有这样一个盛会。所以她很宽容地给了我"免课令"。不过让我们紧张的是下午有一次学生会彩排，这也是最后的确认。有些节目会在这个关卡被淘汰，为了避免出现差错，那天我们彩排了好几遍。当时我的压力是极大的。

才刚刚受命几个月，就要御驾亲征。不过这样也好，可以从中看出我们之间的默契程度。尽管我不是戏中的主角，但也算戏份比较重的。毕竟，我和老刘的那个临时包袱很重要，那是我们自己创造的笑点。终于，我们来到那个叫学生会的小房间，开始我们排练的"三打白骨精"。

这个戏如果按传统的演法，谁都知道剧情如何发展，我们的创新之处在于用一种"大话"的方式。赵传华和姐姐都在用担忧的眼神看着我们，怕我们过不了，我和老刘合作时重重地摔了一跤。这下完了，就连姐姐也瞪大了眼睛看着我们。没想到，这居然成了笑料。

离演出还有两个小时的时候，我们完成了试装。我去食堂吃饭时遇到景儿，看她脸色不大好，"怎么了？"她轻声说，"感冒了。"因为时间来不及的关系，我只能说，"多穿点，回去多喝白开水。"然后我匆匆离去，终于，我们要出征了，我们终于来到了会场，景儿也为我喊加油，表演时，她在底下喊着K仔哥哥。

那里面灯火辉煌，空荡荡一片，学生会的各路人马都在后面准备着。我们正在后台聊着天，晚上久未现身的姐姐褪去眼镜，散着一头飘逸的长发，走到我们的面前。我和尧尧同时异口同声地说，"哇，仙女下凡。"就连邓芸也点了点头。

所有的人都到场了，人山人海，我们开始倒计时。终于，轮到我们上场了，台上男的一举一动，女的一颦一笑，台下的欢笑声融合在了一起，这气氛化入灯火里，光芒万丈。

　　我的第一次挂帅，成功了！

第六卷
青春路过的痕迹

01　青山桥到火车站

明天就是新的一年了，现在的人们都喜欢把这一天叫作跨年夜。各种电视台都会举办演唱会。有的演唱会很值，因为能看到自己喜爱的那些演员和明星。如果进了场看到的都是一些父母喜欢的资深派，那我们这些90后可能就会比较失望。

我还是一样，坐在电脑前，做着同样的事情。我一直有一种想法，觉得电视机再过几年家家户户都用不着了，甚至会被淘汰。因为人们已经丧失了对电视的那种新鲜感，人们会选择电脑。当然，我看演唱会并不是重点，而是为了和我喜欢的人聊天。

在我眼里她是个比较拼的女孩，她奋斗那么多是为了自己的梦想。虽然，有时候，我觉得她的一些想法很不切实际，但我觉得既然年轻，又有什么不可能的呢。我们像朋友一样聊着天，还不至于无话不谈。毕竟，她有她的隐私，有些事情我也不便多问。在这一点上，我一向保持着分寸。我们约好明天我去她兼职的厂看她，她也正好辞职。我只记得12月31号那天晚上我睡得太晚，早上醒来差点忘了这件事。我提着东西，走得很匆忙，按照她说的乘车路线，我一路问地址，终于找到了那个厂。门卫大爷抽着烟，正在和别人聊天。

我敲了敲门，那大爷看了看我，把窗户打开，"小伙，你找谁？""大爷，我找章景儿。"他看了看我，若有所思地点了点头，"等等，我看看。"不一会儿他又探出头来，"小伙儿，这姑娘早上十点就辞职回家了。""十点？""嗯，怎么，看你大包小包的，你是她男朋友？"

我摇了摇头，慌忙解释，"不是不是，朋友而已。谢谢大爷。"我离开了那个地方，笑了笑自己。她十点走，我十点出发，同样的时间，不一样的地点，又怎么能遇到呢？后来我又和她联系上，我赶回那个车站，见到了她，她朝我笑了笑。她说，"我请你喝水吧。"我调侃地说，"那我可要挑最贵的咯。"她笑着说，"没事，你只管挑吧。"

我们走出了那个小超市，一边聊，一边笑。我们一步一步往前走，"你为什么喜欢我？"她突然开口问道。我有点不知所措，但我不想对她说谎，"一见钟情吧。""嗯？"她似乎有点迟疑，当然，她还是回答了我，"哦，可我从来不相信一见钟情。"

我也只是淡笑了一下，不便多说。这个话题多多少少有点尴尬，我们的距离靠的不算近，也不算远。我们一步一步从青山桥走到火车站，这段路程有肯德基，有红绿灯，有人山人海，有车来车往。

我记不清楚那个时候我们都聊了些什么，毕竟，我的名字不叫时间。我们等车的时候，她坐着，我站着。直到挥手再见，我们都保持着习惯性的微笑。其实，那个时候我就应该知道，青山桥到火车站之间的距离并不远，我和她的距离却很远。

02　庆功摆宴，乐在齐天

那天圣诞晚会结束后，我想谁都看得出来没有人比姐姐更开心了。她很激动，"喜悦"这两个字，她已经很久没接触到了。我们的努力还是获得了她的认可，总之，这个胜利的果实来之不易，就连赵传华也觉得该好好放松一下，犒劳一下我们。因为圣诞那天过后大家都忙着整理学期末的事情，也没有时间考虑这些，所以庆功宴推迟到了元旦假期，想想那一个假期我真是够忙的，不过都是好事。

抱着一种很释然的心态看着窗外的风景，无论它是快是慢，我都觉得赏心悦目。我们回到了那个再熟悉不过的地方，那个小饭馆，就像我们的"同福客栈"一样。老板老板娘对我们这帮人都已经熟悉了，还是二楼，只不过换了个房间，开场白自然由赵传华部长说。吃完了饭我们又去嗨歌，姐姐提前去Agogo订好了包间，我记得那个包间好大，简直是土豪级的待遇。

每个人面前都摆着那玻璃杯，看着那液体一点点加满。每个人都端起酒杯，一口一口地喝着、敬着。虽然眼前的宴席不像之前那么悲伤，但还是有人流下了眼泪。这场庆功宴，邓芸来的是最晚的。

在众人的起哄下，她这个副社长勉勉强强地喝了半杯罚酒。我想那个时候肯定有个人，心里很不好受，恨不得代她受罚吧。只不过那时他隐藏得太深，喜怒不形于色，谁都看不出来。

宴席结束后，该去下一个地点了。姐姐在那已经恭候多时了，好多人抢着点了自己喜欢的歌。有的人用手指在自己的歌曲上默默地点了一个"顶"字，然后风轻云淡地看着我们。我们为了一个"顶"差点打起来，一句网络语可以形容我当时的心情，"我也是醉了。"

唱到一半，尧尧忽然说他有事，先走了。谁都知道他这个事指的是什么，也知道他现在爱情比任何事情都重要。不知道程英婷当时是不是这么想他的，他们的爱情从头到尾我也是一知半解。不过，我很庆幸，我的弟弟能够找到归宿，管他呢，继续唱歌吧。

03 冒险游戏，开始

我看着窗外的学子，他们带着行李箱或者拿着自己的书包，上课的时间在外面走来走去，这个现象并不奇怪，因为毕业季即将到来了。现在才刚刚开学，不过对于这些即将毕业的人来说，随时都可以离开这个地方。因为技校毕竟不是那种正规的高中，技校总喜欢提前完成一些事情。

可能是怕前一届影响下一届，这多多少少会影响四大"黑执事"招财进宝的道路。即将离开的这一届，我太熟悉了，我起码和这里的两个班有些"裙带关系"。因为姐姐是0906的，大胖哥是0903的，所以我并不感到陌生。0902也差不多吧，毕竟，陈嘉伟和大胖哥的前女友都是这个班的。不过，我和这两位"前嫂子"没多大交集，只是见过几面而已。

忽然，有一根类似铁棒的东西打在了我的心脏上！09届就要毕业了，那意味着姐姐马上就要离开了。我在想，时间真的是太快了，她也要毕业了。独挑大梁的任务正在一步一步地靠近我。

我听着手机里那首单曲循环播放的歌曲，那首歌节奏很快，我的斗志一瞬间也被点燃起来。我的不可思议的大冒险就要开始了。那些吊在天花板上的千纸鹤和小星星，像一双双狼的眼睛，恶狠狠地盯着我。我突然感觉到一丝寒意，它们似乎在问我，"你怕吗？怕就放弃吧！"

我怕的不是挑战，而是像邓芸这种可怕的角色。虽然，她的锋芒隐藏得很深，谁都看不出来。毕竟那个时候任何人都想不到她将来会怎么样，但我必须慎重考虑。终于，我做了决定，我必须往前闯！不管未来如何，你不去试就永远不知道结果。

04 若非情深，何故如此

这是一个不早不晚的时刻，阳光还是很强烈的。毕竟是午后的时光，照着那些午睡还没苏醒的人们，包括我们这些刚刚放学的人。为什么这么早，因为今天又是周五了。

我对这个日子已经不再期待，因为过了今天，又有两天见不到我想见的人。虽说只是短别，但那时的我一分一刻都不想离开那个人。我一点都不觉得自己自作多情，我只想作为一个守护者在她身边。她好好的就行。

还是那一群人，我和她，尧尧和程英婷，还有她的几个同班同学。我们在两个车站间从近走到远，每次我都会走得很快，从来不会因为别人放慢自己的脚步，一个人始终就是一个人，我想那大概是我的宿命吧。别人的幸福，与自己无缘。

偶尔会落在他们旁边，随便说一些话题，也不管枯不枯燥，乏不乏味。这天，她的他并不在，可能他早已经回家了。她对此早就习惯了，毕竟，她还有姐妹。至于我，算了吧，只不过是个同路的校友而已。

我们往前走着，忽然，一辆21路慢慢地往前走，改变了原有的一切。那上面有一位少年，那是她爱的他。车往前开，她突然向后转，"他在车上，我要和他乘一辆车。"我们都被这句话震惊了，她的一位好姐妹拉住了她，怒斥道，"你疯啦！他已经往前走了。你追不上他的。别傻了好不好。"

她还是挣脱了束缚，并且说，"我不管！只要他在车上，就算追不上，我也要追。让我去吧。"好姐妹没有劝她，谁都知道，她铁了心了。她终于向前跑了，我看着她向前跑着，带着期望，追着她的希望。任凭狂风吹乱头发，她也不会停的，一切都是因为她爱他。若不是深爱，又何必如此执着。忽然，一只手掌拍了拍我的肩，"哥，别难过。"

我摇摇头，对他说，"没有，我只是想，这么痴情的女孩子，世间少有吧。"她追上了，他们一起幸福地笑着，离开了一个又一个站台。我转过身，走向我的车站。

05 社团戏耍卢义弟

我静静地坐在社团内的一张椅子上，看着书，看着记录着过去的东西。我在登记本上写下自己的名字，我不知道已经写了多少次，这个本子似乎也有了岁月的痕迹，纸张开始泛黄，体现着它的衰老。我合上那本子，将它放好。

走到那张漫画《全家福》前，我唯一的遗憾是它不是写真的记录，如果那是张照片该有多好。可惜，现在说什么都来不及了，往事已矣。一阵急促的脚步声，打断了我宁静的沉思。我听得出来，我那个年少轻狂的义弟来了，我想他心情一定不好，他平静的时候脚步声不会这么响。

他一进门，我就直接开门见山地问道，"怎么啦，又有什么事不开心啦？"他看着我，很久没说话，片刻，他切入了他的主题。"哥，我和程英婷在一起你有什么意见吗?"

我听出了他不善的语气,但我不知道从何而来,我无所谓地回答道,"你们在一起,我能有什么意见,你们俩好好的就不错啊。"他似乎并不满意我给出的这个答案,继续问,"听说哥看到我和程英婷在一起有点吃醋。"

这句话听完之后,我的心里真是又好气又好笑。莫说别的,就连相貌也是他更胜我一筹,怎么现在这么没自信。不过我倒要看看他下句话说的是什么,"哥,你是不是也喜欢程英婷?"我不知道他脑子里是怎么想的,不过他既然这么认真地质问我,那我也不该让他失望。我且戏弄他一番,看他做何反应。

我合上自己的书,一本正经地说,"对啊。"他有点尴尬,声音有点颤抖,"哥,你怎么能脚踩两只船呢?"我摆摆手,微笑地回应道,"弟弟,此言差矣。我又不是有女朋友的人,怎么能叫脚踩两只船。诶,弟弟,不如这回你把这个小姑娘让给哥哥怎么样?"

他一拍桌子,站了起来,"不行!我媳妇怎能拱手送他人?"我看该收场了,便反问道,"你还知道啊?"他一愣,不明白我说的意思。我叹了口气,"你如果真的爱她就应该相信她。你什么时候变得这么不自信,再说了,你连我也怀疑,未免太瞧得起你哥了。我喜欢的人是谁,你又不是不知道,别一天到晚胡思乱想。刚刚就特地试试你,还真急了。"

他听了这段话,方才感到惭愧与内疚,"哥……我不是故意的。"我也是快二十岁的人了,岂能在意这种冤枉,笑着回应了一下,"这下安心了。"他恢复了往常,对我说,"哥,你也要加油哦!"

06 她梦初醒,他入戏深

已经是傍晚了,我结束了一天的校园生活,回家打开电脑,随意地开启一个休闲游戏,那个时候我觉得别的游戏玩起来就算不往里砸钱也很浪费精力,而且消耗了那么多体力,还换不来自己想要的成果,那就太不值了。打完游戏已经是深夜了,我看着那个闪亮的头像,几次点开窗口都关掉了。

我又在害怕什么呢，终于，我们还是进行了对话。我得知了她已经分手的事，可能还是因为双方空间上的问题吧。她的心当时乱成了一团麻，而且没有那锋利的快刀来切断。或许，很多人都想这么做，包括我。我知道，刚分手的时候人的心情和恋情刚刚建立起来的时候是不一样的。所以我并没有和她聊太多，只想让她慢慢恢复快乐，并且必须快乐起来。

　　第二天，我和蛋蛋、卫星他们欢快地走出校园，觉得今天必须"传统"一把。我们的传统就是放学后买点东西吃，照顾一下街边小贩的生意。那个时候，我真的好能吃。不知道是为了填补空虚还是我真的饿了，还没上厂车，我已经吃完了两个鸡腿。我手里还攥着一个，预备在厂车上解决，还是那个老位置，坐下。

　　忽然一阵急促的喘气声在我的耳边出现，这个声音的主人站在了我面前。原来是她，我爱的人。我笑着看看她，"怎么有空来车上？"她脸色通红，试着让自己的呼吸平静下来，我在想，"怎么从追变成了逃，因为她还小吧，还不知道分手后该怎么面对他。等等，他在车上？"

　　然后她终于说了，"他在车上，他在车上。"我笑着说，"没关系，那你就在这待着呗，没那么可怕。"她看着我这么放松，情绪也不再那么急躁了，对我说，"你起来，给我腾个位置。"旁边的赵杰看着我们俩的对话，好奇心迭起，"美姐姐，你和学长是？"她笑着说，"好朋友啊，别误会哈。"

　　我像只懒洋洋的猪一样站起身来，满嘴油腻。赵杰拉拉我的衣角，"学长学长，注意形象。"我甩开他的手，不在意地说，"哎没事。"我对她笑了笑，"不怕，我在。"一路上，我们也没有聊多少天，倒是赵杰调皮地放了几首不合适的歌。让我有点微微发怒，不过有些日后也的确成了事实。

　　她下车了，回家了。赵杰忽然问我，"学长，美姐姐和你说再见，你怎么不说？"我有点迟疑地说，"我……入戏太深了。"赵杰似乎没听清楚，"什么？"我忽然回过神来，"没什么，不过你刚刚倒真是放了几首好歌啊。"我卷起袖子，一场"悲剧"在厂车上演，赵杰以一句"学长我下次再也不敢了"告终。差点忘了，那首歌叫《毕业后你不是我的》。

07　修椅子，恸哭决裂

那天天气配合，社团很阴沉，很闷，很干燥，我想就该下雨了。以前总是听老一辈的人说，如今自己见多了，差不多也能"日观天象"了。我那天心情不好不坏，很平静，但注定有一道冲击撞到我心里。我来到社团，轻轻地推开门。大家都用一种说不出的眼神看着我，示意我看一张比较特别的椅子。

一开始我以为他们在一起讨论什么新鲜的话题，还故意调侃地问，"怎么啦，这椅子也这么有趣吗？"他们突然不说话了，脸色都变僵硬了。他们让开以后，我看到了他们讨论的真相，那个靠背椅已经断了一只脚，歪歪扭扭地斜放在地上。我也突然很惊讶，问，"这，椅子，什么情况？"

只见邓芸满脸气愤地说，"还不是你那个好弟弟干的。"我不明白尧尧为什么要这么做，感到不解。不过他谈恋爱后的确很少过来了，有时候只是进个门充个电而已。我睁一只眼闭一只眼，一直想找个时间劝劝他。

可是邓芸提前用了一种方式。老刘把我拉到一旁，"昨天，他问他的充电器在哪。邓芸没给。他气得用力把椅子一震，说要退部。邓芸说，要退部写申请书啊。他却已经走了，到现在都没来。"不知道为什么，我觉得那个时候邓芸是对的，的确，他不该这样的。那个时候我还忍着怒气，准备和他好好谈一谈。

然而，程英婷的气势汹汹和他的逃避激起了我的怒火。他当我是什么，我只不过在执行一个社长的权利。我随即发了一条说说，"是男人自己来取，不要事事媳妇顶头。"随即收到了他的回复，他的回复让我更加生气，然而我依旧冷静地问他，"你把刚刚的话再重复一遍。"他还是回复了同样的话，"好，我从今以后，不会再踏进那个社一步。"

我放下手机，看着那个被破坏的椅子，呆呆地看着。我用胶带慢慢地把它绑好，一边绑，一边忍不住地哭了起来。我哭得声音沙哑，撕心裂肺。最后，我用手臂狠狠地擦去了眼泪。但我脸上仍然存在湿润过的痕迹，我想，那个时候没人看得到我，因为那个时候那里只有我一个人。我感觉我失去了生命中一个很重要的人，这种感觉，前所未有。

08 红了眼眶，冰了心肠

没有人经历了绝交以后能迅速回复到以前的情绪。当然，女生们的那种绝交例外。这种真正被时间和事实考验的事件，让我一时之间走不出雾霾。看似是一盆冷水泼在头上清醒了许多，实际上是水洒进了自己的眼白和眼珠里。好痛好疼好难过，想睁开眼，但越想睁开就越是一种挣扎。

我这天没和蛋蛋他们一起走，我想自己一个人冷静一会儿，到底是自己冲动了还是对方做错了。我的心底打着无数的问号，根本没有答案。我去校外的一个小店买了一瓶酒，用开瓶器打开。付完钱，选了一个地方坐下，我独自享受着酒精的麻醉，我已经不想再清醒了，醉一点也许还能看到一些自己奢望的东西。

冷冷地靠在那个冰冷的墙角。一个身影来到我的面前，一瓶啤酒还不至于让我醉得太深。我认清了来人，是她，我喜欢的人。她像是我的知己一样，知道我嘴里硬着，心里软着。她似乎已经看出我经历了什么事，但前因后果她可能不清楚。

她从来不会绕着弯子和我进行对话，她一向都很直接，"你们吵架了？"我当然知道这个"们"字是谁，我喝了一口酒，无奈地笑了笑，"不，绝交了。"她有点惊讶，也有点遗憾。不过还带着些许的疑问，"为什么？"我对她从不藏着掩着，把事情原原本本地告诉了她。她听后，沉沉地叹了一口气，"你们还能不能和好？"

这个问题在她提出来之前，我的心里早已经想了无数次，但他久久没有给我回应。我想我应该有答案了。还是喝了一口酒，苦味漫在舌尖，但还是吞了口气。回答了她，"怕是不能了吧。"她看着我，做了最后的劝解。我点点头，对她还是笑笑，她也礼貌地对我笑了笑。

她上了自己的那辆车，我放下酒瓶。低嚎了一声，眼泪再次溢出，眼眶再度变红。我的心肠也慢慢地变得不近人情，冰冷起来。我慢慢地站起身，把瓶子丢进垃圾箱子里，说着，"你丢了，我也丢了。"

我慢悠悠地上了车，像往常一样，和工人们聊着家长里短、一天的生活，还有孙老板的每日一事，我觉得不管什么事情在他嘴里说出来都带着说书人的味道。他不去天桥底下卖艺真是有点屈才了，他的口才有时候连我都自愧不如。但我觉得浑身有点热，脱了外套，把窗户开到最大，任凭狂风吹过滚烫的面颊。我要清醒些什么呢？

09 再现眼前，不见当年

书本的翻页声，多少内容在多少人的眼里流逝过去。有的人，总幻想自己是书中的主角，认为自己也可以像主角一样，经历轰轰烈烈的故事，想让自己的生命也具有某种精彩，也可以讲给自己的下一代听。有的人，一目十行，就算不把书看完，也知道这本书前前后后的内容，就像在看《格林童话》中的某一篇故事一样。此时此刻，我正在翻看一本书，遇到感兴趣的就看两眼，如果感到乏味就翻到下一页，但是有些密密麻麻的字眼我一眼都看不进去，我也不知道自己在想些什么。可能我又在走神，魂游天外了。

到了收作文的时间，所有人都把自己的任务交了上来。我看了看，皱着眉头说，"怎么没有尧尧的作文？"这句话刚刚说完，所有人都看着我，没人敢讲话。我突然意识到了什么，调转了话题，"找个时间发到那个校刊邮箱上吧。"然后我开始批作文，忽然看到一篇文章写着"过去"二字。脑海里闪现出了好多对话，"哥，我们一起追领导好不好？""好，你说了算。""哥，你喜欢章景儿对不对？""你怎么知道？""人家刚进社的时候你眼珠子都快掉下来了。""哥，别难过。"

回忆在最后一句话戛然而止。那句"别难过"我永远记在心里，可他现在还会说吗？也许他从不觉得自己应该后悔，这些画面全部浮现在我的眼前。社团里本来很安静，我却看到了当初我们在一起追逐打闹的场景。可惜，我们再也回不到从前了。

我靠在椅子上，看着眼前这些人，会不会有下一个呢？在我还不知道未来会发生什么之前，我还是不要胡思乱想的好。因为有些事情，会越想越真，然后事情就真的发生了。我害怕未来，真希望时间能够停止。

10　我愿为你

我站在阳台上，看着这个城市的夜景。月亮已经开始上班，它是星星们的老板。它应该是个不错的领导者，否则星星怎么会全年无休地陪伴在它的身边。我喜欢把任何没有生命的事物拟人化，希望它们变得有生气一些，这样至少不会死气沉沉。我端着自己手里的茶杯，客厅的灯还亮着。

电视里响着主角的声音。我喝了一口茶，回到房间。轻轻触动鼠标，还是找她聊天。那一段时间，真的，上QQ只为了能和她聊天。和同学真的聊不了几句，何况一份珍贵的友情刚刚从我的生命中流去，她也失去了一份爱情。从某种意义上讲，我们是同病相怜的。

我从她的签名档里看出些许的忧伤，于是就由那句签名切入主题。我们聊了不算太久，因为过去的事，她说自己有点头痛。毕竟她曾经的那个他还在渴望着和她复合，渴望着一堆渐渐熄灭的火能够在狂风中再次熊熊燃烧起来。可我又能做什么呢，只能报以安慰，并且给出即使她不喜欢我我也会对她做出的承诺。"我愿为你风里浪里漂流，我愿为你水里火里奔走。"她还是一样的冷静，并没有因为我的诚心而受到蛊惑。

我用"蛊惑"来形容自己的诚心其实一点也不过分，因为那个时候我希望她可以爱上我，从此以后跟着我，我会给她美好的生活。过了片刻，窗口终于再次跳出字来，"谢谢你的好，你会找到你爱的人。"我明白，这是一种婉拒，和我的蛊惑形成了一种对比。她早早地去睡了，我的承诺就像是一张空头支票。

我不知道她第一次听到我这样的承诺心里会怎么想，可能她会觉得我说的话有点不切实际，或者她早已经听惯了这种承诺，不喜欢我以那个人的口吻说话，我也不知道她是否会相信我。

女孩一般都不会轻易相信男生随口说出的话，更何况她还是个受过伤的女孩。我喝着杯中茶，看着茶里冒出的白气，静静地等它消散。我选择了一首慢歌，一边听着音乐，一边打着游戏，希望困意早点来临。

11 "离别"没说再见，你是否心酸

我坐在教室里静静地写着作业，根本不在乎班级里发生着什么。因为我知道这幅图有点难画，但是我必须在考试之前记住它，并且记住它的解答方式。我不用听不用看也知道班级里有着桌游和扑克牌的落台声，女生们在教室门口一边嗑着瓜子一边坐在板凳上聊着闲天，或者用一种她们自己的方式来评判她们家"那口子"如何如何。男生们热情地讨论着游戏的皮肤、装备、金币、经验等。大概也就这些，这就是我们班中午的课余时间。

终于画完了，我轻轻地呼了一口气。才发觉今天是礼拜五，其实没必要这么赶，但回家不做作业也是蛮爽的啊。想到明天的端午节聚餐，我的心情稍稍有些缓和。迎宾饭馆的老板每次看到我们，脸上都挂着笑容，他已经习惯了我们的聚餐，我想他一定不只是觉得有笔大生意来了这么简单。

毕竟，厂里的工人一天三餐都来这吃饭，老板一个月可以捞很大一笔油水。三四分钟前，发生了一件事，我和小婷走在一起，我一向都低着头走路。不大在意前面的路。但小婷突然拉住了我的衣角，"社长，社长，别往那走。"我看着小婷，很疑惑，"为什么？"小婷没有说话，只是脸色很难看，眼神往一处角落看了一眼。我顺着望过去，原来是卢宇尧和程英婷。那个时候我叫的的确是他们的本姓本名。我明白了，可是心中忽然一痛。

决裂那天我没有和他道一声再见，原本我以为友情也可以好聚好散，甚至必要的时候会像阳光暖化过的冰，会冰释前嫌。可是我错了，没有和平绝交这一说。或者说，男生之间，不存在这个。毕竟是一个说好就好、说坏就坏的气血冲旺的年纪。有些事一旦做绝，谁都不会反悔。

我正在踌躇间，却发现他们的眼神已经死死地盯住了我，而我在不停地躲闪。心底忽然有个声音在问我，"决裂后几天的口水战，你不是很理直气壮吗，那你现在还怕什么呢？"是啊，我在害怕什么。

其实我当时意识到那件事情我也有错，但很快我就被心魔征服，"我不怕，没什么了不起的！"我仍然走着我的路，来到饭馆面前。走进饭馆，我子然一变，我的呼吸很急促，像是跑了五公里一样。但我在他们面前必须佯装没事，于是我强颜欢笑起来，心底的心酸却无人看透。

12　为你心动，望他情勇

我记得那天好像是答应了她一件什么事，但我已经不记得具体的细节了。好像是上午第二节课的课余时间，有20分钟。当时我们正在实习教室里接受专业的实践课程训练。我必须挑一个合理的时间，下楼走到隔着一个操场的新大楼。

第一节课肯定来不及，也许刚走到那儿，上课铃声就响了，这样做是没有脑子的。第四节课倒是比较好的时间节点，可是我比她早吃饭，她们那时候还没有下课。第三节课和第一节课的顾虑是一样的，所以最佳时间就是第二节课，他们做操花不了多长时间。所以，第二节课的下课铃声刚一响，我就提着东西迈出了我的脚步。

不过我并不着急，因为时间比较充裕。我穿工作服的时候喜欢卷着袖子，那样我觉得自己比较成熟和干练。不过那绝缘胶鞋硌得我脚心很痛。我还是走得很快，毕竟让她开心是我乐意做的事。我终于走到了那个我曾经待过一年的地方，一步一步迈上阶梯，有点像残疾人。她在门口已经恭候多时了。我提着东西，不敢动脚，"你的东西。"她接过去，"谢谢啊。"我一直认为我们的距离被这句"谢谢"所阻挡着，事实也的确如此。

我礼貌地摇了摇头，忽然注意到，楼梯口还有一个人，是他。他看了看我，没说什么。这是复合了吗，看这样的情形很像。我苦笑了一下，心里在想，"复合吧，小伙子。别再让她受伤，毕竟她为你付出了那么多。"虽然我很不喜欢他那一头又染又烫的头发，但想必这就是他们所谓的个性——我们这些人眼里的荒唐。

但是年轻的时候不这样，还要挑什么样的好时候呢？我匆忙地下楼，看着操场上发生的一切，终于不用掩饰了。我一瘸一拐地走着，听着不知是学姐还是学妹的嘲笑，"你看你看，那个男的，瘸子诶。还不如我家的帅，长这么难看也来新大楼泡妞吗？"如果换作是第一年的我，早已经上去两巴掌了。

我当时眉毛一竖，面孔一板，怒目圆睁，"这位女同学，把你刚刚的话走到我跟前再说一遍。"她看到我的样子，满不在乎。但看到我的胸卡，上面写着1002。再加上我愤怒的面容和口气，她立即带着她的一众小姐妹吓得离开了。我不以为意地说，"下回再让我听到，就没那么简单了。不过脚真疼啊。"

13　女神的生日邀请

夏季匆匆来临，我的性格并没有因此变得浮躁。正如林志颖唱的那样，"十七岁那年的雨季，早就已经成了过去。"恋爱的甜蜜早已被我深深铭记，尽管现在我还爱着一个人，但感觉已经不像以前那样刺激了。我心里想，如果她能和我在一起，我不会再像以前那样。我会包容她一切的小埋怨小脾气，并且能够理解她。可那一切仅仅是我的幻想，想着她对我的邀请，我不知道该如何抉择。只能呆呆地看着那一句"我的生日你来不来？"

我本来不应该存在这种想法，但是心里的犹豫和忧虑在冲击着我。我去参加她的生日，表面上看并没有什么不妥。但我该以什么身份出席她的生日聚会呢？我想了很久，终于在键盘上落下了我的手指，打出了我本不愿说的一句话，"你的男朋友没有意见吗？"她的回答很干脆，并没有让我等太久，大概十几秒的时间就回复了我的问题。我才放心地答道，那就好，我会去的。

一个快二十岁的男生，如果不是因为参加女神的生日聚会，都懒得打扮。那天早上我洗了澡，把头发吹得松松的。这是我第一次认真地整理自己。一切准备就绪，带着已经买好的礼物出发。天气还是很热的。虽然天气对我来说不堪一击，但是那个时段正是公交车的客流高峰期，也是扒手盛行期。

所以，我一般都会找个靠窗的位置坐下。无论是冬天还是夏天，我都会把窗户开到最大，让风吹散我感受到的闷气，这样我就不会因为头晕而感到恶心。少数情况下，我为了照顾旁边的朋友，会把窗户关上。

终于来到了火车站，下车的一瞬间我感觉空气是那么的清新。一看到她，我的心里好受多了，她的男朋友礼貌地笑着。递过一支烟来，"抽不抽烟？"我摇摇头说不抽。虽然我很讨厌那种烟雾缭绕的氛围，不过因为他的客气，我对香烟产生了一些好感。生日是在酒店里举行的，一个男人能为她做成这样，也差不多了吧。

一切都进行得很顺利，我看着周围的年轻人，觉得自己不太适合这个环境。我吃着菜喝着饮料，后来，敬酒时她给我的身份是文学社社长。我笑了，对面的几个年轻人，有几个还算是我的同行，只是不在一个部门。

文学社社长，我还是第一次用这个身份参加社交，我端起酒杯喝了下去。宴席完毕，我发觉得自己和这些年轻人之间存在着代沟，毕竟我也是一把老骨头了。于是我匆匆地道了别，她说，"嗯，好的，回家路上小心。"

14 不一样的表白日，校庆

我一向认为，技校一般不会举办什么大型的庆典活动。又不像人家高中或大学，恐怕没有那么多多才多艺的人士吧，顶多每年办个文艺节，也就可以了。再说，我进校三年，还从来没有看到学校搞过什么大动作的娱乐性活动。不过，班主任的一句话打破了我的"传统思想"，事实证明，技校也是很有钱的，也很具有娱乐性，只是隐藏得太深了。

建校30周年的时候，学校要举办一个校庆，每个班都要出一个节目。而我文学社社长的头衔此时早已被班级传开，所以，我自然逃不过表演节目这个"劫数"。更悲剧的是，二胖仔要反串我的前妻，这让我感到有些为难。在二胖仔的示范作用下，另一位男同学也要反串女角色。最后的表演，虽然剧本里定的是两男两女，但是上场的却是1002的四个大老爷们儿。

不夸张地说，都是1002有头有脸的人物吧。排练的时间一般都挑在同学们玩耍的时候，也就是我们排着他们玩着，我们练着他们看着。实习教室一度成为我们的摄影棚，我们班还有一个天才自诩为导演，看着我们的一举一动。排练的过程中少不了花絮，我有好几次排着排着都忘词了。因为这个剧本比较长，就算经过删减，排下来也要十五到二十分钟的时间。

邓芸也参加了这次校庆，我和她既是同事，也是竞争者。她的舞蹈一向很好，这次也不例外。校庆那天我们四个的打扮可以用妖魔鬼怪来形容，我还好，至于二胖仔，人们送给他一个外号，叫"金毛狮王"。

二胖仔就算没有屠龙刀，也一定可以名震江湖。我们的顺序比较靠后，所以表演时间有点紧张。校庆那天是5月20号，我戴着帽子，穿着蓝色的背带裤，走上舞台，我承认我是带着情绪表演的。上回表演他也在台上，可如今的他呢？他是在看我的表演，还是享受着热恋呢？

她肯定在看着，因为我提前问过了。那是个我还能对她说"我爱你一生一世"的520，至于下个520，呵呵，你们会知道的。一曲终了，掌声如潮。我们则匆匆下台，再也不想上台。

15 雨天叹情

像往常一样打开社团的门，里面一片空荡荡的。不管有没有人比我早到，早来已经成了我的一种习惯。不知是从哪本书上看到的，每过一年，人的回忆就会逐渐加深。

有时候，社团里的一支笔、一本书，甚至一个细微的小动作都很容易牵动我的神经。有时候，看看那幅漫画《全家福》，我会回忆起很多发生过的事。我的心慢慢地放开了，感觉轻松了许多。虽然也发生过很多的不愉快，但那些都已经过去了。

但是，有块疤痕却始终愈合不了。我不知道是对是错，每每想起这件事，我就喘不过气来。我一度认为那是我一生中最大的一次败笔，只是，我当时并不愿意承认这一点。我慌忙地走出门外,扶着阳台,觉得情绪缓和了许多。

我突然听到一种猛烈的声音,是滴答滴答的声音,不,是哗啦啦的声音,原来是下暴雨了。食堂面前开了一条小河,学弟学妹们怎样才能在不湿鞋的情况下走到食堂呢?我忽然想起以前,无论食堂前有多大的水塘,下多大的雨,哪怕湿了袜子,我们也不会饿肚子。正在回忆间,食堂门口一对年轻的小情侣映入我的眼帘。他们的分贝也是够大,那女孩忽然甩开了男孩的手,气愤地说,"都是你,我说我不要到食堂来吃饭,吃零食就好了。你非得来,食堂都已经开成河了,你要我怎么走过去?"

男孩好像有些手足无措,咬了咬嘴唇,终于作出了回应,"天天吃零食行吗,你看你都瘦成什么样了。从今天开始,必须天天吃饭。这条小河,我背你过去就是了。"男孩弯下自己的身子,女孩噘着嘴。其实她觉得这个主意很不错。

我看着他们朝着食堂走去,男孩的一双脚变成了半双,女孩浑身都没有湿透,男孩的刘海湿了半边,倒有一丝说不出的帅气。我轻叹一声,"爱情,如果没有挑剔,就不会有勇敢的承担吧。但是,如果只有后者没有前者,那么结局是啥呢?"雨还在下,我心中疑问着。

16 未知的争锋

我记得那时即将要放学,本来我的心情是舒畅的,没有什么障碍阻挡着我。一边走着路唱着歌,一边甩着自己帽檐的那个长绳扣,可很快,现实打破了我的情绪。我看见赵传华走在面前,和一个人正在商量着什么事情,我友好地向我的上司打了一个招呼。

赵传华转过自己的头来,似乎已经恭候我多时了,"你来得正好,我有个大任务要交给你。"当我听到那个任务的时候,我的脸上既没有露出喜悦的神色,也谈不上恐惧,只是有点慌乱,最终我还是接受了这个任务。其实我完全可以推辞的,但不知道为什么,我突然想试试自己究竟能不能完成这个任务。

我走到厂车上,脱下了单薄的外衣,只剩下一件单薄的格子衬衫,第一颗纽扣还没有系上。我把那个任务告诉给孙老板，他还是一副笑咧咧的样子，显得很坦然。也许他天生就是这么坦然，但我和他不属于同一类人。我甚至觉得他只会笑，脸上从来没有悲伤的情绪。

我还是想想自己吧。我看着另一旁的赵杰，心想我现在要还是你这个年纪，恐怕就不会考虑这些又耐人寻味又惹人恼火的事了。他好像注意到了什么，抬起头来，还是那副可爱的胖胖小脸，"学长，你有事?"我笑着摇了摇头，"没有。"路灯一个又一个亮起，汽车在城市中穿梭着。

终于下车了，我还是习惯于独来独往，一个人走回家。回家的路程并不远，我忽然想去买一瓶冰镇饮料，拧开后，一个劲地猛灌自己，享受着那种冰爽对口腔和喉咙的冲击，心情似乎也好了许多。

他终于将第一颗纽扣系紧。他的心一直纠结在那句话上，他现在恨不得将自己全身都包裹起来。要记得，这是一场持久战。他在想，他想获得认可，毕竟没那么容易。他紧绷的那根弦终于还是被打断了，最想和他争锋的人，已经在不远处等着他了。他嘴角轻轻上扬，"该来的始终要来，我也想看看是谁胜谁负，谁赢谁输。"

第七卷

青春交响曲

01 他的可怕表白！

这又是一个夜幕降临的时分，我看着那已经变紫的夜色，一种不安的感觉在心里盘旋，甚至认为自己已经在开始慢慢培养一种叫做心魔的东西，也就是人们说的那种"自己吓自己"。不过我的意识告诉我，这不是危言耸听，我只是居安思危而已。

吃火锅之前，我们的关系还没有让我有这种阴森森的感觉，直到刘海铖跟我说了他做的那件事。初秋并不冷，但是我浑身却有点颤抖，甚至连敲打键盘的手都缓慢了一些。我赶紧喝了一口白开水，那温度还算可以，也终于让我暖和起来。

我的思绪回到了我们吃火锅之前，开学时，因为我们都希望这个学期能有个好的开始，所以决定先去吃一顿。一路上我们说说笑笑，但路程当中遇到的一个人，让我的脸色变得僵硬。但是我们还是擦肩而过了，仅仅是看了对方一眼。

伴随着火锅的热气腾腾，我们一边吃着一边聊着，我们的原则是绝不浪费，直看着那鸳鸯锅红红绿绿到最后变成了一无所有的汤水。我们该分散和各回各家了。我原本一直怀着很好的情绪，直到回家后打开电脑我看到了一句话。

是刘海铖的，他说的话虽然总会让人有点出乎意料，但之前每次我都觉得没什么可怕的，认为他说的很有道理。可是这句话却让我觉得真的好害怕。"我跟邓芸表白了。"我甚至有点不相信地心头一震。"谁?"我最终还是问出了这个问题，不过他还是很肯定的回答我"邓芸。"

我忽然心中有点愣，害怕占据了百分之五十，甚至更多。我突然问他为什么会喜欢她，他说从一进社就已经有这种感觉了。表白之后邓芸没有直截了当的答应他，只是说了三个要求，我在为他担忧，邓芸是不是本来就拥有什么未卜先知的法术，是不是一场很血腥的预谋，让她已经把他当成了一颗棋子。但是让我更忧虑的是，他已经真正爱上邓芸了。

02 距离的短暂离别

对于这件事，我不知道该祝福还是该劝诫，因为我的心里始终存在着一个问号，我该怎么去看待他们呢？祝福什么呢，劝诫的话，我还能说出点什么。我当时真的不愿他们能在一起，一个太善良，我觉得老刘只会成为退而求其次的那一方。所以我一开始并不看好，尽管他们在社团里已经隐约有了那种比较暧昧的气息。

自从经历了卢宇尧那件事，我也意识到了邓芸的锋芒，她不过是在等着一个捕食的时机吧。我到时候把副部长的位置给她，她就应该满足了吧。算了，我先把这种事放一放。另外，有件事情让我同样怀有这样的感觉，1203班也就是景儿的那个班因为新学期搬到我的这栋大楼了，以后我见到她就很容易，没事还可以串串门。我以为近水楼台的我可以培养一些情感，但我已经不是原来那个冲动的自己了。所以，本是件让人愉悦的事情，我却并不怎么开心。

一个叫做"下厂实习"的东西闯进了我的生命，那也就说明我和景儿还是需要面临一场离别的不是吗？我至少得有两个月见不到她，而我和她本来就存在着距离。我该怎么怎么做这个短暂的告别呢。虽然时间还很早，我却一分一刻都不想离开这个离她只有二十步远的地方。

不知道有多少次，我都会在她们班那个小走道里停留好几次。好想找她说些什么，可我却不知道应该说啥，怕的是她会讨厌我。所以只能呆呆地靠在墙角，闭着眼睛，幻想自己能够和她在一起，这样我就可以保护她，爱护她，也不用再纠结。可是，哪有那么容易呢。我一拳打在墙壁上，看着那骨节上缓缓流出的血，轻吼了一声。最后轻轻叹气，离开了那个地方。

03　最亲的人或许伤你最深

　　这是一个晴朗的中午，我带着赵杰来到了社团，这个时候应该不存在他们班主任来查人数这一说。我并不知道他究竟是为什么而来，不过既然有兴趣，那来这里对他来说也是个不错的选择。他微胖的脸庞让所有人都感觉这个小伙子特别单纯和可爱，他笑起来会让我们觉得都很舒服，偶尔幽默一下，也会让大家觉得他并不是一个死板的人。

　　当邓芸问他为什么来文学社的时候，他说是为了来找我玩，还直言不讳地说出了我的名字，我微微有点不快，又觉得他其实还是很容易融入这个氛围的。他和大家处得很好，很快，我就把他收为了弟子。这是我唯一收过的徒弟，虽然他没行过拜师礼，还时常和我顶嘴，却也时常给予我一些安慰。

　　他能够很快融入这个集体，这在我看来是让我最放心的一点，也算是件好事。但有的时候我也喜欢将事情往两个方面去想。有好的一面时我就会去联想坏的一面，这也是我最担心的一点。因为我懂得，最亲的人或许就伤害你最深。毕竟在那段不堪回首的过去里，我已经尝试过了那种滋味。

　　那种滋味有点苦，还有点酸，而且它并不甜。如果这是一种能吃的东西，那么它真的很难以下咽。也许邓芸会让他知道这种感觉，或者他从来就没经历过吧，那将是一次多么惨痛的经历。对于一个十六岁的少年而言，他的世界里应该只有恋爱、游戏，如果他是吃货，那就还有美食。

　　我又突然觉得他过得很幸福，也突然觉得自己现在如果也是十六岁该多好。他现在和身边所有人嬉笑打闹的样子，像极了当初的我。但愿他的人生能比我完美一些，毕竟他的青春还停在一个序章上，或许不同的人会路过在此添上一笔，至于该怎么写，故事最终到哪里画上句号，还是应该由他自己来完成吧。我笑了笑自己，竟然还是没变，总爱想太多。我随手抽出一本书翻看起来，这样，我就能很快进入书中的情节了。

04 向工厂前进的大巴

　　还没来得及交代好社团的一些事，只是让老刘暂时替邓芸分担一些。其实这个安排是有意为之的，一层意思在于我希望他们俩能在工作上日久深情，这样就能让邓芸撤销那三个要求，这样一切都可以圆满，就算将来邓芸反目成仇，也不可能对老刘说三道四。另一层意思是我需要分散邓芸的注意力，削弱她手中逐渐增多的权利。这样就可以避免将来我在执行某件事的时候，她会拿她已巩固的地位反过来压制我。总之，我和老刘的目的在于把她的脾气磨得好一些，毕竟不想她走老路，所以我只能出这种元老级人物和她平分社团里的"政务"的一个招数。等她不再那么锋芒毕露时，我自然会将副部长的位置交付于她。所以社团的事还是可以暂时告一段落的，有事的话，老刘作为我的线人也会随时打电话联系。

　　但我没想到的是，还有一场深刻的"无间道"等着我，且先不提。

　　还没来得及和景儿告别，我就已经坐上了去另一个实习场地的大巴车。我们坐在沙发一般的座椅上，感到说不出的舒适，让我们觉得并不是去实习而是秋游，就差带点零食在车上一边聊天一边看风景了。

　　大家纷纷都拿出手机发说说、传照片，当然也包括我。我估计，如果1002班有个别同志认识好多学校的人，那么，就在这短短几分钟之内，学校一半的人都会知道这个班级要去"半上班"了。因为上班的时候我们仍然要上课，所以还不算真正的全职上班族。车子缓缓发动的时候，我把窗户开到了最大，司机大叔却说"小伙不要开，待会儿会开空调"。

　　"还有空调。"我心里想着，看来四大黑执事这回总算干了点人事儿。我乖乖地关了窗户，插上耳机，卷起袖子，闭上双眼，开始享受那凉爽的冷气。

　　车上，鼾声、聊天声融成一片，我继续边享受着美妙的音符边让思绪飞扬。那个工厂会是美资企业还是日资企业呢？去那里又会做什么工作呢？车一直在超前行驶着，心里的疑问也是千千万，终于一个转弯，在一家日企电工有限公司的门口停下来。

今天只是过去参观一下，并且分个组，看看我们的组长是谁。还是像完成几道工序一样，走完流程，各自回家。我还是要去蹭那辆便宜的21路，毕竟我已经习惯了，就像早已习惯了有些人的存在。

05 梦里会醉，梦外会碎

我很幸运地和二胖仔分到了一组，只是他的称呼已经变成宇宁君了，像是一种晋升。也是，他经历了那么多人生的转折，还经历过一次惨痛的人生经历，已经比之前成熟很多了。我对他而言是友情，他对我而言却是亲情。所以，我一向把我们当成很好的结交兄弟。既然是知心之交，那么成为很好的工作伙伴应该也没什么问题吧。

他一开始就在我的旁边，他是第二条焊工序，我是第一条压工序。一开始他并不希望我压得很快，因为他来不及焊，所以他总是说"三哥，不要再堆万里长城了，我那还一堆没有焊完。"其实我一开始手也挺笨拙的，拿过去好多个都是反的，他也不爱仔细看，犯了不少错误。不过熟能生巧，后来也就好了。

其实，下厂实习并没有我们想象中的那么恐怖，只是提前知道了我们未来的日常生活是什么样的。中午我喜欢和二胖一起去食堂吃饭，商量着怎么熬过下午，聊着关于未来的话题。有的时候他没来，我也会给他多打一份。

他有时觉得话题太无聊，就会催我吃完或者提前告别我，自己去午休。同样的午休，我都觉得要比在学校要轻松的多。只是我心中始终放不下的是那个人，那个让我深爱的人。我看着她的每一条动态，发的每一张照片。我做不到秒回她发来的消息，也不可能在她生病的时候提着那些治病的药出现在她家楼下，告诉她已经在她楼下等了很久了。正如她曾经对我说过的，我不是超人。

我只能用一种含蓄的方式去答应她要求的每件事，即使我不是她的男朋友，她亦不是我的女朋友，虽然有的时候也觉得自己不过是自作多情。其实她早就已经告诉了我答案，为了考虑到了我的感受而说出一些婉拒的言辞，只因为我不愿承认而入戏太深。

有些甜蜜的画面也会在我的脑海里出现，让我不禁浮想联翩，却每次都被现实所打断。然后梦完了，我醒了。有的时候还会去回忆梦中的那些情节。我不得不确定有一种梦，会让你太沉醉，让你恨不得永远都停留在那一刻，只要你醒过来，它就会像刚被砸碎的玻璃一样，满地是渣，你越急切地想去拼凑它，越是弄得双手血淋淋。可明明是锥心刺骨的疼，却还是要继续，嘴里还说着一点都不痛，一切，不过是自己骗自己而已。

06 掌心的触碰，一场玩笑

和往日一样的早晨，只不过是要乘两次车而已，目的地也从学校变成了工厂。等厂车的地点似乎又往前了一点点。一到站就是个超市，没事的时候，我就会和赵杰买点饮料聊天，有时我们还会去我家附近的公园四处转转。而他则会因为肉多而成为蚊子特别喜爱的人。

我的手机忽然响了起来，是特别关心。

我看到了一条动态，并且打字回复了那个人。我觉得明天应该请个假，去处理一下这件事，毕竟我已经答应了下来。昼夜轮换，其实也不过是一眨眼的时间，正如刚才还和赵杰聊着天逛着校园，转眼就是我穿好了服装，站在了去工厂的大巴前。

工厂里，有的同学上班赶不及，就在过道上吃起了早饭，像鸡蛋饼、豆腐汤、面包、牛奶、豆浆这些。有的时候我会索性不吃，觉得少吃一顿也没什么事。其实请假也就是跟实习老师说一下，这样就行了。于是我一上午都在那里开着门待着，还见到了路过的她。她拿着书本，惊讶地看着我，笑着问道，"你没去上班？"

我也笑着回应道，"有事。所以请了假。"她点了点头，便去上课了。毕竟不适合言明，我也不想太早说。当然，因为我的到来，惊喜的还有那些小崽子。难得请一次假，顺便回了趟社团看着他们。他们竟然在比着手掌谁大谁小，并且打着稀奇古怪的赌。我的思绪再次被两个字带到了几个月前，差不多是去年了。

那是个打扫卫生的下午。那时，他还在，她也在。我们也以此为话题。她对她的姐妹说，"我们来比比谁的手小"。这时，卢宇尧看看我，再看看她，心里有了个主意。"章景儿，敢不敢和我哥比。他的手绝对比你小。"这句话不假，可她就是有股子倔劲，偏偏不服，答道，"我不信，比就比。"

我在扫着地，说了句"别闹"。无奈看客们都起哄着，"比嘛比嘛"。我只能放下扫帚，和她"比试一下。"两只手掌轻轻触碰在一起的那个瞬间，我好想弯曲我的手指紧紧抓住她，我觉得所有人都看到了。

卢宇尧笑着对景儿说道，"怎么样，你输了。输了怎么说，输了当我哥媳妇儿如何？"瞬间，两只手掌迅速分开。我红着脸说"他开玩笑的。"便又终于回到了现实，我轻叹一口气，说道，"玩笑怎能当真？"

那两个字，叫做"手掌"。

第七话 没为她完成的事

本来是没有什么差错的，也希望能借此来化解恩怨。只不过是景儿想进通讯组，而我也觉得她办事能力并不会比其他人差，这也是我所看到的。所以，我答应了。你们一定疑问她为什么要进通讯组，那是因为姐姐在位的时候把她们"流放"了。后来我也不知道为什么又退了。

如今一切都已经过去，我仍然在想，景儿的能力是可以的。原来，事情并不如我想象的那样简单，她刚进去就被一个人拦住了，是个女孩。女孩穿着黑色外套，恶狠狠的回应道，"我是这里的副部长，我们宣传部不会招1203班的人。"能说这话的人不会是别人，只能是她——邓芸。

这件事在我吃完工厂午饭后，老刘给我打电话说的。气愤是难免的，甚至想革了她副部长的职，但我的头脑是理智的。说实话，我一点都不惊讶邓芸会这么做。并没有人给她自封副部长的权利，她这么做，无非是无视我的存在，甚至藐视我这个部长。

邓芸心里的想的是什么我一清二楚。她们之间本来就心存芥蒂。但理智告诉我，现在的情形还不容许我和她翻脸，这也将是我给她留的最后一个面子。我更清楚的是如果日后宣传部再去招人，1203这个班恐怕再也碰不得的。那将是多么可怕的一个场景。

毕竟，部门和这个班级已经积怨太深。而我觉得更严重的是，我在景儿眼里不过是一个只会许空头支票、没有诚信可言的人。没有办法，我身处在那个位置，便要顾虑大局。

我觉得那个时候我就已经开始恨邓芸了，只是不深，因为我们还没走向那条无底深渊。有的时候，我真的想放弃这个部长的位置，然后逃到一个可以让我安心的地方。像伍佰唱的那样，"那里湖面总是澄清，那里空气总是宁静。雪白明月照在大地，藏着你不愿提起的回忆"。只是，什么时候，我能拥有属于自己的挪威森林。

08 心如刀割

终于从16路上下来了，市区还是很热闹的。今天回家确实是有点晚了，已经到了电视剧播出的黄金时段了。我一步一步走在一棵棵树下，脚步落在那坑坑洼洼的石子地上。早就习惯了这种地，所以不象第一次那样走两步歇三步。

我现在我得为我的肚子考虑，家里热腾腾的菜可能会因为我而变凉。把我当宝疼的母亲可能一丁点都没动，只是为了等我回家吃饭。父亲因为要上夜班，所以必须先吃完去上班，只为维持这个家的生计，毕竟，租金、房贷，每个月都要支出的这两笔数目不是小钱。我回到家，换了鞋草草吃完饭后，还是坐到了电脑跟前——已经很久没有和除她以外的人聊天了。

突然间想和社团以前的人聊聊，并且让他们帮我想想应该怎么对付邓芸这个硬茬子。看只有姐姐在线，有意没意的几句寒暄打完了头阵，我便开始切入了主题，她却回复了我一句，"你也配当部长吗，老赵真是瞎了眼。"这句话让我微怒，却并未反击，直到她击到了我的底线。

我和她争吵起来，直到关闭了聊天窗口。我轻声冷笑，披上外套，跟母亲说要出去透透气。母亲看出了我的不愉快，也没多说什么，只是点点头。我疾速的走着，来到公园最偏僻的地方，心中反复回味着她当时跟我说的那句我不配当部长。

我真的好想笑，是你把我推向风口浪尖的啊，怎么反过来却成了我的错。你没有对我道过喜，却反过来对我进行刺骨的袭击。难道在你的心里，邓芸才是最合适的人选？我当这个部长奢望过什么，社权部贵吗？放屁！惹了祸都是我来背黑锅，你知道什么？我只不过希望景儿可以离我近一点。

可你和邓芸呢，狠狠地驱逐了我两次！两次！我有说过什么吗，我有不给你们台阶下吗？我的眼眶慢慢红了起来，终于走到了运河边，大声的狂笑起来。"哈哈哈哈哈哈哈。"夜色映在我的脸上，一定是阴森可怖的吧。但我不怕，连前辈都不认可我的存在，我还需要怕什么？可笑！

09　浅笑·你幸福就好

我急切地想快速走到车站。其实我并没有什么着急的事要完成，只是想利用早回来的优势乘上一辆可以靠在窗口的空车。我可不想在工厂里累了一身汗，然后再因为公交的拥挤多覆盖一层，况且还是到终点站。我不得不承认，在这种事情上我是无所不用其极的。

上班的时候，我偶尔会脱掉工作服，但大多情况下不会脱。走那条路的几乎只有我一个人穿着这件天蓝色的粗衣麻布，料定走一段路会很渴，所以事先会买瓶饮料。刚巧那个时候的我因为母亲的允许，胡子从没剃过，留得很长，所以显得很邋遢吧。不过我倒认为卷起袖子喝一口也不失为一种潇洒。

终于走到了站点，竟遇到了景儿。我们还是友好地打了招呼，并且带着寒暄的笑。她身边有着她的归宿，也不容许我多说些什么，我一直认为她身旁的他对我有种敌视。而我只能在心底默默地说，"放心吧，小伙，我不如你，长得也不如你。"

21路这一回倒来得正好，我的目的也达到了。我看着他俩坐在我的对面，只能拿出手机开始打着一个1002班当时很火的跑酷游戏。有的时候我也会偷偷的看着她。看她依偎在他身边，轻言细语着，并不心酸，反倒是一种坦然，一种却从来没有过的坦然。可能是因为已经快二十岁了吧，把什么事情都看得比较明白和

152

彻底。

　　毕竟，经历过了之前的那些事，便不会再像以前那样苦苦哀求了。如果自己不能让对方开心或者接受，那还有什么事比自己心爱的人找到真正的归宿更幸福呢？想到这里，我的嘴角开始上扬。不是撕心裂肺的狂笑，不是幸灾乐祸的奸笑，更不是诡计得逞的阴笑，只是一声浅笑，谁也不会看到，只有我自己能想象到。

　　我看着窗外，不知道自己看到了什么，景色就从眼前流逝过去了。终于到站了，和景儿做了简短的告别。转的车明明速度很快，到家却已是傍晚。我茫然的走着，怀着淡淡忧伤的心不知道该追求些什么，只看到城市灯火辉煌中一副虚幻的海市蜃楼，轻触屏幕的指头轻轻滑动着心底那已经尘封已久的锁头，只为看到自己特别关心的第一动态。

10　只要心还跳，就有我逗你笑

　　日子很快，谁也抓不住它的步伐。眨眼又要到十月了，再过一个多月就是我的生日了。即使是命运，有时候也得对它认输吧。我脑袋里不知在想着什么，忽然想这最后一年我的生日应该邀请一下本班同学，来以此表明我们曾建立起的友谊。所以，我先拿二胖仔来开刀，他没否决，只是弱弱的问了一句，"三嫂去吗？"

　　我知道他在开玩笑，却很认真的回答他，"什么三嫂，别乱叫，我没邀请人家，人家那天估计是要成考的。"二胖仔故意装出一副不开心的样子，把手上的工具一扔，说道，"那有什么意思啊，不去了不去了。你一定要和我们阐明你们之间的关系，就在你生日那天，择日不如撞日。"我有点脸红，但还是认真回答道，"好朋友啊，不是早就说过了吗？玩笑开归开，再这样下去，哥哥可要翻脸了。"他也便呵呵一笑，没有继续这个话题。

　　午饭之后，我自己倒琢磨起来了。想起了五月的时候，在她的生日之时曾许过她一个承诺。当时我拍着胸脯豪言壮语地给她留言："只要心还跳，就有我逗你笑。十八岁生日快乐。"这个承诺,我是真的放在心上的。我更担心的是我会不会死得比她早,这样的话,我就食言了。我可以保证,这不是虚情假意。

但是这句话在很多人眼里都是太过奢侈的,有人认为这是一张包着纸的糖衣炮弹,甚至有人觉得这是为了达到自己目的而不择手段编织的一个美丽谎言。我不知道她是不是也想过这个诺言不够现实,还是从来就没有相信过我这句心里话对她表达出来是那么值得骄傲。

我不敢说别人能为她做到的我都能做到,但她要求我的,我一定会做到。我改了自己的签名,也改了自己的网名。我一向喜欢东方不败这个人物,自然不是原著中那种变态妖娆的原型,而是林青霞版的动我山河、半世逍遥,还有那年陈乔恩版的敢爱敢恨、只愿你好的两种综合。毕竟我也拥有着一片江山,也有着不爱自己的"令狐冲",但却希望她能和他的归宿一起白头偕老,于是改网名为东方先生,我只希望她相信我就好。

11 教主哥哥,谢谢你

一时之间,班级里、社团里,都在拿我的网名做话题,并且问我那个女孩是谁。我只是淡淡地说是个我喜欢的人而已,你们别多问。但是社团的人估计早就已经心知肚明了。也有人会调侃着喊我东方教主,更多的恐怕还是邓芸的阴阳怪气,或许她特地渲染过。所以,这个外号在宣传部响彻一时,倒真有些雄霸天下的阵势,只是还有少数人没有见过我这个"教主"的真面目。

不过有的时候我觉得我比真正的东方不败还是要好一点,比起他要称霸武林获取天下第一而不惜自残身体,我要幸运一些。因为我只要不求任何回报地默默奉献和守护就可以。我的最终目的只是希望她能够好好生活,却不知道自己当时正在一步一步扰乱她的生活。我只是想更爱她一些,只是这样而已。

当然,也不是刻意地想故意这么高尚,我只想好好爱,说难听一点,好好做我一个单相思应该做的事,也从来没想过后果会如此不堪。看来有些人是对的,便有些人注定是错的。其实我早就应该想到,在我接受"东方教主,千秋万代,

154

一统江湖"的朝贺时，外面就有个声音在对我说，"教主哥哥，谢谢你对我所有的好，但我不能爱你。你会找到爱你的人。"

只是我梦醒得太晚，任何人都点不破我骨子里的那股冲动热烈的血液。也印证了一句老话——"解铃还需系铃人。"的确，在很久很久以后，梦醒了，醒得是那么彻底，就像一阵冰雹落在自己的身上，又冰又凉又疼。

至于是怎么醒的，仍不到时候提及。毕竟在我接受"朝贺"的同时，有一道暗刃正在磨刀霍霍，向我示威，那寒气让人瑟瑟发抖。或许就是因为这刀光剑影，才让我的社团离别曲因此而奏响。一首无声的音乐在某些人心中荡漾，包括我自己。

12　针尖对麦芒

我在校门外急切的走着，不是为了去拿自己忘记拿的东西，也不是像那些女生的男朋友们，在等他们那个已经等了很久、只为能够在公交车上为其提供肩膀的人，即使骄阳如火。

我的脚步声连任何人都知道和平常很不一样，我一般都是很懒散地走的。不像今天，一步一步地踏在地上，只为了尽快到达目的地。炎热的天气已经激起了我心中积蓄很久、遏制不住的怒火，我就要爆发了。我必须和邓芸做一个清清楚楚的理论。她竟然派出赵杰他们这群小崽子去1203班招人，结果落了一个被全班人轰出来的下场。这是她自己犯的低级错误，简直罪有应得，也是自作自受。我早就应该料到了！

所以这一次我并不会偏袒社团的人，我站在1203班这边，如果我这回教育她是错的，我宁可罢职不干！本就是部门理亏在先。我并没有友善地轻轻推开那扇门，而是一脚重重踢开。这是我最愤怒的一次，以至于把众人吓了一跳。"邓芸，我想我们应该好好谈一谈。"我还是觉得先礼后兵比较好，所以语气还是缓和了一下。

邓芸却不是如此，反而更加激烈地对我回应着，"好好谈？看你的样子好像是来者不善啊。"我相信所有人都闻到了火药味，既然她已经开始出招了，我也没必要再戴着伪善的面具了。我也开门见山地质问道，"你为什么要这么做，是你自己说不会再招1203班的人的，怎么，今天是要故意去招惹她们吗？"

邓芸当然也被激怒，锋芒一现，反驳道，"你要为1203班和我来理论？"既然说到这了，那我就不必客气了，反问道，"你去招人是为了得到羞辱吗？还是为了摆你这个自诩的'副部长'的姿态？你这样做，不止1203班，整个12届都会讨厌宣传部，更准确一点，是文学社！"

邓芸却冷笑一声，用一种让人不爽的眼神看着我，我知道那种眼神叫做不屑。"呵，我倒要看看她有没有这个本事。"看来是谈不拢了，我便放出了一句狠话，说道，"我不管她有没有这个本事，但我有驱逐你离开社团的权利！"

邓芸终于被气到，声音竟有些颤抖，"你……要变成下一个史晓月！"我也微微一笑，"如果你再这样，我可以试试。"说着站起身来，狠狠地摔门而去。邓芸终于被击败，咬牙切齿，把双手往会议台上一撑，恨恨的喊了一声，看样子是暂时作罢了。

13 革职在手，欲除邓芸

可她是不会罢休的，毕竟她吃了一场败仗，让她的颜面荡然无存。我也做过了道歉，可能话的确说的是太重，但面子上我们都已经做足，她也已经真的不再去做那样的事。我便却天真地以为她会因此而改变自己的性格，但是我错了，她是在韬光养晦，谋划着一场我并不知道的阴谋。

她招了一个我很不喜欢的新人，虽然文采很好，但我始终认为他不如郑恒洋这些人，毕竟他们的为人我是了解的，我也不是第一次见他们。我第一次见到她招来的人，一副懒散的样子，如果不是要顾及部长的面子，我可能真的会动手揍他。看到这个邓芸招的人，我的心情就很不好，但是我也没有那么愚蠢，不可能人家刚来就立即下逐客令，只是照例先走试用期流程。我让老刘仔细地观察这个不知道是"新鲜"还是"有毒"的血液。我在工厂每天都很忙，要烦的事情也很多，不可能一天到晚请假回社团盯着那些事，所以，我只能暂时委屈一下老刘了。后来，总算有了询问的时间。

我听完调查结果后，心底的怒火又被深深的激起。于是发了一条直接攻击邓芸的说说，在评论栏我们再度交锋。她开始保护自己的新人了，我不清楚他们到底是什么关系，但在我看来并不普通。直到最后她质问我，"你凭什么踢掉人家，人家做错了什么？"

脑海里光是重复着她问出的那句话，就已经足够我冷笑许久了。于是，在键盘上落下我的手指，自然而然地将那些文字打了出来，"迟到早退，不打扫卫生。"她的回答让我觉得更加可笑："你看见了，你长千里眼了？"而我接下来的一句话便压得她哑口无言，"别人会骗我，老刘不会骗我。"她过了很久才回复道，"总之，他退我也退！"

这句话说完已是撕破脸，那么我也无需给她面子了。当时就想输入，"若是再让我看到你在那里，我一定请你滚着出去。"但是我还是停下了，觉得还是问问前辈们吧。史晓月自从上次说我不配当社长之后，我觉得问她也是白搭，没准还是会说我没本事。

而章羽涛给的答复却很彻底："如果你再继续纵容她，那便是养虎为患。她既然已经把台子掀了，那么你可以给她机会，让她想滚就滚。决定权在你。现在，你要办她，只是一句话的事。不要念及我们对她的友情，也不要顾及她的师承怎么想。可他却忘记说了一句，更不要顾及那个深爱她的人。

14 改变决定or伤及友情

我的心底早就已经做了决定，不需要抛硬币的正反而来询问上帝，也不需要摘花瓣说着你喜欢我，你不喜欢我。这只是个早就应该做的决定，只是我一直太优柔寡断太犹豫，没有尽早决断的心里现在终于已经有了答案。

当我要回复邓芸的时候，QQ那个许久未动的企鹅终于伴随着滴滴声，变成了闪动的状态。是我喜欢的那个头像，不，准确地说是喜欢头像里那个人戴的帽子和穿的衣服，因为看上去他是如此简单、如此轻松的活着。他，就是刘海铖。

我并不知道他心里是怎么想的，我想应该是乱糟糟的一团，像很多针线绕在一起。或许他本不想对我说出那样的话，可那个时候，在他眼里，或许爱情才是最重要的，其他并不重要，甚至可以为邓芸颠覆一切，以至于我看了很久都不知道应该怎么回答他。他说了一段让我意想不到却又陷入沉思的话，"我知道你心里的想法，因为很多人心里都应该是这样的。恨不得她可以立即离开，立即被驱逐。"看到这，我以为他也会认同我的做法。但令我日后庆幸也后悔的是下面的文字："但请你抹去这个想法吧。我还不想因为这样就忘记她，见不到她。请你成全我一次，算是我求你。她的错由我来承担，我相信她会改的。"我真的很难想象这个在我们年龄中最大、做事也一向成熟的他竟然也会说出这样看上去是担当、实际上很幼稚的话。

我不能改变决定，亦不想伤及友情。于是我回答，"你容我考虑。"他不是个死命追求答案的人，但他会算准几率，也不会因为这个而威胁我。只是说，"慎重吧。"良久之后，我轻叹一声，"哥你会后悔的。"他只回答了一句，"我不怕后悔。"我仿佛看到他飞蛾扑火也觉幸福的笑容。

15 最不快乐的生日

那天早上的天气并不是特别的好，我也早就已经习惯了这样，依稀记得每次我的生日都不是晴天，有一年还下着暴雨。由于那时候家里的条件实在是有限，能吃一碗爸妈煮的长寿面已经算是很奢侈、很温馨的了。记得我爸还是电焊工的时候，用了一个月的工资，只为了给我买一只我最喜欢的电子表。那个时候我很开心，却很不懂事，给丢了。所以在这件事上我一直对父亲有所愧疚，毕竟那是他的血汗钱。

后来和同学聚会多了，蛋糕也吃的多了。因为这回需要请两顿，所以之前一次送给了1002班的同学。他们送的礼物我很喜欢，尤其是二胖仔，特地故弄玄虚地演了一出戏，然后送给我一个牛仔包。那个时候的我穿着牛仔衫，和这包也挺配。而且我那天还刮了胡子，不细看就像个初中还没毕业的男孩。

我喜欢牛仔衫是觉得这样的服装简单利落，很干练，可父母却偏偏说是副小痞子的样子，没办法，代沟总是有的。今天这一顿鸿门宴我自己很清楚，是我自己邀请的，也是自己在挖坑。

我看着手机有条消息，是她发来的。那是早上清晨六点多的时候，有个可爱的女孩发了那条信息给我——"生日快乐"。我笑了，自从和邓芸闹翻之后，好久没有这么轻松过。哦对了，这回的生日我还请了一个人，邓芸的师承——史晓月。

不管怎么样，我知道今天不适宜说太多的话。很快就到了晚上，还是老地方，迎宾饭店。这回来好像感受到一种特别的氛围。一直到所有人到齐，我都没有说话，只是用手指抚摸着收到的礼物。老刘看看我，我明白他的意思。这回摆了很多菜，我却一口都吃不下，但面子上要做足。

他们还是给我唱了生日歌，我却看到了一副生面孔，这应该是在赵杰之后才来的。挺高，也是个帅小伙，也是日后小婷的归宿——小敏子，当时我是这么想的，但是现实不如人意。他尴尬的提着一袋柿子，"部长，我不知道送什么好。"我笑笑，"没事，心意我收到了。送什么无所谓。今天本来也不是什么好日子。"最后一句话他没听见，邓芸很早就走了，可能去忙她的事了。

而史晓月却在席上把我和邓芸闹翻的事问了个底朝天。最终以我的一句"姐,谢谢你，让我学会太多。"而告终。我拿着酒瓶晃晃悠悠的走出饭馆，老刘说，"我扶你吧。"我笑了笑，满嘴酒味的回应，"哥，不用，我认识路。你回去吧，别回去的晚，让宿管骂。"他看着我，知道多说无益，只说了一句"你小心啊"便转身离开。生日，每个人的二十岁生日都应该过得快快乐乐。

毕竟是人生中的一个坎，或者说是生命中的一次转弯。我呢，过得乱七八糟，醉醺醺地走着去车站。我眯着醉眼看着那条最早送来的祝福，也许这是我最后一次收到她的生日祝福吧。我记得那天，我醉到深处，痛苦地流泪过后，才发觉之前那件事是自己错了。我向他承认错误，向他忏悔。我真的累了，痛了，我想放弃了。那是我和卢宇尧冰释前嫌的那天，也是决裂的半年后了……

16 自愿放弃，一票给你

他是唯一一个我认为比老刘还成熟的人，一个大概一米八的身高，穿着休闲衬衫和牛仔裤的人。他戴着一副度数很深的眼镜，步伐很稳重。毕竟已经是二十多岁的人，再过个七八年就是而立之年了。可能老刘还不是技校生时，他就早已经领教过这种学校里的各种风云了。他脸上有一道疤，可能他也领教过技校里那些江湖纷争，我相信疤是由此造成的。他就是部长赵传华，现在还不能算前，毕竟我们都没有再度经历过改选大会。他来这里的目的，我应该也清楚我自己的这个位置应该已是岌岌可危了吧。

不过赵传华唯一想错的是，他认为邓芸会把二把手的位子推给我，所以才出此决策。他没有想到结局会这么棘手，因为邓芸的招数实在是太狠毒了。她把试用期的人也定为了新部长的人选，我当然知道她这么做的目的。当然，我也肯定不会失去我自己的选择权，所以我还是说了一句"顾全大局，大家慎重"。

这句话是我深思熟虑以后的结果，并且在投票前迟迟不敢下笔。按照道理，我应该直接写下自己的名字，但是我还是想了一下，如果把权交给邓芸，也许她就满足了，她就能够好好地管理这里了。我抱着这样的想法写下了她的名字。唱票时，我看到我的名字有拼音版，我的眼神立刻盯到了赵杰，他用躲闪的眼神回应了我。"对不起，徒儿，这种情况我只能这样看你，必须对你这样，谢谢你。"我对他说。

结果很明显，邓芸赢了，还选择了老刘做她的二把手。我松了一口气，一开始我以为她会选一个不靠谱的人做副部长。而小婷也变成了社长，这正是我想要的结果。我的内心的石头放下了。赵传华看了看我，说，"开放时间过后我和你谈一下。"我知道他要谈什么，无非是给我做点心理工作。

我们在操场上走着，他说，"对不起啊，我不知道结果会这样。"我摇摇头笑笑，说道，"没事，只要有管理能力，谁当都一样。"他深沉的看了我一眼，点点头。我们聊了很久，直到我下午去实习的时候。临走前他说，"别忘了，你随时可以推翻她，改选大会还没到！"

第二天去学生会打扫卫生，有一段对话一直在我心中围绕。"K仔，听说你不是部长了。"对于学生会主席的询问我不得不回答，也不得不装出一种宣传部没出什么事的状态。"是啊。还有半年就毕业了。当不当无所谓了。""现任部长是谁？""邓芸。可谓众望所归。"学生会主席轻轻冷笑一声"哼，再当半年又有什么。总比不会管的人好。"我也是淡淡一笑，没再说什么。

17 你能不能答应我一件事

从试用期到成员，再到社长，再到部长，再到成员，大起大落。直到很久以后我离开了的时候，我时常在想，如果当初我不写那张"出师表"，史晓月也就不会看到，我的心里就不会存在那么愚蠢的想法。有的时候我也会怪自己，何必应承的那么快。可能也是因为多多少少有一些不愉快吧。

可能景儿也看出了我心中的不快，所以她找到了我，当然也不是现实世界里，而是在虚拟的网络空间中。她对我说了一句话，这一回并没有单刀直入，而是用了另一种方式，大概是觉得这样会不至于伤及我心吧。"K仔哥哥，你能不能答应我一件事。"我以为只是一件简单的事情，便飞快地打下了一行字"行，没问题。只要你说。"

她的反应似乎并不怎么惊喜，很平淡的回复道，"你先别回答得这么早，我这回要你做的事真的很难。"我的好奇心再度被勾起："什么事这么难，说来听听。"她估计是想了很久才说出那句话"离开那个是非之地吧，离开文学社。"刚还在悠闲喝着水的我忽然间被惊到了，这的确是一件难事。

这已经是我不知道我自己第几次傻呆呆的面对着键盘了，都是在面临类似这样难以回答的问题时。我正在纠结中，那个窗口再度跳出一行字，上面写着："K仔哥哥，怎么，你不能答应我吗。"我不该对她撒谎，我也不想说谎，所以我选择了实话这一条道路。"不，不是，我只是还有一件事没完成。"她好奇的问道，"什么事，很重要？"我不方便告诉她，也不想伤害到她。毕竟太危险。

"原谅我，不方便告诉你。"她却并不在意的样子回了一句，"谢谢，我知道了。"我觉得还是有必要补上一句，"景儿，对不起。"很久之后，才等到一句，"K仔，没关系。"我喝了一口白开水，心底对她说，"说谢谢的应该是我。"

　　白开水一杯又一杯地倒着，冒着腾腾热气。他只为解开口腔里的渴，但心中仍是望梅止渴。他一定要把那件事完成彻底，只是，他不想告诉她究竟是正确还是错误的。是不是当时他答应了她，她就接受他了呢。他不知道，他只能对着茫茫的夜色不知所措。他一定要做到！一定！

　　第七卷，卷终。

第八卷

填空题

01　旧君臣，联盟！

　　我到现在都想不通当时我为什么会拒绝景儿，也许也是老天故意让我的想法有了曲折这样的概念，因为在不久之后，我和老刘又做了一件大事，我的内心仍然没有屈服，反倒有着反败为胜的冲动。三国曹操势力最大时，刘备仍敢与他为敌，我又为什么不可以放手一搏呢？

　　那天是个晴朗的日子，也正逢金秋时节。金红的枫叶早已被风吹得飘落满地，如果有情侣在这里，那一定是一幅如诗如画的场景。可惜这样的画卷于我的人生而言将不复存在了。虽然我在社团已经经历了一场滑铁卢战役，但我并不觉得有多难过，毕竟我不是那么在乎地位的人。

　　但是，那天当我进门的一刻，老刘便用一种严肃的眼神看着我，似乎是有什么事要说。我忍不住，却恨没有权力，因为我又看见了那个与我为敌的女孩。如今，她看着成为她手下败将的我，悠闲的刺着十字绣。没错，她成功了，她成了部长，她可以在社里放任地做一切她想做的事情，甚至也可以像慈禧那样闭关锁国！

　　我又想到了那句话："别忘了，改选大会还没到，她还不是正式的！你完全有打倒她的机会。"但是内心又有个叫做仁的声音告诉我，"她的部长之位不是你自己让的吗，何苦再斗？没必要的，只要大家好就行。"我思绪凌乱地翻着书页，想掩饰我内心的纠结，却偏偏有一个人看穿了我。

是老刘，他过来轻轻拍了拍我的肩，我知道了这是要和我商量事情，因为我们之间不需要太多的言语，并且这个时候他也不适合与我有过太亲密的交谈，否则恐怕会引起某人的疑心。铃声再度响起，他们走的很快，没有人留意到我们。老刘走过来对我说，好像是有什么苦水终于可以吐出来了。

"K仔，我想推倒她，你同不同意，你同意了我们就联盟！"我看不出他走的是什么棋，老刘不是恩将仇报的人。他又看穿我了，终于说出了心里话："她骗了我，她骗了我！她明明有男友，却还瞒着我，还要我答应她三个条件，她简直是……简直是……"

我听到此话，简直怒不可遏。她怎么可以这么欺负老刘，老刘为她做的还不够多吗？我知道"分手"那两个字他说不出来。虽然我气，但我仍然对联盟这件事犹豫不决，怕会伤及那些小辈们。我把我的忧虑告诉了他，他沉吟良久，说，"你放心，我有主意，绝不伤及无辜。但我要让她惨败。"我信任他，所以同意了。我们的联盟达成了，一场反邓芸的战役也将要登上社团的舞台了。

02　二进1203，首战告捷

自从老刘和我联盟之后，我就没怎么正经地对待所谓的开放时间。人家在看书，我就伸个懒腰躺在靠背凳上，反正邓芸又不怎么常来，来了也不会说我什么，顶多也就是吹吹牛，就像她们班主任的缺点，她都能说得绘声绘色。

弟弟妹妹们看到我这样，倒也不敢说啥，毕竟得给我这个老兄长一点薄面。我看了一下手机，今天是发书的日子。算算应该到第12届了，看来有些人又得伤脑筋了，果然，邓芸进来时的表情好像已经表明了她有个难处，但是大家应该都猜不出来。他们的表情都很僵硬，我想是因为觉得邓芸要发作才会这样吧。不过她并没有发作，而是坐下之后，轻叹了一口气，问道，"谁去1203发书？"

这对他们来说无疑是个难处，我也皱了一下眉，然后继续佯装睡觉。赵杰首先开的口，"芸姐姐，是你说的谁都不准再去1203，否则你就要和谁翻脸。"这句话一出口，不用想也知道邓芸接下来会说，"呀，那你就是不听这个部长的话了。"我又伸了个懒腰，吧唧了一下嘴，直起身来，边打了个哈欠边对赵杰说，"人家又没招你，你何必咄咄逼人呢。"她看着我，轻蔑的笑了一声："哎哟喂，这不是前任大部长嘛，怎么睡到这个点儿才起来啊。不过我也没和你讲话，你说你狗拿耗子干什么呀？"

　　所有人都看着我，我轻轻站起身来，拍了拍赵杰和老刘的肩膀，抱起了一堆新书，走到邓芸面前，说道，"不干什么，我就是比你敢去1203，你说你一个10届的不敢去一个12届的班级，唉，也是，自作孽，不可活啊。真是笑掉大牙。"她被气得浑身发抖，我看着都想笑，便打招呼道，"老刘，赵杰，我们走了。"

　　这一路书发下来，我们基本上把左侧大楼逛了个遍，走到1203班门口，我对赵杰说，"你别进去了。"赵杰有点委屈，"师傅，我……"我笑了笑，故意道，"那我先让你进去。"

　　"不不不，师傅，你和刘哥哥去吧。"赵杰赶忙拒绝。

　　我直接就进去了，怎么进去的怎么出来，而且完完整整的收到了十本旧书。赵杰很是惊讶，"师傅，你……你怎么一点事都没有？"我轻松道，"我可没对这个班不仁不义过，不然，下一回让你芸姐姐来试试。"赵杰慌忙摇头。

　　发书收书完毕之后，我又回到老地方，直接把旧书丢在后面，呼呼大睡，那个时候邓芸还在。我没忘了在躺下之前，特地拍了拍自己的袖子和工作服的裤子，然后伸开双臂，故意道，"哎，我的工作服一点都没脏哎，不对啊，我今天去过1203，人家怎么没有轰我呢？"看到我戏谑的动作和表情，所有人都笑了，不过又都被邓芸的严肃脸憋回去了。

03　君后携手，只是夙愿

　　社团的钟稳稳的挂在墙上，我依旧是第一个来的。不知道为什么，从那天起，我忽然收起了对这里的懒散，可能是因为那个联盟吧。不过我的心中似乎没有多少把握，因为毕竟这是一场九死一生的战役，输的几率要比胜利多很多。我只有趁现在没有人的时候，才敢把对邓芸的那副表皮撕下来。

因为这是我对她的伪装，我必须要让她认为我现在是个废人，对自己毫无威胁，这样她才可以安心。我走到那幅社团全家福面前，这里早就不象画中所描绘的一样了，不再有任何的亲密感，有的只是畏惧和愤怒。我看到了姐姐的画像，自那次过后，我就再也没和她有过什么交谈了，即使偶尔碰见寒暄几句，也不会提到这里的事。她问起，我也不过三言两语的敷衍了，我不习惯面对她那种质问的口气，只能悲叹道"秦时明月汉时关。"

忽然，我的心里升起几分寒意，担心自己会不会变成下一个秦始皇。我不停地摇着头，看着这里的桌子椅子和书籍，还有那些新新旧旧的本子。忽然想拿起来翻阅回忆一遍，看着上面久违的名字，还有那些我们吃喝玩乐的账目。

曾经，确实有过太多的美妙的时光，看完了，合上本子，我才知道今非昔年了，社团已经改朝换代。我放下本子，走到门外，趴在阳台上，看着楼下发生的一切。

天空已经染上了晚霞的颜色，看来要放学了，也到了我打扫卫生的时间。我看到了景儿，和以往一样，还是跟对方礼貌一笑，她便回到了自己的班级。我看着人山人海的校园，曾无数次想过，我这个君若能有她陪伴，我只愿唯有她这一后。她与我携手，一同患难，共理江山。我多想在我还是部长的时候，遇到让我皱眉之事的时候，她会在我身后，给我披上外衣，说，"别担心，你会走过去的，我一直都支持你。"

可惜这一切都是我的臆想，朕不过是孤家寡人罢了。

04 反芸

我们的联盟似乎已经过去了很多天，我们却没有制定任何计划，就算是有，也会被我和刘海铖一口否决。不知道是因为我对邓芸情感上的亏欠，还是老刘仍然对她有依依不舍的眷恋，所以我们总觉得这个计划不行，那个计划不妥。而且，我们的这种举动还是被小辈们一一觉察到了，除了小婷。

小婷现在官居社长，如果计划失败，那必将摇晃。所以，我们必须首先确保小婷的位置稳固，因为现在没有人比她更合适。并且她一定不会希望小敏以身犯险，卷入这个计划当中。这里面有个关键人物，那便是赵杰的同桌，叫徐向东。他现在是副社长，他当时毫不犹豫地就加入了联盟。于是，我们商议了很久，终于策划出了一个可行的计划。

不过，这个计划需要分批进行。先找个合适的时间，让所有人联合向学生会主席列出邓芸的罪状，并拟写退部申请书要求退掉此人。随后向东和主席提我的名字，让我复位。我们也约定好了，若是计划能成，我们安稳过渡。若是计划失败，就再也不提推倒邓芸这件事，任由她去。而我的心中已早早就为另外一件事做了决定，于是坐找来两张白纸，在电脑面前，清清楚楚写下了那些我想说的话。

那是我当时最不愿、却认为是最正确、最有意义的一件事。我端着自己的茶杯，看着外面的夜景。我多想变成那一辆辆奔驰的车，只需要天天被主人掌控，饿的时候可以去加油站饱餐一顿，偶尔被弄脏了，他还会把我送去保养，最好遇上个富一点的，便更舍得花那个闲钱。想到这里，我重重地叹了一口气，笑自己，"幻想真是太严重了，我是不是该去看看心理医生了？"

想起老刘联盟时那迫不及待的眼神，我就开始想早点开始这个反芸计划。不过在还没有实施之前，我不会有任何的行动。我不知道这是他的一次狠心报复还是仍然存有我的不可饶恕。都有一些吧，总之为了社团，我要打败她。

05　终决一战

计划已经制定得差不多了，只不过小敏和向东要继续与小婷和邓芸盘旋。自然，小情侣之间只要用甜言蜜语大概就可以糊弄了，但邓芸似乎很难瞒过去，那就只能靠我自己的演技了。我表现得越来越懒，对什么都不在乎，这样就可以了吧，不是什么难事。只是老刘的面具会不会就这样被摘下，这个很悬。

因为，尽管他一直说着要推翻她，但我仍然能从日常生活中看得出他对她的些许不舍。而邓芸现在什么都不知道，她还认为自己对老刘有恩，不会对自己怎么样。她和我一样，纵然本事再大，也看不穿老刘深沉的眼眸下，究竟藏着怎样的故事和预谋。但我又怕邓芸会施什么美人计，套出了他的实话，不过这种可能几乎为零，古有坐怀不乱的柳下惠，今有稳如泰山刘正君（意指刘海铖是正人君子），所以不用担心。

但即便如此，这个最佳时机是什么时候，大家心里还都没有任何的把握。这时，却突然有人要求我立即开始，是向东和小敏。我迟迟拿不定主意，也不敢胡乱做判断，只能再去问问老谋深算的老刘，看看他怎么说。他沉吟良久，终于吐出了一句话："那就下个礼拜五吧，让她再过最后一礼拜的部长生活。"

下周五，那的确是个好时机。按照惯例，每个礼拜五都会有学生会的人去那里打扫卫生。那个地方和学生会同名，而下周五正好轮到宣传部，也正好轮到文学社。果然，问老刘是没有错的，他早就把时机想好了。我们在联盟群里通知大家各自做好准备，并且告诉大家，如果失败了，邓芸问起来，就只管往我身上推，说完便解散了那个群。

小敏看完我说的话，便对我说了一句，"君若走，社团如塌半壁江山。"我也笑着回答，"如吾败，携小婷共理社稷。"他也便没再说什么了。到了、周五，我紧紧地攥着那两张纸，站在学生会的绿大门前，迟迟不敢敲门，直到听见身后那些人的呼唤，我才终于敲响了终极战役的战鼓……

06 若祸临，君需罪旧帝

他们是我勇气的催化剂，让我推开了那扇门，进去之后就要完全靠我自己了，因为我知道，他们也没有那个胆量进来。他们现在的身份是来打扫卫生的，都只能把一切的希望寄托在我的身上。

我见到了这个新主席，好像看上去很明智的样子。他似乎正在焦急的等待着什么，我的心中突然似有一道惊雷劈过——今天是各大部门部长来这里交计划与总结、并说明后半个学期该如何进行工作的例行会。我走过去轻声对老刘说，"走，赶快走，带着所有人走。"他好像看不懂我的意思，便问道，"为什么，我们说好的一起来，一起走的。"

看来我必须拿出我的绝情杀手锏，让他立刻离开这个危险的地方。"不行，你们必须现在走，马上走。不然的话，我走，计划不再实行！"老刘看我拿出了这样的话赶走他，他知道肯定是比较严重的事，但应该也是首次想不到到底是什么事情。

他们走后，我松了一口气："对不起了，我不可以让邓芸看到你们在，也不能让她视你们为敌。我自己一个人赢或输，不会让你们引火烧身，谢谢。我把我想说的全部告诉了那个新主席。他好像不怎么相信我的话，只是低头看了一下手机，说道，"这样吧，下个礼拜五，你把所有人都带来，把邓芸也带来。我们一起看看这件事应该怎么处理。"

这不是一个明确的答案，我也只能暂时接受。出门后，老刘突然出现在我眼前，他微怒道，"你想干什么，一个人承担一切吗？"我很感谢他这次的愤怒，微笑回答他，"没事，已经成功一半了。"而离我们不远处，邓芸的脚步正在靠近我们，我感觉得到。而现在，我只能暂时回到文学社。

回去以后，所有人都知道了我的义举，定定地看着我，我却什么都没有说。对于那个不明确的答案，我还是心中没底。邓芸的胜算还是大一些吧，因为她会摆出她的一套理论，让那个主席信服。而我这种没有一套完整的反制理论的话，是完全行不通的。我对参与的所有人说："反正如果有人追问你们，你们往我一个人身上推就是了。"好多人对我这个决定愤愤不平，想要说些什么，却又被我制止，"好了，就这样吧，不要给一个废人留半点情面。"他们便都鸦雀无声了。

07 保全众人，最后一程

终于到了下一个周五，那主席估计是已经忘了这件事，而我的诉状早已石沉大海了。但是后来我才发现，邓芸的人际关系本来就广，而且她之前招的那个新人并没有真正离开，而是一直在观察我们的举动，再把这些一点一点地告诉她，其实我们早就已经输了。我竟然还一直在苦苦等待着结果，直到后来，我才明白一切。

我们所有人都被邓芸反将了一军，我唯一庆幸的是老刘保住了他副部长的位置，小婷也没有因此而受到影响。所有人都安然无恙，那么我也应该做我最后的选择了，这也算是我最后一次保全他们所有人了吧。而我，也应该真正离开了。当我把结果告诉他们之后，他们都显得依依不舍。

小敏看着我，怀着一种难以明状的心情问道，"大舅哥，你真的要走了吗？不要妹妹和妹夫了吗？"我笑着回应道，"现在文学社妹妹打理得井井有条，妹夫也不是个糊涂人，社团将来交给你们两，一定会更好。不是我不留，而是有人不容我留。再说，我早就该离开，怎么能再拖累你们呢？"小敏听罢，也只能摇头叹气，此刻的赵杰，也难得收起往日的调皮，说，"师傅，就不能像和卢哥哥一样和芸姐姐冰释前嫌吗？"

这怎么能一样？我立即给出了答案，"不可以！她怎么可以和他相提并论！这是不一样的。""师傅，我真的不想你走。"赵杰还在试图做着最后的挽留。我在他脸上重重捏了一把，轻声对耳边说道，"要好好对待小香，否则，我会回来揍你的。"他的脸立刻就红了，他和芮静香的事情我早就知道，只是不点穿，他见我突然说破，脸立刻就红了。

其他人也一一道出了自己不舍的话语，而我也只能说，我必须要走了，只是在他们的再三要求下，答应再留一段时间。不过这段时间很短，在他们还没有预料的时候便离开了，只留下了那两张纸，就此彻底告别文学社。那一天，我变回了刚来学校的模样。大家都不知道我怎么了，因为谁也预料不到下一刻我又做了什么。

08 另外一种距离

从社团离开之后，我突然感觉自己的生活轻松了很多，同时也觉得缺少了点什么。也就是说既有如释重负，也有藕断丝连。不过我的生活中仍然有一件非常重要的事情要去做，那就是开始认认真真的去追一个叫做章景儿的女孩了。

这是我很早就想做的一个决定。只是我觉得如果太纠缠于她，可能会让她反感，甚至厌恶。所以对于这件事，我特地放慢了步伐，并开始天天找她聊天。那个时候她好像也下厂了，而且就是之前我所在的那家，所以我们之间也有很多的话题可以聊，不过这也是后来发生不愉快的一个导火索。

不知道为什么，我们总有着一个我说不清的距离，每次我正因为一个话题聊到兴头上，她就觉得这个话题可能太乏味了，所以会提出去睡觉。不过这个我倒并不在意，这毕竟是她的自由。

那天，我忽然想出去透透气，又不想一个人走，所以叫了赵杰一起去逛公园。我这个徒弟现在的状态和我截然相反，我还在苦苦单恋着一个没有结果的结果，而他却已经处于热恋中。情侣间的甜言蜜语在我耳边围绕，让我生出些许嫉妒，便带股酸味道，"哎哎哎，差不多得了，天天这样不腻吗？你们这些年轻人，照顾一下我这个老头子的感受好不?"他看了看我,尴尬地笑了笑。我们聊了一会儿,发现他又开始看手机了。我本来又想说,但却停住了,只是低声轻叹。

我一直都明白我和景儿有距离,但绝对不是因为年龄,如果仅仅是因为年龄,我可以为她去学习,了解她这个年纪所思考所喜欢的东西,看她爱看的电影,电视,听她爱听的音乐,了解她的口味等一切。可是我们之间的这个距离是什么,我仍然想不明白。我问赵杰,赵杰说可能是因为景儿姐对你没什么感觉吧。虽然这话听着很欠扁,不过却是一种可能。毕竟,她身边的帅哥那么多,收到的玫瑰花也显得那么挤,我不过是那个被挤在人群外,连玫瑰花都买不起、只敢路过偷偷望她一眼的乞丐。

09 她这么坏,我明白

那时候放学的我,要么就是一个人低着头拿着手机,要么就是背着牛仔包到处乱逛,颇有一种小鱼儿刚出恶人谷的架势,不过和他又大有不同。我要是也有将万千少女迷倒的脸庞,何至于还会像现在这样?我无法做到遇到任何事情都那么乐观,那时候状态也无非是觉得,日子也就是有一天没一天地过。

快乐大如天,何必非要整天愁眉苦脸、怨天尤人。这也是景儿教我的一种生活方式,那个时候的我比以前要清爽许多。穿着一身牛仔套装,背着那个我九拜之交送的生日礼物,胡子也剃了,留起了短发。越剃越硬的胡子,在我的脸庞上留下了些许的胡茬。想来倒也算是学校里经历过风云的人物,可谁又能看出这些胡茬经历过什么呢?

肚子稍微有点饿了,去买个鸡腿啃啃。买完之后,卷起袖子,开始小餐一顿。左吃右啃,顾不上自己的满嘴油腻,反正也不需要在乎什么形象。可当我路过红色厂车的窗口时,却突然愣住了——景儿正好看着我并对我挥着手,我只能尴尬地笑笑,一只手挠着头,一只手拿着已经被消灭一半的鸡腿。

她的微笑让我动心,但当我看到了她身旁的那个人,又悄悄地低下了头,毕竟我和这个人的隔阂还是很深。尽管我和卢宇尧已经和好如初,但我永远不知道程英婷是否也一样，对我的憎恨已经烟消云散了，我不清楚。但是景儿的笑却让我心底又凉了——她又恋爱了。

我知道的，只要她能笑得那么开心、那么洒脱，我就什么都明白了，她又认为自己找到了可以托付一生的人。有的人说这么坏、这么花心的女孩你也喜欢吗？我的回答是：嗯，她简直坏到家了，坏到了被两个她深爱的人彻底背叛。她这么坏，你知道为什么吗？你不知道，但我都明白。"经常有人会因我的这番说辞而哑口无言。

10　不愉快的事情

我根本没有预料到那件事情来的这么突然，这么直接，还没有及时修补。可当我准备去修补那个漏洞的时候，发现已经补不上了。

事情大概是这样的，那个时候我正在玩着一个叫做刀剑2的游戏，也就是天天打小怪、刷副本、涨经验。正打得激情四射的时候，突然被一个人的一句话泼了一盆凉水，那个人算是我的义女吧。

她是姚梦叶，而且知道我在追景儿，但是她好像误解了一些关键细节，以为我已经成功了，所以在景儿还在做事的时候，她忽然叫了她一声妈。景儿理所当然会惊讶甚至感到莫名其妙，这也是一个人的正常反应，如果我突然被人喊了一声父亲大人的话，我肯定也是丈二和尚摸不着头脑。

我连忙去跟景儿道歉，"景儿小盆友，对不起，她不是故意的。"但是我得到的回应只是冰冷的四个字："呵呵没事。"这一句话一出口，再笨的人也明白了。我也只能说了一句"你说没事就好"，给自己找了个台阶下了。

可是这个台阶到底是我自己设计的，不是她给予的，在她的心里，估计我已经落后百步有余了。我没想到我们之间终究也会发生不愉快的事情，而且这事之后，我第一次和她长达四个月没有说话。在爱她这件事情上，我完全卡壳了，还卡的很死。我怎么用力，怎么费尽力气，都不能把扫除心中的障碍。不过在这四个月里，我也并不是一无所获，至少我见证了我朋友的爱情，并且他们的故事要比我有趣的多。不像我这样干巴巴的，连冷战了都还傻傻待在原地。

11　金铖之恋

那件事情之后，我的心里真的一直很郁闷，一直没什么可以让我兴奋的，还是在1002班能让我的生活过得有点滋味。

还有一件事就是每个星期五我恢复了和尧尧一起回家的习惯，颇有种小鱼儿和花无缺终于相认的感觉。不过我们还多了一个人的加入，那就是刘海铖，毕竟我们已经共同患难了那么久，而且是能让我打开心结的两个人。对，任何心结。

我们约定在文学社集合，这也是我唯一会再去那里的原因。不过我并不会在那里待太久的，也就是为了等那两个人。这次老刘需要我等很久，但是尧尧那急性子的人早就已经到了。他那么开心，估计在爱情上又有了什么收获。我和他闲聊着等老刘来。终于，我们等到了他，他的脸上仍然是一副我们看不懂的表情，我似乎看出了一点端倪，却仍然看不穿。

就在我们准备锁门离开时，一个人影从书架那边闪出，尽管是我们都认识的人，却把我和尧尧都吓了一跳。倒是老刘，像早就预料到一样，轻声问她，"你怎么还没有回家？"她以前是这里的，和我们有着一样的"血缘关系"，后来被调走，当了广播站站长。有一次我还在无意间帮了她的忙，所以我们都互相认识。她叫金沐可，我们很好奇她为什么她会在这里，更在意的是她的回答。而她的回答很简单："等你。"

我们也没多过问，就一起走了。出了校门，尧尧一直盯着他们俩的背影看，我问他在看什么。他轻声在我耳边说，"我觉得，他们一定有猫腻。"我挺吃惊，面前这两个人可是八杆子都打不着的。我摇头问道，"不会吧？"尧尧却迫不及待想知道答案，说："你看着。"

我们上了21路后，在尧尧的各种询问下，老刘只得无奈招认。没错，他恋爱了，但是他告诉我们不要把这件事情告诉任何人。我心底纳闷，但是金沐可似乎也点了点头，我和尧尧就应承了。后来我终于把这层关系理清了：金沐可和邓芸是同班同学，老刘以前又和邓芸存在过爱与被爱的关系。

如果现在公开，那么邓芸肯定会伤害其中一个人，而且金沐可被伤的可能性最大，一边是好姐妹，一边是心爱的人。这样保密自然最好，但是我奇怪的是既然他又爱上了金沐可，那就应该彻底放弃邓芸啊。但老刘这么做也许有他自己的打算，希望他在这件事上他也能运筹帷幄，有分寸。

12　他们的爱恨缠绵

我那天是要去班主任办公室拿些东西的，我虽然不是班长，也不是课代表之类的，但也是经常出入老师办公室的人，再加上我那个好管闲事的热心肠，所以算是那种被老师一看到就叫去做事的好孩子。因为班主任办公室和文学社连在一起，所以我那天办完事，就被一个熟悉的身影拦下。这么潇洒帅气，还能有谁呢？他似乎有种和我久别重逢的感觉。也确是如此。他让我去社团坐坐，我叹了口气，说道，"再去我不是成了言而无信的人？我可不愿意做这种人啊！"小敏劝解着回应我，"大舅哥又何必这么说，想当初可是你自己要离开的呀。"

我苦笑了一下，又偏不过他，只好再一次踏入那扇门。这里似乎陈旧了很多，有的地方都开始掉漆了，我确实许久没有在正规的开放时间来到过这里了，今天却以一种客人的身份来观察这里的一切，而小敏也不知道什么时候从我身后离开了。桌子上堆满了作文纸，我随便挑了几篇来看。正当我看到其中一篇结尾时，突然传来了一阵争吵声。

"你走你走你走，你去你的1204，我在我的文学社，以后不准你再来。"这琼瑶般的台词竟然也会在这里出现。那是小婷的声音，语气带着哀怨和愤恨，忽地一下，人便从后面的书架出来了，却被一只手拽住，紧接着一个华丽的回转，一场真实的吻戏在我面前上演。我等了很久，面前两人总算平静了下来。

我决定还是不要当电灯泡了，正要离开，却又听到了另外一段对话，是赵杰的声音。他气急败坏地问道，"你能不能别让你身边有那么多的男生啊？"芮静香的回答冷冰冰的，"那你可以像他们一样无时无刻陪着我吗？"赵杰似乎被她用什么堵住了嘴，突然间，他眼神变得那么认真，一把抱过她，吻戏再次上演，只是这次，赵杰看上去认真到极点，因为他吻完后，说了句，"我可以。"

13　烟雨蒙蒙

那是一个星期五，一个下着雨的周五。那是一个特殊的日子，也是我和景儿终于解开疙瘩的一天，而我起初也没有想到，会是这样的一个情况。

我手机上只要有她的动态，就会知道她今天怎么样，心情如何。而那天她正好没有带伞，我出于一种朋友的关心给她发了消息，告诉她，"别走，等我，我有伞。"她没有回我，在我傻傻盯着那个窗口很久以后，想，怕是她早就已经走了。也是，她凭什么因为我的一句话而停下脚步？我不免会有一种落寞，还有绝望并存。我背起牛仔包的时候，已经是离开教室的最后一个人，我轻轻地锁上了班级的门，拿着自己的伞缓缓往校门口走，却看到她正在天花板下躲着雨，我很惊奇，但是随后就明白了。

我走到她身边撑开伞，说，"不好意思，我们放学放得比较晚。"她淡淡地说了一句没关系。我们正往前走着，突然遇到了一个同班同学，他比较花，所以看到我身旁有这么一个美女，便吹了一声口哨，戏谑道，"三哥，你可以啊。"我连忙摇头，怕又再犯同样的错误，便赶紧跟她说，"我同学就爱瞎说，他误会了。"

她却也只是淡淡一笑，倒是让我纳闷。我们继续往前走着，走到一半，便把自己的身子移到了伞外面，宁可自己淋湿。又走了一会儿，我突然想到了什么，便开口对她说，"那个，这把伞我送给你了，这雨一时半会儿也停不了。"她终于开了口，问道，"那你回家呢？"

"我没事，你别感冒就行了。"

"谢谢。"

又是这样，我们上了车，也没有怎么说话，我便慢慢的睡着了。突然她将我推醒，说，"你又睡着了。"我尴尬地点了点头，问道，"睡了很久吗？"她笑着摇摇头，说，"倒也没有，只是你坐在这个外侧，你一睡着身子就会斜过来，这样不会感觉到有危险吗？万一来个刹车呢？”

我尴尬地挠了挠头，“好吧，那我不睡了。”我那时知道，我们的隔阂解除了。终于到了车站，我们各自等着接自己回家的公交车，而我的车永远提前来。我匆忙上了车，她却突然对我说了句，“嘿，再见。”这不是诀别，这是我们每次离别时的一个问候语。

车子慢慢开始移动，看着窗外的烟雨蒙蒙，胡思乱想着，“如果你有天真的要和我再见了，我该怎么办？我实在不想去想这种残酷的事情，还是闭上眼睡一觉比较好，你说呢？”

14 新的考验

实习结束，我终于回归自己的1002班，也并没有因此和景儿断了联系，关系也没有因为上次的那场雨更进一层，仍是这样淡淡的。回到班级后，我又听到了各种八卦声、游戏讨论声以及学霸们因为一道题的争论声。这才是属于我的技校生活，过得是那么地有滋有味。

到了中午吃饭，照样是八人场模式，开启了桌游，并且一玩就是一个中午，直到下午去三楼实习。有的时候，实习是就拿着自己的手机继续进行游戏对战，不注意的话会被老师发现，但他也经常睁一只眼闭一只眼。当我觉得我还可以在这里再待一段时间时，却发现已到了快要毕业的时候。

我们都面临着最重要的一次考核和鉴定，也就是对我们技术上的测试认证，那就是高级工技术认证。虽然说那只是一张纸，但技术证比某些文凭要来得实际得多，对我们将来得用处很大，为了“高级工”这三个字，好多以前那些整日闲散的同学们，竟然也一时间捡起了“好好学习天天向上”的八字箴言。

大家的成绩也哗哗地往上涨。怎么说呢？就是那种长跑从来都是末位，突然间就挤进了前五名的行列。我也已经能够在一节课内编完程、接完线，并且开始通电了。这么神奇，身后仿佛有一条恶狼在追逐着我们，而这头狼，就是我们的专业老师。其实他也并不可怕，他有一次还说，“你们玩手机可以，但是不要让我看见。让我看见对你对我都不好，但是太过分的话，我会收掉你手机。"

其他同学很长时间都不能玩了，但是我仍和往常一样，拿着我该拿的工资，没有什么损失。不管怎样，现在朝着新目标前进吧！

15　填空题

很久不来这里走走了。那天的天气不算晴朗，也不算阴沉，只能说是不好不坏，我的心情也和这天气差不多。我在操场上四处走着，双手插在牛仔裤口袋里，戴着那20块钱的耳机，听着自己喜欢的歌，轻声地哼着。橡胶跑道上留着我的脚印，我也不知道自己到底走了有几圈。

总之，一个人的时候，就会觉得很迷茫，认为自己只不过是一具躯壳。我漫无目地走着，回忆着最近发生的一些事，比如最后停留在社团的时候，比如和景儿冷战并且和好的时候。如果什么事情都能够像走操场那么简单，那么我的人生里面，"繁琐"这位客人就不会来太多次了。

从起点走到终点，再回到了原点。我的青春像是一男一女在跳那优美的华尔兹，跳的时候真的很忘我，不管跳对了跳错了，始终都能用另外一个动作完美地填上那个缺失。只是，再美的舞蹈终究有结束的时候。半年来，我经历了好多事情的结束。想到此，心里五味杂陈，不知到底是什么滋味。

不过我知道的是，聚光灯已经关掉了，那对男女也已经谢礼下台了。男的叫青，女的叫春，他们不会再继续跳了。他们跳的正是一首叫做《青春》的曲子，也是有关于青春的华尔兹。一路跳来，有掌声，也有嘲笑，只是他们始终不去理会，直到谢幕。我摇头叹了口气，迷茫地看着三年半前我曾待过的新大楼。他们的舞跳完了，我离故事的终点也不远了吧。

第八卷，卷终。

第九卷
夕阳之歌

01　K仔的莫名奔跑

　　天还没有黑，我还是有机会的。当邓芸跟我说明了一切之后，我便决定去阻止刘海铖和金沐可要做的事。不，千万不可以！金姐姐，别冲动啊，刘哥哥，千万不要因为那个邓芸而说出"分手"那两个字啊。你们等我，我已经知道整件事情的答案了。而另一边的他们正在争吵着。

　　不过他们不是面对面，而是通过自己的手机在交流。事件已经到了不可收拾的地步，金沐可已经伤心到了极点，冷冷地问着老刘，"为什么我们的恋爱关系还不可以公布，难道你就那么害怕她吗？"他有点心慌的回应道，"不，不是的，等时机成熟的时候我自然会说，也会给你一个合理的解释。"她的冷笑似乎在寒风下更加凄冷，"合理的解释，成熟的时机，我等的已经够久了。"

　　这段对话似乎并没有终止，尽管日后我才知道。

　　那天，她终于问出了那句话："邓芸，她真的对你这么重要吗？"他似乎再也找不到答案了，但是仍然要辩解，心似乎已经开始崩塌，但仍然想挽回。"不……不是的。"

　　我一直在奔跑，别问我为什么会这么跑，尽管我已经在这严冬里已经跑出了满头的汗。想着邓芸跟我说的话，我觉得我要尽快回到家里找到电脑或者手机，然后告诉他们那个刚刚得知的消息。我要去阻止，阻止那件事情的发生。他们之前的画面一幕幕从我脑海跑出来。终于，回到家时，画面暂停了，停在了他们还是甜蜜恋人的时候。

其实，我们都已经错了。他们真的不应该因为她而这样遮遮掩掩，毕竟那样做并不值得。

02　助刘，为乐

对于史姐姐那顿散伙饭，我至今记忆犹新。她那顿饭拖了很久很久，其实早就应该请的，只不过可能是因为她已经是个真正的上班族，而要请吃饭可能需要充足的资金。因为这个问题，她曾经邀请我们去她租的房子里就餐，可是后来她又说，她不想这样招待客人，所以便作罢了。

不过，我还是担心得很，如果真按她说的那样邀请了大家，我不确定她的厨艺能胜过尧尧，再加上尧尧肯定会提出一些古怪的想法，毕竟想起上个月他吃完自己做的黑暗料理之后就去医院这件事，我就感到浑身汗毛都竖起来了。我就抓着赵杰，叫上老刘，然后姐姐就带着大家吃了一顿火锅，哦对了，关于吃这件事，尧尧也不会落下的。只是奇怪的是那天的女生一个都没空。

吃饭的时候，大家也会什么都谈，只是他们在谈及文学社有关的事情的时候，我便只管吃我自己的，顺便附和一下。眼前这么多谈恋爱的人，唯独老刘一个人不拿手机来看，这点倒是不奇怪，金沐可和我说过，他一向都是这样，她也已经习惯了。可是他俩再这样下去肯定是不行的。买了单之后，作为男生的我们虽说不能送姐姐到家门口，但是送到车站还是可以的。姐姐这顿晚饭虽然请得有点晚，可我也算填饱了肚子。

但是走了半天，我却忽然发现就我一个人走在她后面，我挠挠头看看自己的身后，发现尧尧和赵杰一脸的坏笑，便立刻理解他们什么意思了。我皱着眉头苦笑道，"我和姐姐，不可能啦。"转头却看见老刘拿着手机走得很慢，表情仍然那样看不出喜怒哀乐。

我心想，姐姐看不上我倒是小事，但是刘哥哥和金姐姐可绝对不能散。刘哥哥，我来帮你，反正我也是单身汉一个，就当是吃饱了没事做。这么想着，便三跳两跳就到他面前，将手搭在他的肩上。他轻笑了一下，忽然问我，"该怎么才能算谈恋爱？"这个问题突然让我卡了壳，因为我不知道怎么去告诉他答案，毕竟我也在这上面犯过糊涂。可我的脑袋一下就蹦出了一句话，"其实很简单，每天对姐姐多关心点，无时无刻陪在她身边。总而言之，就是多陪陪她就行。"

03　公交车上的逗人一笑

又是个令人开心的日子，那就是双休的前一天。那天尧尧好像很早就放学了，所以就只剩我和老刘一起去坐21路回家。那个时候的21路的站台比以前还要远，但还是得走，毕竟往前多走一站可以坐到空车。

有的时候，公交车会载着一群大叔大妈挤成一团，但是那天还好，只是好像错过了和景儿坐同一辆车的机会。经过了两站，这本来空空荡荡的21路已经很挤了，车里的喇叭不停的喊着："现在是客流高峰期，请乘客注意安全。"我看着第三站，景儿在那等车，却好像没有上车的意思，而是陪在她的那个好姐妹身边。

我看着旁边的老刘，我突然得意地说，"看着，刘哥哥，给你看看我怎么讨喜欢的人开心。"他似乎并不相信。也对，要是我这么有本事，也不会像现在这个样子，顶多就是逗她一笑而已，不是吗？

我开始拿起手机，打了一下这行字："怎么刚刚没有上车？"她突然意识到了我的意思，像是很温柔地跟我说道，"车上太挤了。"我开始逗她了，"这21路是怎么回事，不知道我女神要早点回家啊？"她突然发了个"哈哈"，我想我应该是成功了。老刘还是一脸不相信地看着我，可还是调侃着说了句，"你还是挺厉害的嘛。"挺厉害？唉，这句话如果我是在哄完女朋友再夸我，我绝对会开心得要死，但是现在的情况又不太一样。

我看着窗外，已经下起了雨，这公交车的逗人一乐真的难得。唉。

04　和邓芸最终的对话

那天我的心里不知道是怎么了，总是觉得对邓芸那个女孩有所亏欠。从别人口中知道她喜欢我后，我就一直有这种感觉。我的脑海里似乎还在回响着她对我说的那些话。如果当初我知道了她心里是因为我而和我作对，那是不是有些事的结局就不一样了。我的头似乎有点轻微的晕眩，可能是家里的空调的温度太高了吧。

我还是像以前一样，手握着茶杯，看着外面的夜景。我把房间门打开，打算去阳台上透口气，并喝了一口白开水，不，那简直是在吞，我的心也像是被开水烫了一下。母亲大人在里面对我喊道，"快进来，别感冒了。"我回头笑了笑，"没事，我会注意的。"

夜空里的星星很亮，思绪忽然回到了今天在学校里偶遇到她的时刻，想起我的那个宿敌，不，现在不是了吧。自从她对我说了那些话以后，她便可以算是我人生中擦肩而过的陌生人了。遇到她的那一刻，我以为我们仍会像以前那样擦肩而过，但是她却突然拦住我的去路。

我调侃道，"邓大部长，难道现在路都不让我过了吗？"她忽然叹了口气，说道，"我有话跟你说。"还是那种不可一世的命令语气，我最讨厌这个。于是冷冷地回答，"抱歉，我们之间没什么可谈的。"转身没走几步，她便出声了，"等我说完这段话，我们的恩怨就了结，从此你是你，我是我，我们只当不认识。"

我停下了脚步，回头道，"你说吧。"她看了看天空，终于说出了她的心里话："你知道吗？自从你安慰我那天起，我就喜欢你。但你总是对我不理不睬，所以，我想尽方法要对你好，也甘愿让你做了部长。我什么都听你的，但是你心里却只有那个人，那个章景儿，那我在你心里又算什么呢？所以我一直和你对着干。原以为你会像以前一样回来，但是……"

她的声音似乎有点哽咽，但她要强的性格依然让她自己镇定下来，继续说道，"但是你竟然为了她和我对着干，于是我的愤恨增加了，我要和你比，直到你被我逼到退出。起初我是伤心的，后来我知道伤心也换不来你的心，所以，就干脆任你去了。"

说完这长长的一段话后，我知道我现在说什么也没用了。如果一个女孩是因为我才变成现在这样，那我说抱歉也来不及了。她忽然冷笑一声，这又让我很不舒服。但她看了我一会儿后，便离开了。邓芸，你何苦？想到这里，我突然想到一件非常严重的事，我必须去阻止它发生。

05 最终答案

如果邓芸是因为我而做了那些不可饶恕的事情，那之前所有的种种便也是可以原谅的，可刘哥哥和金姐姐可不能因为她而一直这样躲躲藏藏，既然我已经知道了事实，就应该告诉他们。

我穿上外衣，想去外面到处走走，却又不想因为父母的啰嗦而决定早点回家。现在手机在家里充电，电脑就更不用说了，我既不是月薪上万的白领，也不是数码宝贝里的光子郎，还能随时随地掏出一个笔记本来查询世界的动态。我只能借助摩托车或者公交车，可是这大桥上面连个鬼影子都没有，没有办法，只能跑回去。为了跑起来的时候不会太热，外套我只能披在身上，可还是跑得开始满头大汗。风随着我的脚步吹在我的身子上，我想他们的争吵已经开始了，金姐姐已经说道吵架的最后那句话："不被承认的恋爱让我心痛。"

他仍然是那种似是而非的答案，她不知道该怎么说了。分手那件事离他们越来越近。

终于到了家里的地下道，我擦了擦自己脑门上的汗珠，在电梯跟前疯狂地按着按键。电梯门终于开了，我打开门，迅速换上拖鞋，打开电脑，登录qq，想赶紧看看他们俩的动态。晚了，一切都已经晚了，他们已经分手了，我还是晚到了一步。再怎么懊恼也已于事无补了。

我看着夜色，还是希望日后他们可以和好。但是，掠过的一阵寒风在诉说着不可能，这段恋情随风轻轻唱着，也去了。

06 痴心妄想 年少轻狂

上学期得知要进行高级工考核了，大家都很努力，但其实仍是抱着一种得过且过的心态。我们是中级工都考过来了，高级工就能难倒我们？我们1002班的什么大风大浪没见过？而在考高级工的那段日子，却发生了很多让我意想不到的事。让我发现有的时候命运真的会捉弄人。

不知道从什么时候开始，尧尧和我的聊天时间突然变得长了起来，他这样一个有女朋友的人能和我聊这么久，实在不可思议。起初我还没觉得什么，后来又一次，我和他唠家常，问道，"怎么不去陪你家婷婷啦?"这句话发出去后，他有很长一段时间没理我，我知道一定出事了，或许是闹了什么矛盾吧。

应该不会出什么大事的，因为不管他们之间吵得有多厉害，但我有一点肯定，他们经历了那么多，甚至经历过一次车祸，不会再像小孩子。而程英婷那次的车祸，尧尧还一直陪着她，并见了双方父母。这恐怕是打断骨头还连着筋的爱情吧，我时常感到羡慕。后来，我发现我自己错了，不到结婚那一刻，都还不是结局。

尧尧的分手信息让我不敢相信，毕竟当初他们爱的如此火热，如此痴狂。可最终却也证明这只不过是一场年少轻狂。我不禁想起了如果我和景儿也这样深爱一场，恐怕结局也一样。不，不一样，我们和他们是不能比的，我只是一个人。我笑了笑，真是痴心妄想。已是20岁的我，有些地方不用别人点穿，自己心里也知道得一清二楚，这也是让朋友们喜欢的一点。

07 爱恨假装很从容

朋友们接二连三地从热恋到分手，让我不免心寒了一阵子，说直白一点，就是透心凉心飞扬的那一种。我一直都怀疑这句广告词，心都凉了还飞扬个什么，哪个人有这么厉害的？就算东邪西毒南帝北丐中神通也没有这样的本事，活了一百岁的老顽童最后还不是解开心结，活得开心快乐？不过跟这些人我自然不能比，只是想说一下这句广告词表达得不够准确。

只是有一件事还真的让我心寒到了极点。那是个快要放学的时候，班长就坐我斜对面，也就是坐在我前座的右旁边，靠班级的大门位置，为此同学们还曾一度戏称他是1002班的门神。不过话说回来，他这个班长倒是挺尽职的，毕竟在关键时刻总是能带着我们，如果1002班是一支军队，那么主帅这个位置便非他不可了。

当时，我正在手机里看到又有人在空间里感慨，而且题目非常吸引人，叫"我爱的人和爱我的人"，顿时间就想到了游鸿明那首歌，还跟着唱了起来："爱我的人对我痴心不悔，我却为我爱的人流泪狂乱心碎。"这时，班长用一副调侃的表情看着我说，"你这形象也就只能有你爱的人，不可能有爱你的人。"我一股无名火冒起，打算与他争论："怎么没有，周……"刚想说小楠就是爱过我的人，但转念一想，觉得这样不免会伤及到她的尊严，更何况我们之间早就结束了，于是收了口，转而问道，"那你说，爱你的人和你爱的人你选哪个？"

班长脱口便答，"当然是爱我的啊。"我对这个答案感到很惊讶："可是问过好多人，他们都选后者啊。"班长笑着说，"我可不像他们那么傻。你想，感情是可以慢慢培养的，爱你的那个本来就存在百分之五十，你只需要被她感动，这事就成了。而你爱的人，你就得试着去感动她，也许会成功，可这也只能是也许，万一她一开始本来就不喜欢你呢？所以，陈小春才会唱'我爱的人不是我的爱人'。"我愣了一会儿，一拍课桌，大笑起来，"哈哈，妙解！。"心却在隐隐作痛，就像是杨过十六年后知道南海神尼救小龙女不过是一个谎言而已。真的很心痛，想哭想叫却只能狂笑。

漫无目的地走到了车站，上了21路公交车，把这段对话发布到了空间。透过手机相机，我看到自己的眼睛红得可怕。发完之后，便静静睡去，不想再理这个话题了。

08 他害怕的未来

这张写满了字的纸终于在我的眼前出现——征兵通知单，这也是妈妈一直希望我去完成的事。但是我一直都不愿意去面对。当兵是一个太耗时间的考验，恐怕当我回来的时候，一切都已经物是人非、烟消云散了。不，我不想这样。

今天的太阳不知道为什么这么毒，豆大的汗珠流遍身体的每一处。征兵通知，征兵通知，这张纸正直直地看着我，它像是在用一双恶毒的红眼盯着我，挑衅我。我要把它撕得粉碎，粉碎！可是，这又有什么用呢？这是我人生必经的重要旅程啊！

不，不！我不要离开他们，不要离开她！我想逃离，可我跑到哪都会见到那张通知单，从四面包围着我。我只能去那那个小花园透口气，那里不会有这让我不适的纸。我终于再度走到了那里，风刮在我的脸上，让我感到舒服了很多。也许那一天不会那么快到来，我还能贪婪地体验剩下的时间。可不久之后，我就去体检了。

09　高级工理论考试

虽然那一段时间看见了很多离合之事，在我看来也再正常不过，就算是再痛苦的分手经历，我也只会感叹几天而已，毕竟眼下最重要的事情就是我们的最终考核了。

那段时间一直在努力巩固着关于示波器和plc编程电路的知识，因为毕竟它们两个是主角，是考核的主要内容，而接线路和画示波器的图形只能算是配角而已。要是其中一个点出错，那么你的分数自然也就不会有了，因为一步错，会导致步步皆错。我们奋斗了那么长时间，也是为那天而准备的。

起初，一切都很平和。班主任进来和蔼地和我们寒暄了几句，便切入了主题："同学们，准备一下，马上高级工考核考试要开始了。"大家都很怕实践考试时会因为一紧张而想错、接错、调错，我身边有许多人都败在这上面，却也只能为他们感到惋惜，只希望同样的事情千万不要出现在我们这里，但事与愿违。

理论考试倒是风平浪静。我一看卷子，心下暗喜：纵然实践会打点儿马虎，但是这理论题可难不倒我，毕竟记忆力还是可以的，于是提笔就写，顺便对脑容量进行了一次大释放，很快便写完了。看一下黑板上的挂钟才开考20分钟，就把自己的卷子用手一翻，打了个哈欠。但是睡觉是肯定不行的，只能拿着没拔笔套的笔，在卷子上随便划着，等着四十分钟以后去参加那实践考试。

10　被放弃的最终考核

实践考试是分批编号进行的，如果你第一个考的是示波器，那么你第二个才考plc编程那些。其实我想第二个再去编程的，可是老天爷怎由你说了算？"命运总是如此不安跳动"，如果我没记错，这是一首歌的歌词，我只是改动了一下。

我做的偏偏是那个令我有点紧张的考验。那天不知道怎么回事，我们已经等到开考十分钟了，监考老师还没来，直到实习老师来了之后，才终于获得了提前接电路的机会。看着那熟悉的电脑、电路板，还有自己的必备用具，我毫不紧张。这个功夫我已经练得炉火纯青，说起来还真的要感谢那位实习老师教我接线，让我从一个只知道按照别人的接法依样画葫芦的人，变成了无师自通的高手。

所以接线路没有花多少时间，加上坐在后面的是二胖仔，我就更加安心了。我开始检查线路没有什么问题，准备编程。后面更是像脑海灵光闪现，双手完全停不下来，毕竟这道题是实习老师在考核前跟我们说过的可能会被例为考题的一道题。

但过程真的象爬山一样，会有陡坡。我不断地听到二胖仔不停地叹气，而且按钮按了不下10次。实习老师看他这样，便过去问他。可二胖仔却像是决定好了一样，说了一句令我们都感到惊讶的话："老师，我不考了。"老师自然会追问缘由，可二胖仔一向说话不拖泥带水，只说了句，"没什么，就是不考了。"那老师似乎被气到了，便收了他的电路图纸，他就去了旁边的示波器教室。这举动让我们议论不止，老师说了声不准交头接耳后，便安排一个一个出去。我是最后一个，出门前看了看他的那个位置。他这种举动似乎是和老师闹矛盾了啊，挑什么时间不好，这个时候可不是明智之举。

只因为他的罢考，那一段时间我们不敢去讨论高级工如何紧张，讨论如何接对线路。不过他最后还是去参加了示波器的考试，被他放弃的最终考核并没有放弃他，让他赢了命运，我们也为他松了口气。

11 择日，定位

总算是摆脱了命运给我们设置的一个关卡，终于可以好好放松一下了，不过同时，我们也面临着分别，这个班的同学们即将奔赴各自的前程，多年来充满感情相处下来的同学生活就要因现实而终止，这也是正常的，毕竟从小学就已经开始经历了——把你和一堆陌生人关在一个地方，然后天天念书，天天玩耍。

小学考初中并不象普通的那种期中、期末考试一样，考完之后还可以坐在一起期待下一次的考试。那是小学的最后一次考试，小学生也许不知事，没有那种离别不舍的感觉。而到了中考，那种感觉就会悄悄蔓延，毕竟有的人真的是再也见不到来，技校也一样。

离别让我们又有了在一起的新花样，那花样叫做散伙饭。但是这个宴席吃时热闹，宴后凄凉。因为每个同学的空闲时间不同，又因为我之前经常去应学校附近吃饭，所以问择店、择位、定时间这些事就全都交给我了。走在学校附近那条小道上，看着仙香渔阁那家店，本想走进去，但我又怕火锅塞不住他们的嘴。

我便选了曾经记忆里印象深刻的地方——迎宾饭店。可能是常光顾他生意吧，那老板热情得很。我刚想开口，老板就开始招呼了："小哥，又来了啊？订位置吗？"我笑着点点头，嗯了一声，算是回应。他继续问道，"怎么没和那黑衣服的姑娘一起来？"我心中疑问，便反问，"黑衣服的姑娘，是谁啊？"

那老板笑着道，"小哥，你就别装了，就以前和你一起来的，怎么，现在小两口吵架了？"我才知道他说的是邓芸。但我不想解释太多，笑着说道，"不，老板，和她无关，我是给我们班为散伙饭来问价钱订位置的，而且我和那位同学不是男女朋友，别误会。"老板意识到这句话，尴尬地说道，"小哥，不好意思啊，我说错话了。"

我得知了价格大概在300到500的样子，也定好了日子和位置，走出店外，还听那老板在嘀咕，"怎么不是一对呢，这不可能啊。"我轻声笑着，便回去复命了。

12　酒中潇洒，应付自如

天下没有不散的宴席。那天不是暴雨天，不是阴霾天，而是晴朗天。这种天气适合高歌一曲。同学们都在学校集合，并商量着谁先到就先去把饮料买齐，然后就坐等开吃了。要说宴席没酒那倒真是遗憾，所以呢，啤酒也是必不可少的，但白酒还是得悠着点。

大宴总算开席，菜开始慢慢端上来，酒也一杯杯满上。也有一些女同学喝饮料，也莫怪，喝醉了可不好收拾，现场也没人会当护花使者。

我的酒杯刚倒满，便有位同学对我说，"三哥，要说摆这宴席你可是大功一件，是咱们班的功臣啊。小弟敬你一杯。"这言语中虽是客气，但我心中清楚得很，若不干掉这杯酒，他们是不会罢休的，看来我是要开始斗酒了。

这一杯顺利下肚，其他人就更不安稳了。果不其然，那杯酒喝完，他们还不罢休，吵闹道，"哎，三哥？功臣岂能不应车轮战？"我故意诓他，"我不应。"他责备我，我说，"兄弟莫怪，我是要一个个地去敬。"便起开了酒瓶，开始一一跟他们敬酒，接着敬班主任那一桌。

班主任倒是有写担心，生怕我这不知天高地厚的小子会喝出什么事，叮嘱道，"你可少喝点，回头还得回家。"可我这人当时就偏爱两样，一是景儿，二是酒，便道，"老师，没事，今天开心最重要，毕竟是咱们班齐聚一堂，对酒当歌。"

敬完之后，我便开始和班长喝酒谈人生，谈过去未来，说说笑笑，不免是一件乐事。不知多年之后，这帮人是否还能白发苍苍，谈及过往。就在我和班长聊得开心时，我看到了一群我熟悉的人，一群再熟悉不过的人。他们也来了。

13　原来你也在这里

那是文学社的人，难道他们也有聚会吗？那看来我今天的日子是挑错了，本来就该避着他们。当然也不是非得如此不可，所有人我也都可以象以前一样和他们打打招呼，寒暄几句。可偏偏那个领头的人却是我的冤家。

于是我们就这样互相看着，什么话都已经说不出来。如果是以前的话，她一定会调侃地说，"哎呀，也真是的，咱们的部长怎么喝成这样？"其他人也会附和她。而现在一切都已经完全不同了。怪谁呢？怪她怨我其实都已经晚了，各有各的错吧。我们就这样愣在那里，四目相对，再也不会开口对对方说一句话。

眼前这个人似乎在自己的生命里用刀子狠狠地划了一道，但其实回头一想，如果当初自己能够退一步，那么彼此的关系就不会象现在这样僵。我看了看她身后的老刘，他的眼神里再不象以前那般睿智，而是多了些后悔和遗憾，还有着一份忧郁。他应该是因为和金沐可分手那件事情才变成这样，可惜往事已矣，再后悔也已经来不及了，有些事情你不得不承认自己当初是错的，尤其是感情。老刘就是这样认定的。

那么邓芸呢，对我是不是也这样？我和老刘互相点头示意，她忽然笑了一下便走了，她身后的人也跟着走了。在这种情况下，他们不能和我交谈，我也知道他们的苦衷。

我忽然想到一句歌词，"若不是你渴望眼睛，若不是我救赎心情。在千山万水人海相遇，哦原来你就在这里。"我记得那天宴席散后，是二胖仔扶我回去的。

14　双子座流星雨

　　种瓜得瓜，种豆得豆，这是老一辈的人经常跟我们讲的道理，写论文的时候我才发现真的是不听老人言，吃亏在眼前。虽说我们已经通过了最终考核，但还有最后一个小关，那就是两万字的毕业论文。

　　之前在这种无趣的日子里，每天去学校带着笔记本电脑，基本上不管什么上课下课，有的时候还能借着电脑看电视娱乐节目，要不就是和同学们打乐逗趣。总体的日子还算是不错，回家吃完晚饭洗个澡就把电脑打开，偶尔会瞄一眼电视，如果是新闻我就随随便便看看，但有一天的一条新闻我永远记得，说是我们这座城市会有六十年一遇的双子座流星雨，就在半夜12点到1点之间。

　　于是我就在空间里看到许多关于流星雨的动态，连景儿也不例外，我竟然一时间不知所措了起来。到了十一点，我边看着一档综艺节目，边和她聊了起来，"你把号码给我，到时候我起来叫你看。"她还是那般客气，对我回应道，"嗯，好的。"这一回没有谢谢，是没隔阂了吗？

　　后来我一想，也许是她太困了，懒得打那两个字。就为了这个约定，我拿毛毯披在自己的身子上期待着她的期待，鼻子冻得通红时，就喝口水暖暖。随着时间的推移，眼皮已经慢慢地开始打架，本来已经要睡去的我，一看到手机发出的亮光，就逼迫自己不要去和周公下棋。

15　星语星愿

　　当我再睁开眼的时候，已经到了我们约定的时间。我没有穿太多，只是穿了件外套和外裤就出发了。为了不吵到老妈，只能蹑手蹑脚地出去。关上门，我便开始急切地按着电梯，进去立马按了一楼，找到我家楼后面一个位置，那是看流星雨的极好地段。我拿出自己的手机赶紧拨她的电话，可就是打不通。电话那头传来的一直是那对中英混合男女语音，可以称为语音界的神雕侠侣。

　　我看着已经变成又黑又紫的夜空，想着打电话可能怕吵到她家人，便改成了发短信："流星雨就要来了，快起来看了。"

　　很久的沉寂后，终于，她回应了我。她在她那个角落，我在我这边的角落，一起看着流星。忽然，我看到一道绿色的流星划过来，赶紧闭上眼睛开始许愿：

　　"流星，请你让我和景儿在一起。我想和她在一起，我知道我比她大。如果她愿给我机会，我会照顾她，保护她，包容她。不管别人说她什么，我都会相信她。请你让她给我机会好吗？"

　　许完愿，那颗流星已经不见了。我笑了笑自己，竟然也会相信这种童话般的许愿。不过那时候就算是假的，我也愿意去相信。

16　不能说的愿

　　记得那天回到家以后倒头就睡了，而且还是睡在沙发上，被我上夜班的老爸看到了，又狠狠地教训了我一顿。不过我嬉皮笑脸地应对过去了，因为他要说的是什么，我基本都知道。比如说为什么他回来的时候我电脑还没关，比如为什么我是穿着外衣外套睡觉这些鸡毛蒜皮的。但是我知道，他也是为我好，二十岁的人不应该让他操劳那么多，毕竟他的白发还是多了起来。以前是会和他犟嘴的，可能那时候还不懂一些道理吧。

去厂车的路上，不知道想什么事情想得那么出神，赵杰拍我肩膀的时候我都吓了一跳，并骂了一声"跟鬼一样。"赵杰高兴地说，"师傅，你知道吗？昨天我和小兔子一起看到流星雨了。而且我们一起许了愿。师傅，你呢？"我愣了一下，脑海里迅速恢复了昨天晚上的那个画面，"看到了，不过是一颗绿色的流星雨。许愿可没有人陪。"赵杰卖着萌说道，"狮虎，那你许的是什么愿呀？"我好气又好笑地把他两只胖手拿走，"没有，不要卖萌，好好说话。"他点头哦了一声便走了。

因为昨晚睡眠不足实在是需要补觉，在厂车上就睡着了。忽然间又被赵杰摇醒，"师傅师傅，快别睡了，师娘诶。"我迷迷糊糊地睁开双眼，揉揉眼皮，看到了车外的景儿。我心里比他激动多了，但是还是给了他一记锤子，"什么师娘，别乱说。"又依稀听到他在后面说道，"本来就是嘛，难道你不想她做我师娘啊？"她在买早饭，我们互相问候，我对她说，"昨天晚上我看到流星雨了。""真的啊，那你许的是什么愿。"她问道。我难以启齿，告诉她，"嘘，说出来就不灵了。"她点了头哦一声，好像有些失望。我看着她的背影，默默说道，"对不起，不是我不愿意说，只是我不想听到你说出我和你的结局，我怕我会失望。所以，让我们将这个愿望藏起来吧，好吗？"

第九卷，卷终。

第十卷

青春离别曲

01　我不是我，你不是你了

终于到家了，我的身体似乎太过疲惫了。这几天公事实在是太多，鸡毛蒜皮的纠纷也越来越多，弄得我太阳穴有些疼。我用手指揉着，已经是深夜了，可能她和等等已经睡了。

我打开灯，看到桌上放着她为我留的饭菜。她总是这样，抱怨我没有太多时间陪她，但又总会为我准备好夜宵。在菜盘子的不远处，我看到了一张纸，密密麻麻写着写什么。我拿起来一看，上面清清楚楚的写着"离婚协议书"五个字。

我并不愤怒，也不哀伤，的确是我的错，也许我的放手对她来说是种解脱。我知道这对等等来说实在是太大的伤害，所以我们瞒着他领了离婚证。盖了章之后，她就出国了。她说也许有天她会想通，会回来，她说她并不恨我。

等等拽着我的衣角，用稚嫩的声音问道，"爸爸，妈妈到哪里去了呀？"我蹲下身子，看着他浓眉大眼的样子，一脸可爱地看着我，忍不住捏了捏他的脸蛋，："去一个很好玩的地方，给等等带好玩的玩具了。"等等高兴得跳了起来，"那爸爸，妈妈什么时候回来？"我只能回答，"很快很快。"

那天为了补偿等等，我带他去吃了肯德基，带他去游乐园，带他看动画大电影。他没走几步路就嚷着走不动，撒娇要我抱，我爱子心切，就一直抱着，看着他吃着手里还没吃完的鸡翅，替他擦擦嘴，又顺手刮了刮他的鼻子。

一个转身，却看到了一个老朋友，一个久违的人。她不是等等的妈妈，而是我曾经深爱的人。我看着她，她看着我，她不再像年轻时那样活泼潇洒、可爱了。她的短发已经变成长发，不知道是为谁盘起。

沉默了很久，我终于开口了："好久不见。"这恐怕是我们失去联系之后说的第一句话了。她愣了愣，但还是回应了我，不变的是那礼貌的微笑。我们忽然想起了什么，也是在这个火车站，这个地点，一个下雨天，会让人情绪会变得忧郁、烦闷。我们还想起多年前，我和她的一场离别。

时间似乎很长又很短，似很慢又如一眨眼，我的思绪不禁又回到那段青涩的岁月。

02 火车站的节点

征兵的名已经报上了，考核也都已经通过了，我成了必走之人。这就是我的宿命吗？手中那张红色的本子已经来了三天了，我跟身边所有人说了，唯独没有和她说。

我在火车站到青山桥的站台上局促地走来走去，有些不知所措。火车站四处挂着鲜红色的横副———人参军，全家光荣。只因母亲一句"就当满足妈妈的一个愿望"，我妥协让步，就是这八个字，满足了我父母的虚荣心，曾也为此与他们闹翻。

难道我真的该隐瞒她？终于，我还是把她约了出来。可能是不太敢说出口，所以事先总是顾左右而言他，连树叶都不怎么满意我这畏畏缩缩的行为，所以将我的脸刮了好几道浅印。

我想她并不喜欢我这样地拐弯抹角，所以我也只能选择开门见山。"你哥哥是去年当的兵吧？"我这么问着。她点点头，道，"嗯，怎么啦？"我终于拿出了那红色的本子，对她说，"恐怕我今年开始，也和你哥哥的命运一样了。"她看到入伍通知书五个字的时候，愣了愣，但依旧保持镇定和冷静，问了句："要走吗？"我点了点头。她"哦"了一声，我贪婪地进一步问道，"可以陪我走一走吗？"她仍然不开口，只是点了点头。

我有太多的话想要 说。就在我胡思乱想之际，她说，"你去了那，记得要好好照顾自己。到部队说不定会受欺负，你要保护好自己。"那是我听到过的她最令我感动的话，我回答，"嗯，你记住要好好吃饭，好好睡觉。不要过度操劳，注意自己的身体。"她答应了，"嗯，你也是。"我们之前从没有过这样的对话，于是我鼓起勇气，大胆问道，"那我们？"

她似乎有点犹豫，说出了一句让我喜忧参半的话，"等你回来再说吧。"再说这句话的时候，我抱住了她，很久才放开。她好像也没有说什么，直到我松开手。她只是呆呆地看着我笑了笑。不得不承认，我当时我有了那句话我真的很满足了。在我们离别之际，仍有最后的两句话，"章景儿，我欠你两年的晚安，未来我会还清的。""我知道了，我记得了！"

我们的故事从那里便按下了暂停键，但是没过多久，又点了播放键。比起她，我更喜欢快进看故事的结局，只是到最后不过是一场梦而已。

03　谁能年少不痴狂，独自闯荡

我从家乡出发，和所有的朋友都告了别，包括那个我最重要的人。我们一开始在酒店集合，然后上了辆大巴，因为终点离这里有四千多里，所以还要去南京搭乘飞机。

临走前，我看到车窗外外婆自豪的微笑，也看到了父亲扶着母亲故意避开我，我知道那是妈妈舍不得，不想让我看到她哭泣。然而在车上，我是镇定的，我一直都是镇定的，因为我不能哭，我这是去锻炼自己的，如果我从起跑线就输了，那么到终点也就那样了，那时我才明白父母的心。

看着车窗外的景色在慢慢地移动，我就要离开这个待了二十年的地方了，我的家乡，暂时要和你说再见了。我会想念你的，也请你想念我吧。南京，是景儿和尧尧的家乡，那一直是我想去的地方。

下了车我才明白过来，我并不是过来旅游的，而是去入伍的。那是我第一次来到所谓的六朝古都南京，多希望能够慢慢看看它的景色。可以让尧尧带我玩一玩这里有名的夫子庙，鸡鸣寺。鸡鸣寺，我记得她有一次在鸡鸣寺外拍过照还传了照片，那里的糖葫芦简直是长得不可思议。

不过这些，并不让我眷恋，让我牵挂的是那个人，那个自拍的人。我还在乱想的时候，就要准备登机了。我回过神来，提着行李箱跟上了队伍。在飞机上本想打开手机说些什么。有位空姐友好地走过来说，"这位乘客，马上就要起飞了，请您将手机关机。"只能收起来了。

飞机已经慢慢升起，我只能对着机窗外，说了声，"再见，南京。再见，景儿。再见，你们。"我有点头晕，只能闭上眼睛睡觉，醒来时已到了成都。天府之国还是蛮漂亮的，但我们的终点也并不是这里，而是离天堂最近的地方——西藏。

登机时间还没到，我们只能在机场解决晚饭。我并不怎么饿，便打开手机进入空间，将她的照片设为壁纸，好让我能不忘掉。

我想念你，我爱着你，恋着你，不奢求你能这样对我。

◦命运战士篇

04　唯一留念，心痛穿越

还记得第一次去我新兵连的场景。我们到达之后，在贡嘎机场下来，并且分配给某些连队。我们并不知道按什么规则而来分，只记得我被分到了空军某旅。我记得我们还坐大巴行了一段山路，有点陡。到那里的时候已经凌晨一点，大家都很疲惫。

而且仿佛季节从秋季瞬间进入到了冬季，吸一口气都会让人眩晕，也不知道着是不是所谓的高原反应。刚去的我们并没有做过多的体力活，只是安排我们好好休息，也认识了我的老班长，也就是新兵连的班长。

他比我大十岁左右，很高，也很胖，语气却很温柔："从今天开始，我就是你们的班长，总之，你们做好了大家都好。"这句话本来是语气锐利的，但是从他嘴里说出来好像还好。我们房间住的都是江苏兵，也就是大老乡，本来想好好认识一下，但是当时实在太晚了，所以我们只能先补个觉，等待第二天的到来。

我躺在上铺那张床上，从裤子里掏出那许久没开的手机，看到了她的面容。照片上，她微笑着，似乎是和同伴玩耍打闹的时候拍的。我看着外面的月色，轻声说了句晚安。

第二天，我们先吃了早饭，然后进行了点验。我们一群人来到一个石灰阶梯下，我看到阶梯顶端站了一个胖胖的人。我看了那人的军衔，是连长，手里拿的好像是条令。终于，他开口了："各位新兵同志，现在我们进行点验工作。把你们的手机、电脑、平板，以及各种通讯工具还有管制刀具全部交上来，不要私自藏匿，否则我会按条令处置你们。"我的脑袋像是被棍子狠狠地打了一棒，糟了，手机，那是我唯一的念想，现在却要因为当这个兵而被收走。怎么办，我知道这是军队，要服从命令、听从指挥。

让我再看一眼吧，让我记住，记住她的样子就好了。可拿出手机时发现已经没电了，在我努力开机的时候，轮到我了。我不敢抗拒，只能上交。点验完毕后，我们回到寝室，开始整理昨天领到的东西。我的眼泪滴在被子上，心里说着，"抱歉抱歉，我真的不愿意这样的。"而这一次并不算是哭泣，因为很快就过去了。

05 多远，我都不愿让你一个人

这里的天气总是比较干燥，而且比较寒冷，每天对着窗外那座雪山，都要看腻了。这已经不是当年小打小闹的军训了，而是实打实的当兵了。离训练时间还早，我在日记本上写下了那天自己的心情。

自从来了这以后，天天就是用马扎压被子，磨被子，就为了能把它叠成豆腐块。每个班长都说，开训后才会发现这是最舒服的日子。我一开始不明白，后来训练一开始，才发现班长们并不是言过其实。

晚上吃完饭也就是看个新闻联播，然后就回宿舍了。可能因为是刚来，所以那些士官对我们并不是很严厉。逐渐，所有的兵都到齐了，我最终和好几个重庆的住一起。这是班长的混合搭配法，不希望到时候发展成小帮派。

那个时候，大家就坐在地上聊自己的过去，我则呆呆地看着自己的日记本，因为谁都听得出来他们说的那些精彩纷呈的故事完全是经过了添油加醋的。那天他们在讨论女神的话题，见我一直不开腔，我的一个大老乡便对我说，"诶，K仔，谈谈你的女神。"这个老乡是个胖子，起初称他为大王，后来觉得大王不好听，又改叫他大鬼了。他岁数比我小得多，这种劈头盖脸的问话，我当然也不见怪，"那得看你们说的女神是哪层意思了。"大鬼奸笑的说，"当然讲是你女朋友了。"我从椅子上站起来，又坐回地上，"她不是我的女朋友，只是我喜欢的人而已。"他好像很失望的样子，"那要不是的话，我劝你趁早另做打算，否则到时候会竹篮打水一场空的。"我有点不大了解他的意思，皱着眉头问："为什么？"

大鬼一副老江湖的样子，"你想，你来之前她尚且没有答应你，现在你到了部队，且不说你未来会不会又当士官、考军校的这些虚事儿，就光这两年的义务兵，你退伍回去，人家不是别人的才怪。"我轻叹了一声，这事情我想过不止一次，只是不敢去面对，也不愿意去面对，真的。

但是那天我终于给了自己答案，我对大鬼说，"只要我等，我就有一线生机。"大鬼似乎并不在意我的答案，而是打了个哈欠，说了一句他们的方言。一开始我并不知道是什么意思，直到后来我才明白他说的是"冥顽不灵，这傻子。"但我多远，都不想让她孤身一人，尽管后来，风向变了。

06 等你，等未来

桌子上的咖啡好像是刚刚端上来的。以前我可不敢这么小资，只是遇见了老朋友，请她喝一杯而已，更何况曾是我最爱的人。回忆到这就缓缓地停止了，我看着窗外那些车来车往，已经失神了，还是儿子的呼唤声把我的思绪从九霄云外中找了回来。

"爸爸，爸爸，阿姨在问你呢，你为什么不跟阿姨讲话？"

我连忙"哦……哦"两声，像真身归窍一样。她看我终于回过神来，喝了口咖啡，好奇地问道，"这些年，你的孩子都这么大了吗？"

我点了点头，还是不敢面对她这样的直视。她倒先开口问我了："我倒挺想知道你新兵连的样子的，开训以后又发生了怎样的故事呢？"我觉得那是种折磨，更是种考验，如果没有那一段经历，恐怕我也不会对世事都看得如此之淡了，因为它把我磨合成了一个不再冲动、不再偏执的一个人。

可对她我不能说我心里的想法，否则她会认为我又要开始长篇大论一段我所认为的人生定义。我只能说，"哦，那可有的讲了。"一旁的等等撒着娇爬到我身上说，"爸爸，爸爸，快说，等等也要听。"她似乎一愣，"这孩子叫等等。"

我突然手掌心像是被刺了一下，抱等等的手也变得迟缓了，"嗯，对。"

"你没骗我。"

"我又为什么要骗你，等你，等未来，我在那个时候就已说过了。"我们俩这回终于对视了，很快，我还是避开了，我说，"好了，不提过去了，你和我现在都已人到青年，就不必再提过去那段事了。我跟你讲我新兵连的事情吧。"

我知道我的眼睛已经湿了，她看着我说，"你哭了。"等等用他的小手抹拭着我的泪水，"爸爸别哭。"我笑着摇摇头，低着头只听到耳边一句"对不起。"我知道这样的场景该结束了，"是你说的我不喜欢你，所以你可以不必说对不起。"

回忆再次拉开了序幕。

07　第一任班副

当兵居然也会分班，班长管不了的事情，自然会择优筛选一个随时随地都可以让班长放心的人来管理我们的大小事，这也是连长下的命令。

不过我倒是很担心如果这个位置让给了一些得了权势就会胡作非为的人，那么就相当于一个朝代有了宦官乱政一般，我们这些人迟早都会给那个人玩死。转念一想，会不会是赵李流（外号）那个内务最好的人？现在已经开训了，每次检查内务他的被子永远是不会被扔的。而且每次都会笑嘻嘻的，无时无刻地讨好班长。有次班长的烟灰就快要掉在地上了，他伸出双手说"我接着"。这种行为让我们其余九个人真的是很反感，这未免也太做作了。这个人不可深交，他要是当上了班副，多半是赵高李斯之流。

那天，我们十个人坐在马扎上，因为是无记名投票，所以很公平。我不知道该投给谁，反正不是我自己，便投了大鬼一票，好歹我们也是老乡，给他一分也是应该的。大鬼年纪虽小，但待人很好。结果很快就出来了，大鬼和那赵李流相同的票数，却不知道为什么班长选择了大鬼。不过相比赵李流，我是安心了。可是没想到大鬼日后却成了我担心的第一种人，而且还严重到成了我的大敌。

没有过几天，他就自诩成了班长的心腹，没事便说什么"班长想什么我都知道，""你们最好给我小心点，内务搞好。""队列也要弄迅速一点。"

当他对我们没事挑事，搬弄是非的时候，我看得出来他那当上班副的骄傲与自豪，还有他微笑的外表下藏着的可怕的人心，这是奸臣的特质。他再也不是那个会和我无话不谈、什么都说的大老乡了。果然，没过多久，我们小宿舍因为他而彻底和班长那个宿舍的人一刀两断了，又是一场没有硝烟的战争，在我们那个寝室悄然爆发。

08 冲突，分裂

我们每天都得很早起来，是因为我们宿舍的内务比不上隔壁，所以需要早上五点半起来磨被子，叠被子，直到超过他们。我们已经算是很努力了，但每天都还要担忧着当天的队列，一定要好好走，不让班长失望。更何况如果我们做错了，还要受罚。

我每天都是第一个起床，把被子往地下一扔，迅速穿好衣服，开始叫他们起床，以免被发现贪睡又要受罚，所以他们开玩笑地给我取了个外号叫做活闹钟。

不过也是，没有她的日子我又怎么能睡得着。每晚都对着那山上的月亮痴痴的地望着，最后轻轻说一句晚安，只希望千里之外的她能够感受到。

每次我把被子叠好，都会呆呆地对着桌子上那个绿色的电话看一会儿。之前连长叫我们交200话费办张卡，就可以给家里人打电话了。可每次只有六分钟的时间，又怎么够？我记得第一次给父母打电话的时候，还没有轮到我，我的泪早已滴在被子上了。所有人都在安慰我，让我别哭了。

那天，当我听到电话那头母亲的痛哭声时，便心痛到潸然泪下，我很想止住着悲伤，但又控制不住。我为什么要来？一想到此，心下突然变得愤怒、怨恨起来，正好碰到大鬼进来挑刺。他一进来就开始指指点点，而我已怒不可遏，"你凭什么来指责我们？你自己的被子就叠得很好了吗，单靠你一个人就能做得那么好吗？如果你一个人就可以做到，那我无话可说，但是你不能！"

大鬼似乎被我激怒了，当然，谁莫名奇妙摊上一顿无名火，都会被惹毛，更何况是这位刚刚高升的副班长。他果然打起官腔来，"我是副班长，当然有权利管你们，不是你三言两语就可以解决的。"

我还是没有罢休："你要记住，你是班副，只管大小琐事，并不能代替班长。班长好歹是个三期士官，你呢，是个连衔都没有的新兵。有什么可嚣张的？"他用嘴巴撇了撇，不屑道，"好像你是一样。"我回敬道，"我没说我是，只是大家地位都一样，你没必要在我们宿舍里太耀武扬威。"他听完便气呼呼的走了。我知道刚才是自己冲动了，但是也不怕他去跟班长告状，因为我本来就是对的，那就是我们都是平等的，没有什么尊贵卑贱。

09 高原五公里

那是件一般人不可能完成的事情，虽然很多人都想把这种不可能转化成可能，这样就可以证明自己在人生中添上了精彩一笔。而我现在也面对着这样的不可能，那就是在高原上跑完5000米的路程。

主干道一圈600米，每天早上都要跑两圈。虽说这是1200米，但是在内地，恐怕相当于2400米。现在要面临5000米的长度，我有点不自信，只能握住自己的拳头放在心口，看着前方，默默地念着，"帮帮我，帮帮我。"

5000米跑终于开始了，前两圈的时候还能够保持一致，是整整齐齐的队伍，但是到第三圈，件有人开始掉队。这是我预料到的，一圈600米，三圈就是1800米。

5000米是九圈多一点的路程，我在三圈半的时候终于掉了队伍，想放弃了。但同宿舍一个比我年长的占有对我说，"不可以放弃，不然的话未来你会后悔。"我的头已经晕眩，就要吐了，我摇头说道，"不，我放弃了，我真的放弃了。"我找了一处坐下，打算休息，那个人却对我说，"想你最重要的人吧，你来这里为了什么。难道不是证明你可以保护她吗？更好地去保护。"我的脑海里浮现出了她的影子，她在说加油。我终于勉强支撑起身子来，气喘吁吁地说，"我跑，我跑。"

尽管我已经浑身酸痛，全身早已大汗淋漓，但是我一直喊着"我不会，不会让你失望的。你要等我，一定要等我。"她就是我的动力，是我的精神支撑。陪我一起跑的那个人似乎也快不行了，跑到第七圈的时候，他的速度好像也开始慢慢缓了下来。他撑着自己的双膝在喘气，我跑过去拍拍他，笑到，"老不死，你刚刚是怎么跟我说的？让我们一起加油吧。"他缓了缓，对我笑了笑，拍了我一下，"臭小子，咱们一起跑。"我们为了自己的目标和希望往前行进着，没有什么力量可以阻挡我们。终于，还差最后半圈了，就要看到灯光下的班长了。最后，我们跨过了那道终点线，一起完成了。

我的班长用赞许的目光看着我们，我却有点支撑不住，晕了过去。迷茫之间，仿佛听见了有人在摇晃我，我努力睁开眼睛，看到是他，说，"老不死，我……我完成了。"之后便被送进了总医院。在总医院的那段时间，又是另一段故事了，而我，也终于和景儿联系上了，这一切都要感谢我的班长了。

10 山的另一边，是你吗

当我再次睁开双眼，发现自己已经躺在了到处都是点滴瓶的医院，周围还有有很多床和穿着病服躺着的人。看着自己手上挂着点滴，想知道我的旁边是谁在陪护。没想到竟然是班长，他好像一直在看着我，似乎没有离开过。如此尽心尽力地为一个新人，我还是第一次见。他一改往日训练场严肃的模样微笑着同我讲话，变得我都快不认识了。

他说，"你这臭小子，连感冒也不知道早说。知道吗？晚来一步，恐怕你就不在这了。"我虚弱着身子轻笑示意，他端来了米饭和菜，说，"先吃饭吧，你睡了很久，肯定饿了。"

我吃完饭，和班长开始慢慢聊了起来，几乎是什么都说，忘了我们本应有的那层关系。他说，"你知道吗，K仔，你刚来的时候，被子叠成一坨放在那，班长是看不起你的，但是后来听别人说，我自己也看到了，你每天五点半就起来努力，比起那些光知道嘴上吹牛皮的要好得多，我觉得你第二年可以去考个司务长。"

那几日，我几乎天天和班长谈以前的事。曾有一天，他拿出手机，说，"我觉得还是让你父母知道你现在的情况比较好，虽然违反条令，但这也是人之常情。但你要答应班长，不可以哭。"我点点头，接过来，只能谎称一切都好，让父母不用担心。挂完电话之后，我早已泣不成声。班长对我说，"出去走走吧，好让心情舒畅一些"。

我穿上了拖鞋，走出那间病房。这是我在总医院静养期间第一次出去逛，跟我以前见过的医院完全不一样，四周都是山环抱着，还有一棵棵用来的绿化的树木，而地上早已堆积了层层的树叶。我看着树林中远处的月光，轻叹着，月光就似她的脸。我看了看群山，心中问着话：已经又是个秋天了，上一个秋天我们还在一所学校里过着日复一日的生活。如今却已远隔千里，山的那一边是不是你呢？你现在在做什么呢？看电视还是又在打工？你现在穿的，是那件绿色的防晒衣，还是那件温馨的白色毛线衣呢？。我踩在那些树叶上走来走去，不知道哪里是终点。我知道她听不到我的提问，我只能冥想，或者说是臆想。

过了一个礼拜，我痊愈了，很快就回到了新兵连。在这期间，我终于借着班长的电脑在她的留言板写下了我的语言，而她也会回复我的留言，令我感动，以为八字已经有了一撇，希望又多了一层。

11　千里之书，却未曾寄

　　我终于回到了那个熟悉的宿舍，宿舍有个人见到我，高兴得简直合不拢嘴，给了我一个深深的拥抱，我想，这就是久违再重逢的兄弟情吧。不过这就是小别而已，不知道两年后再重逢，会是什么感觉。而我也激动得很，当下傍晚，我们就开始聊天了。

　　他们这几天过得很自由，但是也受了苦。让整个一排都受到了惩罚，据说是大鬼藏了一根烟，但是他并没有承认，结果牵连了所有人被关到了禁闭室，并且害六班班副被撤职。

　　这事情我在医院就有所耳闻，班长也说回来要处置他们，可我觉得此事不提为好，但是班长最在乎的是尊严，更何况大鬼有辱的是班级的脸面。他已经受到惩罚，剩下的兄弟们也无一可以逃过班长的酷刑。果不其然，除了我，所有人都得出去接受体罚，我本想说一起去，但班长事先就封住了我的口，"K仔，你好生休息。"

　　几分钟后，我就听见了他们的喘息声。我赶紧把他们的水杯都倒满，因为我知道他们马上就要上来喝水了。倒完水，实在是睡不着，在床上辗转难眠，只好又拿起了那沓信纸，趴在床上，开始写信。先给父母还有我的那些朋友写完信，然后就是给她写了。

景儿：

　　我来这已经快两个月了，我每天都在想你。你最近怎么样，还在坚持自己的梦想吗？还在每天辛辛苦苦地打工吗？要多多注意休息啊，千万不要感冒了，我发现感冒这个家伙总是缠着你，这是让我最不满意的。生病了记得要吃药，多喝点白开水。天气已经越来越冷了，记得多穿点。最后有一首歌，我不能唱给你听，但却可以写下一段歌词给你看：

当山峰没有棱角的时候

当河水不再流

当天地万物化为虚有

我还是不能和你分手

不能和你分手

你的温柔是我今生最大的守候

当太阳不再上升的时候

当地球不再转动

当春夏秋冬不在变幻

当花草树木全部凋残

我还是不能和你分散

不能和你分散

你的笑容是我今生最大的眷恋

祝安好。K仔亲笔。

某年某月某日

写好后，放在信封里，却久久没有寄出去，因为我每次都没有赶上邮车，所以决定将来有机会再寄。

12 第一次紧急集合

我只知道那天他们都已经很累了，一趟又一趟地回来喝水。他们的喘息声和喝水声尽管很小，但我却得的一清二楚。估计不止我，整个一排都听见了。

终于，班长消气了，没有打算继续整治他们。我们安稳了好几天，只是队列上有点不整齐，让班长好像稍稍有些不满意。那天我们学习了紧急集合的哨声，我还以为要过几天才会实操，但是没有想到如此之快，当天晚上就来了一次，我们都没来得及反应。

当时我还在床上迷迷糊糊地做着梦，甚至梦到了她答应了我。我正要牵起她的手，就听到了哨声。我们根本不知道是什么情况，就立刻掀开被子，从上铺直接跳下来，脚心重重的一震，但我没时间考虑这些疼痛，便赶紧纽上纽扣、扎上皮带、穿上胶鞋，赶紧跑了出去。可我们到下面的时候，大门已经封锁了，连长还说如果轰炸机到了，我们就是被炸得那些，也就间接说我们是炮灰。

出去以后所有人都做了体能。排长说，"你们晚上叽叽喳喳的不想睡，那么我们就集合出来锻炼一下。"我们做了三十个俯卧撑，还有一百个深蹲才放过我们。最后还问我们"想不想睡觉了。"我们都回答的是想，才回到了床上。

刚躺下，却又听到警卫排的哨声，以为又是紧急集合。一班长拿着自己内务柜里的衣服过来说，"行了，你们赶紧睡吧，晚上不会有了，别胡思乱想。"我们都抱着自己的水杯在床上喘着气，喝了一口又一口。我抱着茶杯说，"今天差点就要见不到你，不行，我得好好等着你。晚安。"

13　梦里喜宴愁断肠

我记得新兵连有几天是很安稳的，我们可以饱饱睡觉了。手脚上做拳握撑留下的血疤、血疮、脚上磨起的泡……各处的伤早就已经不计其数。老不死的手上的泡已经慢慢开始溃烂，幸好涂上了药膏，才有所缓解。不过我们早就已经习惯了这样的生活，是时间改变了我们，在这里有些东西要一直忍受，因为这是军队，不同于社会。

我们只希望每天吃饱，睡好，做好，就万事大吉了，最怕的是谁犯了错，又要遭到惩罚。但我再也不开始抱怨，只认为这是自己的宿命。有些命运是可以挑战的，但有些就算拼了命你也得低头向它屈服。至于有些倔强的，始终会在拳头之下丧失那份傲气。让我想起了很久以前说过的一句话——耀武扬威终究会挫骨扬灰。军队就是证明这样一句话的地方。

那天还是老样子，我们庆幸着今天会操没有给班长丢脸，虽没拿到红旗，却仍在前三甲。我们的宿舍和隔壁的宿舍现在已经不和了，从总医院回来，大鬼已经被撤职，我成了我们宿舍的负责人，而至于隔壁宿舍，是班长自己管的。我们虽然已经有些不和，但除了大鬼赵李流这俩人我讨厌之外，其他我还是能接受的。

那天我做了个梦，梦里我已经退伍回去。看着自己身处在一个灯火辉煌、摆着好多桌酒席的地方。有好多的人我都不认识，面前摆着许许多多的好菜，我还夹了一块肉放在嘴中细细咀嚼、啧啧称赞着。我往大厅看去，竟是景儿，她穿着一身洁白婚纱，旁边站着一个英气逼人的青年男子。容颜眉清目秀，不输于堂上任何一个年纪相当的人，当然，也包括我。他和她站在一起，堪称君子淑女。而大厅之上，恐怕只有我多喝了几杯酒。她笑颜如花，牵起他的手。满堂的酒席一一敬过来，我只能低声吟唱，"我终于知道曲终人散的寂寞，只有伤心人才有。"

就在这时，梦醒了，我忽然从床上坐起，耳边响起的是各种各样的打呼声和有磨牙声，我轻声安慰自己这是个梦，梦是反的。可我的心早就碎了一地，边安慰着自己，眼角对月光边流下了泪。

14 命运战士

那天，我们兴奋得几乎睡不着觉，把那些东西看了好多遍，翻来覆去都不觉得厌烦。我们历经多少的患难，还有苦痛，才换来今天的光辉。我们的努力并不是徒劳无功的，而现在终于得到了回报。明天起，我们将不再是肩膀上灰花花的新兵同志了，我们就要有一个新身份，那就是列兵。没错，明天我们就要举行授衔仪式了，所以今天发了常服和一些相关物品。

当我们拿到臂章，还有那鲜艳的一拐军衔时，我不知道有多开心。我们一起唱起了"等了好久终于等到今天，梦了好久终于把梦实现"这首歌，而且还一起唱了空军进行曲。一直以来我都想拥有这分殊荣和光辉，再过几个小时，我是一名正式的军人了。这一次，我终于战胜了命运，成为了朋友们眼中的战士。我想，朋友们，你们知道了一定会为我高兴的。看到臂章上那双洁白的翅膀，心里充满了敬意。

授衔仪式果然不同凡响，我想那是我人生历史中最光辉的一刻，没有之一。我们穿着常服，脚蹬皮鞋。旅长高昂的声音传来，"某年某月某日秋季新兵自今日起授予列兵军衔。"然后开始报每个人的名字，我也亢奋的答了声"到!"之后连长说"迎军旗!"警卫排的几个精英便踏着正步出场。六班长是领誓人，鸿亮的嗓音在空中回响，"半面向右转!"这是宣誓，我们都举起自己的右拳，留下那此生都不会忘的一段誓言：

"我是中华人民解放军军人，我宣誓：服从中国共产党领导，全心全意为人民服务。服从命令，严守纪律，英勇顽强，不怕牺牲。苦练杀敌本领，时刻准备战斗，绝不叛离军队，誓死保卫祖国。"

我们在那飘扬的军旗下高声喊出了自己的名字。我看着蓝天，想着她，"我成功了，我成功了! 多想把这个消息告诉你，但是却不能。没关系，总有一 天，你会知道的。"

15　打靶无心

也许是因为要去的地方有很长的路程，也许我们正面临着新兵连的尾声要提前启程。四点多我们就从床上爬起来，集合去后面的综合灶吃早饭。可能是为了防止中途会饿，有些人吃了很多很多，我却没什么胃口，因为我最怕的就是离别，而它恰恰在人生中要经历好多次。还记得第一次离别的痛，仍然留在我的心中，所以我有些吃不下。老不死似乎看穿了我的心思，劝道，"多吃点吧，离那个时间还早。"我听了劝，勉强填饱了自己的肚子。

在宿舍里呆了大概两个小时才集合，终于组织等车了。所有人都在讨论打靶是多么一个盛大的场面，甚至有人幻想会被旅长政委看中。而我只呆呆地坐在那里，静静地等待着那声集合哨声。算不上悲伤，估计就是仓央嘉措的那句我不悲不喜。

车终于来临了，我们开始组织登车。不知道为什么，那天我上车特别慢，班长看着我说，"你登个车有那么费劲？"一路上，我们哼着军歌，喊着口号，后来我却打起了瞌睡，慢慢地睡着了。幸好他们没有看到，否则我肯定要受罚，也许是心疼我这病号，没有计较太多。

我们都紧闭着双唇，在射击靶场下车，脚下都是沙石子地，稍一起风，就会扬起特别大的风沙。我不知道为什么，根本没有心思在这个射击场上。或许是因为我对这种隆重的活动有些麻木，说不上来，真的是从头到尾没有心情。

终于轮到我们这一批。我没有什么犹豫，随随便便地打了十枪，但我旁边的班长却称赞我说"小伙子可以嘛，百发百中。"我轻轻笑着回应后，便下了场，端端正正地坐在马扎上，随着徐徐清风看的不是下一批打靶士兵，而是那些凹凹凸凸的山壁，随着鸟鸣想念着那个人，想那个千里之外的人。

16　离别前夕

那应该是个特别的晚上，是我们和班长最后一次欢声笑语地聚在一堂。我们从三楼会议室让连长做了思想工作之后，就先被班长带走了，并且去小店买了饮料，班长也叫了几个锅子。这是我们的散伙饭。散伙饭，这三个字，这个词真的好熟悉。从文学社第一次之后我以为不会再有，结果后面还有第二次，第三次。还有1002班的离别宴，没有一次是不伤心的。

这一次，不知道又会不会以泪洗面。一开始我并没有太忧伤，但是眼看着班长站的最后一班岗，想到他从开始到现在，都没有抱怨过任何事，都是自己默默承受着，我就觉得我应该对班长道歉。

我们十个人走到他的面前，他出乎意料地看着我们。仍然是我先开的口，虽然我没有二把手的权利，但也差不多，因为他们都觉得我说话比较合适，以免说了些不该说的话，惹他不开心，我也踌躇犹豫了很久，最后只能挤出一套说词，"班长，以前我们有许许多多的不是，惹你伤心，惹你生气，实在是不应该，在这里，我们给你道歉了。"班长吸了一口烟，看着我们的脸，叹了一口气，笑了笑，对我们回应道，"算啦，你们已经是我带兵生涯中的第十批兵了。再说我明年就该退伍了，何必跟你们计较这么多。来，今天没有酒，所以我们以饮料代酒，干一杯吧。"

那顿饭，我们吃得高兴，爽快。虽然没有醉，我却很晚都没有睡。看着我们前几天拍的照片，笑着。老不死也没睡，对我说，"怎么，又在感伤。"我笑着摇摇头，"你说那个时间还没有到，可转眼明天就是了。"他似乎早就看穿了我的心思，叹了口气，说，"天下没有不散的宴席。"

我记得他念的是医药大学，便好奇地问："你说你会不会分到卫生队啊？"他似乎并不抱有什么希望，只淡淡的说声，"不知道，看命吧。"我笑了笑，也没再说什么。终于，第二天的黎明我接到了命令，临走前一句离别的话也没有说，就远离了他们。今生今世，不知何时才能再见一面。我在离别的车上唱着《祝你一路顺风》，挥手都已来不及。

17 雨蝶生日歌

转眼间已经到了五月份，我离开连队也已经有三四个月了。那天，我们正在外面出任务。这是个很好的村庄，有山有水。清澈的河流，高耸的雪山，到哪都能看见。还有一望无际的草原，那些牛羊也让我想起了牧羊人无忧无虑的生活。

我们借住在人家的村委会那里，烤着炉子，生活还挺好，可能比起城市差了点，但我能够适应，甚至有种命令撤退也不想回连队的想法，可能是我太向往这种生活了吧。

那里的藏族百姓很淳朴，不过他总是喊着你叔叔。可能是因为好客的缘故吧，有时候会邀请你一起跳藏舞。村长和村书记都很热情，经常让我们去喝酥油茶还有青稞酒。每天下完班，我都会在四处转转，呼吸新鲜的空气。我看了看时间，是她生日。可我今年不能给她准备礼物了，只能简单地唱一首歌给她听。

问一个藏族老乡借来了手机，打通了电话，唱完了那首雨蝶，唱到那一段"我向你飞"时，我心情不知道有多高兴，但她似乎并没有什么回应，可能是在等我把歌唱完。"我声音没有那么圆润好听，但请你收下这份礼物。生日快乐。"

她说了声谢谢，我嘴上浮现出笑容。但她的话并没有停止，而是继续说了下去，"请你不要再把精力和时间浪费在我身上了，我们是不可能的，我也不喜欢你，你这样做，我只会越来……越讨厌你。"我不知道怎么回答她，只能故作镇定地说道，"我知道了。"那边的电话挂了，她那几句话说得那么漫不经心，却句句刺心，让我怎能平静？手机早已掉落，把那老乡急得不行，我赶忙捡起，心神无主的说道，"谢谢您，阿舅。"他开心地说，"解放军叔叔，亚咕嘟，亚古嘟，不谢不谢。"

我漫无目的走着，心中想着，没了，什么都没了，她拒绝我了，两年半的时间，我唯一的希望都已经随风而去，我连最美丽的梦都已经没有了。

我还想问她什么呢？我还能问她什么呢？或许我们本来就是不可能的，一切都是我一厢情愿而已，就像那雨蝶一样。

18 战震！出发！

2015年的某一天，尼泊尔发生了七级大地震。和往年的那一场汶川地震不同，我安然无恙地歇息在家里，看每个台都放着关于救灾的新闻。

但是我现在就离那尼泊尔不过几十里的距离，午睡时都感觉到床在摇晃。再醒来一看，只知道隔壁房间裂了一个墙缝。这就不会像家里那么轻松了，我们是必须要去抗震救灾的。很快，命令就下达了，这也是我们的命运。那天，我配完了菜，就在炊事班发呆。师傅突然问我，"K仔，你怕不怕去抗震救灾？。"我愣了很久，师傅还以为我是怕了，我回答，"啊，不怕啊。"

我师傅点了点头，说，"那么我们收拾一下，准备出发吧。"这么快吗？但又转念一想，快又有什么不好？反正这生活我已经绝望了，不如轰轰烈烈干一番大事，恐怕就能将心中的痛忘了。

只是当时不知道要去的地方是哪，后来才知道是个叫做吉隆县的地方。师傅和司务长迅速买好了物资和水，也就是古时候所说的粮草。听说那个地方，海拔很高，伤亡惨重，所以我们都带上了大衣，开始了我们的行动。

　　一开始我认为小小的县里没有太多人，就算有伤也不会有亡。大概一两天的路程里，我看到了坍塌的房屋，看到了那些被压着的人，实在是惨不忍睹。开始拯救工作时，我听到一个人在低声呼唤着，"叔叔，水，水。"但当我走到他面前时，他已经死了。我伸出手合上了他的眼睛。为什么，为什么天灾总是能那么轻易地夺走一条条珍贵的生命？我们搭起了帐篷，架起了柴油灶，开始做饭，为了让那些被救下的人填饱肚子。浩哥身为司务长，又是卫生员，自然忙得不可开交。我忙完了，就去帮他治疗伤员。

19　对不起，那句话，还给你

　　终于，将那些伤员安置妥当之后，我告诉师傅，想去看看还有没有遗漏的伤员。师傅把自己的对讲机给我，说，"小心一点，别受伤。"我点了点头，就这样走了出去。

　　都是些东砖西瓦堆在一起的废墟，我小心翼翼地走了过去，生怕踩到了人，唯恐自己的一个小小失误而丧失一条生命。但是我好了很久都没找到，最终才在余震危险区看到了一个人在呻吟。那是个中年的阿舅，他的头上其实没有多少东西，只是小石头堆积的太多，还压着一块木板。我先把石头移除，把木板搬走，他细小的眼睛似乎看到了一线光芒。本来我以为他是好救的，但是命运总是爱捉弄人，他的双腿被一块大石头重重地压住了，除非有个工具能帮我把它拿掉，否则就只有锯腿才可以救他了。

　　虽然也没有多重，但是以我一人之力是搬不动的。我拿出对讲机，呼叫支援。支援说马上过来，我尽量安慰他，"阿舅，你别急，救援马上过来了。"他笑了笑，"谢谢你叔叔，但你能不能帮我个忙？"

　　我客气地对他说"阿舅，你说。"他将手伸到裤子里，又挣扎着拿出手机，说道，"麻烦你打我妻子的电话。"电话拨通了，放在他耳朵旁，他说，"老婆，不用等我回家吃饭了，和孩子先吃吧。"说完，他便痛苦地挂了电话，我看救援还没有来，只能自己背他出去。索性那块石头经过我一点点的移动，只剩下双脚还被压着。

我歇了一会儿，把石头搬离到他的脚踝时，他早已没有什么力气。忽然，余震又开始了，那些石土开始慢慢掉落。我背着他，大喊着向前冲着，走到一条死路上，想到那个最重要的人："对不起，那句话，我该还给你了。你曾说过会有天使替你来爱我，现在，我该还给你了。我不配做你的天使，但总有天使替我去爱你。景儿，以前打扰你的生活了。对不起，以后再也不会有人烦你了。对不起，我爱你。"

一个巨大的石块降落下来将我刮倒，依稀听到对讲机在说着"收到请回答，收到请回答。"我刚要去触碰，一个石块砸烂了它，便失去了知觉……

20　就是因为太甜了，所以不敢碰

"后来呢？你有没有留下什么后遗症，或者一辈子都消不去的伤痕？"我看她急切地想知道那天最后发生了什么，我知道那并不是对一个心爱的人忧心，而是对个老友的担心罢了。

我静静地喝完那杯咖啡，说，"没什么，也只是头上划破了一道小疤，没过多久也就好了。在总医院又待了一段时间修养而已。"她舒了一口气，像是减去许多忧虑，看样子也不会追究我最后说的那段话了，这时，等等突然缠着我说，"爸爸，等等饿了，想吃蛋糕。"

我对他笑笑。如今我已为人父，对她还有什么可留恋，还能怎么想念，不过是一场往事罢了。当即说道，"等一会儿好不好，我们得先跟阿姨说再见对不对？"可我还没开口，她便开口了，"到我的店里吃吧。"我很好奇她开了个什么样的店，或者是说她想让我和她多待一会儿。但是后面那个想法很快就在脑海里被消灭了。

我抱着等等跟着她走，终于在一家甜品店门前停下。来来往往的人很多，生意很好。我开口说道，"你完成你自己的梦想了，看来比我要成功得多。"她笑了笑，摇摇头。等等早就趴在窗口上，垂涎欲滴地看着那些甜品，时不时的回过头说，"爸爸，我要这个，还要这个。"我轻怒道，"小朋友不可以吃太多的甜食哦。"

等等这才跑过来，回到我身边，撅着嘴说，"是章阿姨要带等等来吃的嘛。"她笑着，牵着他的小手进去了，看着等等狼吞虎咽的样子，我也不好意思训斥，毕竟小孩子嘛，就喜欢这些玩意儿。她递给了我一块，问道，"你也来一份？"我笑着摇摇头，"你知道的，我已经不是当初年少轻狂的那个小孩子了。"话一出口，她手不禁一抖，我也后悔了。随即再说，"抱歉，我说错话了，给你赔个礼。"她眼中似有泪水，我也知道我该离开了。我带着等等找了个借口，心里只能说对不起了。等等问我，"爸爸，你为什么不吃阿姨店里的蛋糕？很甜很好吃。"我忍住自己眼中的泪，说"就是因为太甜了，所以爸爸不敢碰。因为爸爸怕吃了会牙疼，会蛀牙，最后必须要拔掉，谁也没有办法。"

等等天真地说道，"爸爸，你牙疼的话等等带你去医院好不好。"我笑着说，"乖，没事，爸爸一会儿就好了。"她没有出门，只是在我过马路的时候，进行了人生的最后一眼对视，之后，一辆公交车便载我去了一个熟悉的地方，那是21路车。

人生篇

21 再踏社团不是君

将等等送去幼儿园之后，我就自己去了学校。一路上，风景变了许多，前几次也去过，只不过也是因为有公务在身，也没有多余的空闲时间驻足欣赏，所以也错过了太多。不知道为什么见了她感触颇多，就很想回到学校去看看，而如今终于腾出了空来。我穿着便装，进了校门，门卫还以为我是被请来的家长。这个"请"自然不是很客气了。我也只是笑了笑，只是在操场上随便走走，看着青青黄黄的草，还有那再熟悉不过的黄金橡胶跑道。

还是那件红格子衬衫，那件牛仔裤，那司令台早就已经没有了阶梯，只是平平的墙壁，白花花的，新大楼还是那么尊贵地矗立在前面。现在是中午时间，我想我一个人走走没什么吧，可走来走去，也不知道自己到底要走到哪里。可能到一个终点，自己的脚步就会停下来了。最后，在一扇门前我终于停下来。看到门里那些陌生的脸庞，忙碌的身影，忽然想起多少年前熟悉的声音，"你别在那说风凉话了，赶紧过来帮忙。""我K仔，我卢宇尧，今日结为义姓兄弟。""如果你要退他，那先退了我，总之他退让我也退。"种种往事浮上心头，久久不能忘怀。

不过那些恩怨，我倒是早就已经释怀了，踏进了那扇门。可能是我刮了胡子较显年轻，那里的人竟拿我当成他们的同年人。"同学，借书吗？"我笑着摇摇头，"不，随便看看。"

我走到那幅画跟前，看那上面已经沾上了灰尘，便用手轻轻将它拭去。我又走到书架面前，那本《何以笙箫默》，那本《那些年》，两本我亲手打印出的作品，没想到他们一直保存着，顿时感动万分。我刚碰道那两本书，只听身后道，"同学，这两本书不外借！"

22　那一年，花蕊的爱情开始了

我回头一看，还以为是谁，原来是远近闻名的已经当上了数控技师的赵杰，现在还就任于学校当老师，怪不得口气中含着命令的语气。他看到是我，很欣喜，高喊道，"师傅，你怎么来了。师娘和等等没有跟你一起来吗？"他还以为我们还是之前其乐融融的一家三口，我也没有瞒他的意思，便说出了事实。

他实在不相信我这种性格的人竟然也会离婚。他问我，"师傅，你和师娘结婚才第六年，难道七年之痒都忍不住吗？"我摇了摇头，"不，不是因为这个问题。"他永远不改好奇的本性，"那是因为什么问题？"

我也不知道该怎么回答他，忽然想到了很久以前，我退伍回来、谢师会友宴的时候。因为我还是对景儿时时刻刻不能忘记，所以把当年的指导老师肖老师也请来了，特意问了他景儿的现况，却从他口中得知她已成为别人的新妇。当时，他看我的脸色有些不对，问我，"怎么了。"我握杯子的手不时颤抖，说，"没事，老师，喝酒喝酒。"大宴散毕，我并没有回家，而是在街上拿着酒瓶摇摇晃晃，嘴里说着，"她结婚了，她结婚了。这么说来，我的承诺已经到头了，不是吗。"我凄凉地笑着，竟然莫名地走到了青山桥上，看着那惨淡的月光，我已红了双眼，绝望地嚎了一声。

也许是太可怕的关系，路人都称我是疯子，我却丝毫不以为意，只当是空气。或许是因为酒精过多和悲伤过度，我晕倒在青山桥。当我醒来的时候，我已经在医院了。我刚要起身，只见一个鹅蛋脸的小护士对我说，"别乱动。"

她就是梓蕊，我问道，"我怎么会在这里？"那小护士笑了，"你一个大活人半死不活地躺在桥上，吓人得很。本姑娘看你可怜，把你带到医院来了。你一定失恋了，才喝了那么多酒，是不是？"

她和我年龄相仿，竟然如此知人心事。但我似乎有点大男子主义，说，"医生的职责是救死扶伤，可不是打探八卦。"她倒也不动怒，而是拿出我的警察证说道，"那您知不知道您的职责呢，K警官？"我一时半会儿想不出说辞，只得愣在那里。而我们的缘分便从那个医院开始……

23　她像是曾经的我

我和梓蕊就是那么认识的，我以为我的人生也许就这一次和她有交集，不会再有后续。但是我错了，在几次处理公务的时候，我都和她碰上面了。她一直认为我是个对自己不负责任的警察，总是会把自己弄得遍体鳞伤，而我也经常指责她是个对自己不负责的医生，经常为了照顾病人而搞得自己小毛病繁复。

不知不觉中，我们竟然有点开始担心对方。而我总是装作一副满不在乎教训老朋友的样子，不敢往哪方面上去想，因为我有点怕了，毕竟之前为景儿付出那么多，却没有什么回报。或者就是因为我不奢望回报，所以才会搞得自己那么伤心。我跟她讲过我和景儿的事情，而她似乎已经对我芳心暗许，有一次走在路上，她似无法抑制自己的冲动般跟我表白了，"K警官，我喜欢你，我可不可以做警官夫人？"

我愣了很久，想了很久终于回答，"你是好女孩，而我不是你那个对的人。"这已经是第无数次拒绝她了，她总是笑着说我等你。然而这一次，她竟然爆发了："难道你一辈子都忘不了那个人吗？"但我仍然用冷峻的口音回答她，"什么意思。"

她对我也用一种冰冷的语气说道，"我知道我这样做损失了我的尊严，也知道你永远不会忘了那个人。我知道为什么你拒绝我拒绝得那么快，因为那个人的身影还在你的脑海里。你嘴里虽然说着不爱，事实上你彻彻底底地爱着她。给我个机会好不好？我不知道你什么时候会忘掉她，但是可不可以让我帮你去忘掉她？"

她说完这些话，见我的表情似乎并没有什么反应，便擦掉自己眼角的泪，说，"算了，我们还是做朋友。"但我却冲过去抱住她，说，"不，你现在是我的了。"我之所以答应她，是因为她的勇气。想曾经如果我对景儿也是这般说辞，恐怕结局就不象现在这样了。看着梓蕊安静偎在我怀里，我觉得她就像是当初那个执迷不悟的我。但是当初我并没有拥抱，而是看着她被别人拥抱而已。

24　放弃，不想再打扰

不久之后，我们就互相见了双方父母，并且订下了日子，择日结婚。我的朋友们看到我终于不再死守着过往，而重新开始，都很欣慰。我也给她发了请柬，不知道为什么她没有来。可能是有事在身吧，不过那时候我并不在意，因为我身旁有个深爱我的人，我当时也是深爱她的人。我记得结婚那天尧尧还吹着说要闹洞房，最后还是被老刘和赵杰一起扶着回去的。而我和梓蕊忙碌完了所有的事情后，简单地吃了些饭菜。我们都不爱管钱，所以份子钱全都交给父母收了。

梓蕊有些累，靠在床边。我扶着她说，"要不先休息吧。"她走到我们喜房的阳台，看着月亮说"要做你的老婆真的不容易，尽管心里妒忌，也知道你心里放着另外一个人。"我搂住她的腰，她的头伏在我胸口。我说，"今天是我们的日子，我不想听你说这些。我会因为你而忘了她，不会让你伤心。"她笑了，在月光下显得很美。我吻了她，然后缠绵在洞房花烛的浪漫里，很久之后，她便生下了等等。

我和她很相爱，只是每每提起景儿，我们便会大吵一场。她说我还没有忘掉她，我说我已经忘了。她说如果我忘了，就不会手机还留着她所有的消息。但我们有的时候会因为等等而克制，有的时候也会很久很久不理对方。后来，我也想通了，便承认了自己没有忘掉她，梓蕊便说了句，"我早就知道她在你心里是无可比拟的，我怎么代替的了。"然后我们就和平离婚了。

赵杰知道这些事后，不仅感叹，"师傅，你还是忘不了她吗？"我看着操场上的斜阳，想起那个已经不再叫1203的班级，说道，"如果今天我是先遇到的你，那我肯定还没办法忘掉。今天，恐怕是我和她最后一次相遇了。"赵杰也感叹着说，"师傅，其实你早就该忘记。这种爱情并没有结局，你又何苦牢牢记在心里。"

我笑了一声，问他，"想当年你为了小香放弃了继续留在社团，可后来为什么你们擦肩而过成陌路？"赵杰一时答不出，我却点破了，"因为你们不想继续打扰对方了。"他似乎被说中心事，借着上课铃响，赶紧去上课了，留我一人在操场上走走停停。我看着他的背影，说，"放弃，是因为不想打扰。"

25　再见，技校仔

驻足过文学社的我，心里有种感觉，叫做"忘不掉过去的点滴"。时隔多年，我重返了这里，我进去翻了那已经开始泛黄的书，也见到了以前和我一起在那里的人，和故人谈了往事。不过我的脚步还没有停下，而是走到了一个班级的门前。她已经不再坐在那里静静聆听老师讲的知识。

不知道为什么，这个教室空荡无人，门都没有关，我进去了，看着那黑板，那一切。我走到当初她坐的那个位置，忽然想起以前每次我站在讲台上发书之际，和她眼神交集时，她总对我微笑，我也是以笑容回应。想起她曾经跟我说的那些话语："K仔，能不能答应我退出文学社？""谢谢你，对我付出了这么多，会有天使替我去爱你。""你到了那里，一定会受别人欺负，一定要好好吃饭，好好睡觉。"……

我的手指触碰在桌子上，记忆在脑海里不断盘旋。那桌子和椅子已经很久没有人动过了，不知不觉中，手指竟然顺着灰尘写出了"章景儿"三个字。我看了看，笑了笑，伸手掌把它拭去，对那桌子说，"我们该彻底说再见了。"当我走出那门时，又不自禁地回头望了几眼，想必是最后的留恋。那熟悉的过道还在，只是有些事已经不复当年。

我的脚步继续往前走着，心底说着，"沧海无际，归人无期。我们的人生由我认识你开始，也该由我忘记你该结束。"说完，心中竟有种说不出的痛，却不知为何，这回我没有流泪，只是一味的往前疾走着，害怕自己再去面对。

春夏秋冬，不停轮换，每个季节都代替着前一个个季节的终结。公交车也终有停在末站、也有汽油用完的时候。而我，终于此行到了最后一站。这地方将彻彻底底定义我作为一名技校仔，在这里度过的四年。在这漫长的光阴里，有着许多的故事，我也认识了各色各样的人。它给我带来了重情重义的友谊、轰轰烈烈的爱情、刻骨铭心的思恋、同甘共苦的同学情。

还有一个地方，虽然不再是那四个数字了，但那数字在我心中永远都不会抹去，那就是1002。不知为何，它也像是很久没有人来过。我走进去，摸着那块黑板，老师们曾在上面写过多少公式和原理和电路图。后面的黑板报也已经擦去，在我眼帘映入的是过去那一些些熟悉的板报，还有那些画板报的人。我走到自己的位置，轻声说，"老朋友，好久不见。"一抬头，看到了后面的桌子，那是小楠的位置，便笑着说，"十年了。我们当年的玩笑已不作数了，现在的你，早就和她一样，也是她人新妇，恐怕我们只能是十年老友了。"

霎时间，二胖仔，龙哥，班长，小白，蛋蛋，卫星等等同学的外号在我脑海一一浮现。二胖仔曾为我解开太多人生谜题，龙哥虽起初不善，但也是我至交好友。班长的仗义，蛋蛋的时时刻刻的课堂帮助，卫星那更不用说了，曾为我拳出义气，曾落惨伤。不知道什么时候还能再见面，恐怕是多年前网络转发的说说那样，离婚的一桌，结婚的一桌了。

下次聚会谁也不知道是什么时候了，但是我相信已经不远了。1002，是你把我定义为技校仔，也让我在这里发生太多的故事。我多想时光如流水般倒退，再重新开始。可是我没有那种能力。我滴着泪水，缓慢的走出那扇门，回头望，看到了那些熟悉的欢声笑语。

再次乘上21，踏上返家的路程。我笑了，从手机屏幕里看到那张从当年16岁的稚嫩变成而立之年的成熟脸庞，心下一叹，转头看窗外风景。依稀记得当年，那个中考的落榜的少年的影子，慢慢飘近又飘远，最后飘散……

再见1002，再见文学社，再见章景儿，再见技校仔。

全十卷　全书完

番外篇
十年后

我穿着拖鞋躺在沙发上，决定着要不要去。我反正现在是无所谓的。今天派出所应该没什么事吧，哦，就算有事也和我没关系，因为我请了病假。要不，看会儿电视。我坐起来，去烧了壶水，泡起了茶叶。如果没错，这是我的早饭。冰箱里还有吃的东西吧，可是现实不如我所想。冰箱里除了有速冻饺子也没什么了。

　　唉，那些零食可能让小家伙都带走了。等会儿，我怎么感觉我是在梦里？小家伙不是上学了吗，我怎么还听到他的声音。

　　"爸爸，爸爸，起床啦，再不起床我上学要迟到了啦。"我意识到自己在现实世界中是闭着眼睛的，含含糊糊地回答他，"好好好，再等爸爸一会儿。"可是他仍然不依不饶，"不行啦，爸爸，今天是我的期中考试啦。"我花了两分钟穿着睡衣和拖鞋，做早饭的时候挠了挠自己的头发，抓了一手油。等等喊道，"爸爸，你洗洗头好不好。"我回答了一句"哦。"吃早饭的时候我面无表情地说，"上课不要玩手机，要认真做题……"我还没有说完，等等吃着面包喝着牛奶说道，"上厕所别忘记带纸，上课要多回答问题。吃午饭不许挑食，不许喜欢隔壁班女生同学。不准上课吃零食。爸爸，对吧。"我只是看了他一下，说，"你知道就好。"

　　等等背起书包看着我说，"爸爸，你今天要出去嘛？"我回答，"嗯。""爸爸，你就换了件很随意的衬衫和牛仔裤啊？这样子去见女孩不可以哦，我每次去见慕祈妹妹的时候都要把自己打扮得很帅的。"我简单的笑了笑，洗了洗头，说，"走吧，上学了。"哦对了，他刚说的慕祈妹妹是赵杰的女儿，他们上一座小学。慕祈说，"等等哥哥，今天考试能不能帮帮忙，我怕我过不了诶。""好的好的，包在我身上。"

我不停地拨弄着手机，头也不抬。等等悄悄对慕祈说，"别让我爸爸听见哦。"其实我根本不想听，孩子总要经历的，何必多管呢。把他送到学校后，我就去了我自己的学校，先去迎宾饭店吧，同学们都等急了吧，毕竟这是十年之聚。

还是熟悉的三哥、二胖和班长，还有小瘦干的还是本职专业，卫星好像也是刚退伍归来，还没确定干什么。小楠做了客服，嫁人生女。其余的各式各样的都有吧。吃完饭，他们回去了，我又去了学校。每次来都会去，也不知道去那干什么。怀念？留恋？不知道。

我来到文学社，想想里面的人，月姐做了铆焊车间主任，尧尧和老刘也走上蓝领之路，还有很多很多。可当年的东方先生在做什么呢？"老朋友，又忘记给你带礼物了，不是吗，你不怪我吧？"可是他听不到我的回应，"他怪你，因为你没给他带最好的祭礼。"我转头一看，是她，原来是她。

见到她的那一刻，已没有了当初的那份惊讶，只是多少有那么一点点，但并不强烈，只是在想，她怎么也会来呢？

我不知道如何回答，她却笑着对我说："有这么尴尬吗？"这么一说，倒是我的不是了。我也配合着干笑了一下，突然释怀了，说，"要不一起走走吧。"

她点点头，裹着围巾，带着帽子，却看到我一身单薄的外装，问我，"你这样不冷吗？"我提了提自己的衣领，简单说了句，"还好吧，大不了感冒。""还是照顾一下自己的身体吧，哥不是老这样关照我的吗？"我笑了，不知道为什么，我抬起头，说："也许这样有些伤才可以好吧。"她突然愣住，像是被冰冻住是的。僵了一会儿，我喊了下她，她才回过神来。我问她在发什么呆，她说"没什么。"还是老样子，我表情自然地说，"上午有事吗，没事的话我请你吃饭。，毕竟是老朋友了。"她点了点头，还是她当年什么话都不说只做的风格。

我们随便挑了个饭馆面对面坐下。服务员把菜单送到我面前，我说，"女士优先吧。"她也客气说，"没事，哥你点吧。"我拿过菜单，点了几份家常的菜。点完，我问，"要酒吗？"她笑着说，"喝点也没关系。"我要了两瓶。

不一会儿酒上了，菜也齐了。我很熟练地倒酒，喝酒，夹菜。"怎么有时间来学校，"我嚼着嘴里的菜问着她。她不改往日笑颜，说："没事来学校玩玩的。"我问，"哦，最近过得好吗？"她回应道，"很好。"饭馆外忽然下起大雪来，我静静看着，尽管眼睛里血丝已经和雪花重叠。她说，"下雪了，哥，你还是多穿点吧。你以前不是这样关照我的吗?"我笑了下,淡淡的,说,"那是以前。"

忽然看到外面有一个女孩,独自顶着风雪抱着自己。一个男孩撑着伞来,说:"抱歉我来晚了,你男朋友呢,怎么不来?"我很期待女孩的回答。她挨着冻说":他去网吧了,让我一个人回家。""那好吧,我送你回家。"那女孩说:"你何苦对我这样,我是不喜欢你的。""没关系我可以等啊,我就喜欢死心塌地对你。"那男孩坚持着,女孩没说什么,两个人就走了。

我又回过头来喝了口酒,笑着说,"呵,死心塌地,这个悲哀笑话,你也曾说过吧?"她劝我少喝点,我说,"没事,暖胃。"她似乎有事要和我说,我说,"有什么事要帮忙?"她摇摇头,低头走了,我们也就此告别了。

她在车窗上看了很久的风景,将自己手中的盒子扔到了窗外,说,"有些东西一旦锁住是打不开的,除非你有万能的钥匙,可惜我不是万能的。"说完,便静静在车中睡去。而我,喝醉了,晃着,摇着,眼神迷离间,看到路边的一个盒子,很精致。

他打开盒子,说,"咦,谁的围巾,好漂亮!咦,上面还有字呢。"他把字的那一面晃过来,说"东方先生,生日快乐。这个,叫东方……先生的好幸福哦!我要……把……它叠好……交给警察叔叔……哎,不对哦……我就是哎……我是人民警察怎么能……拿老百姓东西呢……那……我堆雪人给它围上吧。"堆完雪人,围巾围在雪人身上,他就摇摇晃晃地走了。

她是景儿,他是K仔。